W0283028

RUPERT SCHÖTTLE

Damenschneider

SCHÖNHEITSWAHN Ein schwerer Motorradunfall gibt der Wiener Polizei schon seit Längerem ein Rätsel auf. Erst als die Inspektoren Kajetan Vogel und Alfons Walz in der »U-Bahn-Zeitung« auf ein anonymes Leserfoto des Unglücks stoßen, kommt Bewegung in die Sache: Sie besuchen das Opfer im Krankenhaus, um Näheres über den Unfallhergang herauszufinden.

In der Klinik treffen die beiden Ermittler auf den serbischen Krankenpfleger Bojan Bilovic. Er behauptet, früher Chirurg in Belgrad gewesen zu sein und nun bis zur Anerkennung seiner Diplome als medizinische Hilfskraft zu arbeiten.

Tags darauf erscheint Bilovic nicht an seinem Arbeitsplatz. Als Vogel und Walz ihn tot in seiner Wohnung auffinden und unter seinen Kollegen das Gerücht aufkommt, Bilovic habe illegale Schönheitsoperationen durchgeführt, nimmt der Fall eine dramatische Wendung …

Rupert Schöttle, 1957 in Mannheim geboren, studierte Musik und Musiksoziologie und lebt heute in Wien. Neben seiner freien Mitarbeit als Cellist bei den Wiener Philharmonikern und dem Orchester der Wiener Staatsoper veröffentlicht er regelmäßig Anekdotensammlungen und Kriminalromane.

RUPERT SCHÖTTLE

Damenschneider

Kriminalroman

GMEINER *Original*

Personen und Handlung sind frei erfunden.
Ähnlichkeiten mit lebenden oder toten Personen
sind rein zufällig und nicht beabsichtigt.

Besuchen Sie uns im Internet:
www.gmeiner-verlag.de

© 2011 – Gmeiner-Verlag GmbH
Im Ehnried 5, 88605 Meßkirch
Telefon 07575/2095-0
info@gmeiner-verlag.de
Alle Rechte vorbehalten
1. Auflage 2011

Lektorat: Claudia Senghaas, Kirchardt
Herstellung: Julia Franze
Umschlaggestaltung: U.O.R.G. Lutz Eberle, Stuttgart
unter Verwendung des Fotos von: © ilco / sxc.hu
Druck: Fuldaer Verlagsanstalt, Fulda
Printed in Germany
ISBN 978-3-8392-1177-9

Für Karin und Mariam

PROLOG

Die Stunde der Entscheidung war gekommen.

Seufzend setzte sich Erwin Necker an seinen Wohnzimmertisch, nahm einen kleinen karierten Spiralblock zur Hand und schrieb mit einem silbernen Bleistift, den er aus seiner rechten Hosentasche geangelt hatte, sorgsam die Ziffern eins bis sechs untereinander, um sogleich in tiefes Nachdenken zu verfallen.

Mit gerunzelter Stirn saß er nun da und drehte den Stift im Mundwinkel.

Plötzlich hielt er inne, nahm das Schreibwerkzeug aus dem Mund und notierte entschlossen hinter den sechsten Punkt »Schreibtisch aufräumen«.

Während er mit schief gelegtem Kopf die in feiner Handschrift verfassten Worte begutachtete, schob er seine Hand ein wenig höher, wo sie hinter der »Fünf« zu liegen kam. Dieses Mal zögerte er nicht und vermerkte dahinter mit gespitzten Lippen: »Eltern besuchen.«

Die Formulierung des vierten Punktes bedurfte anscheinend ebenfalls keiner allzu großen Geistesarbeit, schrieb er doch sogleich dahinter: »Nichts tun.«

Was er hinter die »Drei« schreiben sollte, schien ihm noch nicht ganz klar zu sein, denn er hielt einige Augenblicke inne, bevor er dort die nächsten zwei Worte registrierte: »Oper-Salome.«

Auch bei dem zweiten Punkt zögerte er. Nachdem er einige Zeit seinen Kopf hin und her gewiegt hatte, vermerkte er dort endlich »Beisl-Tour.«

Die Protokollierung des ersten Punktes schien ihm

offensichtlich die größte Pein zu bereiten. Zuerst dachte er lange nach, dann stand er auf und lief unruhig im Zimmer auf und ab, bis er sich schließlich entschlossen hinsetzte und mit zittriger Hand und dementsprechend krakelig niederschrieb: »Vera aufsuchen.«

Nun war die Liste komplett, und die Gestaltung seines freien Abends würde sich in wenigen Augenblicken entscheiden.

Nachdem er aus seiner anderen Hosentasche einen ebenfalls silbernen Würfel gezogen hatte, und ihn gedankenverloren in seinen zu einer Kugel geformten Händen schüttelte, ging er nochmals bedächtig die einzelnen Punkte durch.

Unter dem sechsten Absatz hatte er, gleichsam als Kontrapunkt zur höchsten Augenzahl, wie stets die Handlungsalternative notiert, die ihm am wenigsten zusagte.

Dieser Punkt, den er so fürchtete, gebot ihm nämlich, seinen Schreibtisch aufzuräumen, auf dem sich Papiere und Notizen der letzten Monate in beständig wachsender Unordnung gestapelt hatten, und diese Aufgabe, so notwendig sie ihn auch anmutete, erschien ihm ganz und gar nicht verlockend. Immerhin hatte er das Glück gehabt, dass der Würfel in den letzten Wochen eine andere Tätigkeit stets als wichtiger befunden hatte. Dementsprechend gestaltete sich die Unordnung, die unterdessen ein solches Ausmaß angenommen hatte, dass Necker zum Würfeln auf den Esstisch ausweichen musste.

Schicksalsergeben nahm er dies hin, genauso wie die »Fünf«, die ihm geboten hätte, seinen greisen Eltern einen Besuch abzustatten. Diese Möglichkeit erschien ihm eigentlich noch drohender als der unaufgeräumte Schreibtisch.

Dies freilich mochte er sich nicht eingestehen.

Dieser fünfte Punkt war ein Continuum auf Neckers Würfelliste, allerdings nicht, weil er wie der sechste Absatz lange nicht eingetreten war, – gerade letzte Woche war er auf Empfehlung seines würfelförmigen Entscheidungsträgers (und zu ihrer größten Verwunderung) bei seinen Eltern gewesen, – sondern aus schlechtem Gewissen, das er ihnen gegenüber hegte (und das sie nota bene auch gerne nährten).

Denn seit seiner Matura und dem darauf folgenden Auszug aus der herrschaftlichen Villa in der exklusivsten Wohngegend Wiens, der so genannten ›Cottage‹ (wie alles Vornehme von den Wienern Pseudo-Französisch, also ›koteesch‹, ausgesprochen) im 19. Wiener Gemeindebezirk, hatte er seine Familie nur mehr höchst sporadisch beehrt.

Zwar war dies aus gutem Grund geschehen, war doch sein Verhältnis mit dem despotischen Vater und der bigotten Mama, die stets bestrebt war, die Fassade einer heilen Familie aufrechtzuerhalten, schon während seiner Jugend ziemlich zerrüttet gewesen.

Doch nunmehr standen beide in den Achtzigern und niemand konnte wissen, wie lange sie noch am Leben bleiben würden.

Die Vorstellung, plötzlich vor dem Sarg eines seiner Elternteile zu stehen und sich dem Vorwurf auszusetzen, dass er sich zu ihren Lebzeiten nicht genug um sie gekümmert hatte und es nun dafür endgültig zu spät sei, erfüllte ihn dann doch mit Unbehagen.

So beruhigte er sein schlechtes Gewissen, indem er allwöchentlich einen Besuch zur Disposition des Würfels stellte, unter Punkt fünf.

Denn Necker war ein chronisch unentschlossener Mensch.

Bevor er auf die Idee mit dem Würfel verfallen war, bedauerte er jede Entscheidung, die er sich nach mühsamer Überlegung endlich abgerungen hatte, im gleichen Moment schon wieder, weil ja eine mögliche Alternative vielleicht doch die attraktivere Variante gewesen wäre.

So ging es während des Prozesses der Entscheidungsfindung so lange hin und her, bis Necker endlich erschöpft aufgab – und nichts tat.

Hätte er wie früher seiner Trägheit nachgegeben und seine Freizeit mit dem sinnlosen Konsum von seichter Fernsehunterhaltung verbracht, deren Berieselung er mit großen Mengen von Bier und Chips erträglicher zu gestalten versuchte, wäre er im Bewusstsein eventuell entgangener Möglichkeiten zutiefst deprimiert gewesen. Seitdem er jedoch würfelte, erkannte er auch dies als Wink des Schicksals und nahm es ohne Widerspruch hin.

So war unter dem vierten Punkt, auch dieser kehrte regelmäßig wieder, die Alternative des gar nicht so süßen Nichtstuns vermerkt. Das immerhin war die sicherste Variante einer Abendgestaltung – denn wenn man nichts tat, konnte man auch nichts falsch machen.

Mit der unter Punkt »drei« vermerkten Alternative begann der Teil der Optionen, der weniger von der Pflicht als von der Neigung bestimmt war.

Als Spross einer gesellschaftlich angesehenen Familie konservativen Zuschnitts war es selbstverständlich gewesen, dass der kleine Erwin von seinen Eltern schon sehr früh mit dem breiten kulturellen Angebot seiner Geburtsstadt in Berührung gebracht wurde. Dabei stellte sich schon sehr bald sein Interessenschwerpunkt heraus. Während er bereits als Fünfjähriger mit großer Begeisterung der »Puppenfee« von Josef Bayer folgte, die an der Staatsoper traditionell um die Weihnachtszeit aufgeführt wird und deren Bühnenbild und Choreographie sich seit ihrer Uraufführung im Jahre 1888 nicht wesentlich verändert hat, überkam ihn bei Shakespeares »Sommernachtstraum« am Burgtheater schon nach wenigen Minuten der kindliche Schlaf, der erst durch den Beifall nach dem ersten Akt unterbrochen wurde. Der Vater hatte ihn immerhin gewähren lassen, denn wer schläft, quengelt nicht. Als er allerdings dazu Anstalten machte, nach der Pause wieder den Zuschauerraum zu betreten, zeigte sich das so rüde aus seinem Schlaf gerissene Kind dermaßen unwillig, dass sein Herr Papa sich ausnahmsweise einsichtig zeigte und zusammen mit seinem Sprössling den Heimweg einschlug. Was ihm selbst auch nicht ganz unrecht war, zumal ihm die moderne Inszenierung des Feenmärchens ganz und gar nicht behagte. Die bildungsbeflissenen Eltern ließen aber weiterhin nichts unversucht und schleppten ihren Sprössling schon wenig später in das »Theater in der Josefstadt«, wo zuweilen kindgerechtere Kost als in der Burg angeboten wurde. Doch selbst die Dramatisierung von Erich Kästners »Pünktchen und Anton« in den Kammerspielen vermochte den Knaben nicht von seiner einmal gefassten Antipathie gegen das Sprechtheater abzubringen. Dieses Mal schlief Erwin nicht, dafür jammerte er in einem fort, so dass sich die entnervte Mama, die dieses Mal den Opfergang auf sich genommen hatte, dazu gezwungen sah, das reizende Stück bereits während des ersten Aufzugs zu verlassen. Womit die Theaterbesuche zur offensichtlichen Erleichterung des Knaben für die nächsten Jahre gestrichen wurden.

Ganz anders verhielt sich Erwin in der Oper. Nicht nur die »Puppenfee«, auch Tschaikowskys »Nussknacker« und Mozarts »Zauberflöte« verfolgte er mit kindlicher Neugierde. Selbst Smetanas »Verkaufte Braut« und Donizettis »L'elisir d'amore« ließ er, kaum zehnjährig, gerne über sich ergehen. Auch wenn er in den Klavierstunden, die nun einmal zur bürgerlichen Erziehung dazugehörten, eine äußerst unglückliche Figur machte, so dass die Lehrerin schon nach wenigen Jahren selbst davon abriet, ihn weiter unterrichten zu lassen, in die Oper ging er ausgesprochen gerne. Und das war bis heute so geblieben. Unter Punkt drei vermerkte er also einen Besuch in der Staatsoper, zumal heute eines jener Werke auf dem Spielplan stand, das Necker besonders schätzte: die »Salome« von Richard Strauss war mit all ihrer sinnlich berauschenden Musik nämlich kurz und blutig.

Die Möglichkeit des Opernbesuchs hatte allerdings den Nachteil, dass sich Necker in einen Anzug hätte zwängen müssen, was ihm, der zumindest in privater Umgebung legere Bekleidung vorzog, nicht eben angenehm gewesen wäre. Andererseits hätte er es als unmöglich befunden, den Musentempel in Freizeitkleidung zu betreten, soweit immerhin hatte die Erziehung seiner Eltern gefruchtet.

Schon während seines Studiums hatte er sehr viel Zeit auf dem Stehplatz der Oper verbracht, um sich von den Vorlesungen der Medizin oder dem Sezieren von Leichen zu erholen. Dort lernte er mit der Zeit einige Gleichgesinnte kennen. Für mehrere Jahre hatte er es sich sogar zur Gewohnheit gemacht, zusammen mit einigen anderen, gleichaltrigen Musikenthusiasten nach den obligaten Huldigungszeremonien am Künstlereingang in ein Beisl zu gehen. Entweder in das leider heute nicht mehr existierende Restaurant »Smutny« in der Elisabethstraße oder in das der Rückseite der Oper gegenüberliegende »Café Mozart«. Das Letztere wurde sehr gerne aufgesucht, wenn ein Kellner namens Karl Dienst hatte, der neben einem großen Herz für arme Studenten auch über die besten Informationen aus der Künstlerszene verfügte. Ins »Smutny« ging man dagegen aus ganz anderen Gründen und gerne zu Monatsanfang, weil das dort ausgeschenkte »Budweiser Bier« dermaßen süffig war, dass man jedes Mal versucht war, seinen Geldbeutel über Gebühr zu strapazieren und sich wider alle Vernunft »noch eines« zu bestellen. Schließlich konnte man das zu viel investierte Geld nach dem nächsten Opernbesuch, – ein Stehplatz in der Galerie schlug mit seinen 20 Schillingen nicht wirklich zu Buche, – wieder im »Mozart« einsparen, da Karl ein Einsehen hatte, dass man die leidenschaftlich geführten Diskussionen über das soeben Erlebte auch bei einem kleinen Soda führen konnte. Der Flachmann kreiste unterdessen unter dem Tisch.

Bald verband ihn auch eine Art Freundschaft mit einem dieser Musenfreunde, so dass er sich mit jenem gelegentlich auch außerhalb der üblichen Termine traf, wobei sie auch über etwas anderes als nur über Sänger und Inszenierungen sprechen konnten. Obwohl er schon lange nicht mehr regelmäßig in die Oper ging, hatte er die Gewohnheit der sporadischen Treffen mit Marius Volkhammer beibehalten. Dann zog man gemeinsam über die Häuser und vergnügte sich im so genannten »Bermuda-Dreieck« oder am Spittelberg. Diese Lustbarkeit war allerdings ausgesprochen harmloser Natur, denn außer einem prüfenden Augenschein hatte die holde Weiblichkeit von diesen beiden Eigenbrötlern nichts zu befürchten. Für die Befriedigung seiner körperlichen Triebe nahm Necker übrigens gelegentlich die Dienste einer Dame in Anspruch, die Nämliches sehr geschickt und gegen Bezahlung machte, und bei der, eine vorige Terminabsprache vorausgesetzt, er nicht in Gefahr geriet, auf eine stets befürchtete Ablehnung zu stoßen.

Nach reiflicher Überlegung hatte er also beschlossen, diese Woche auf den Puffbesuch zu verzichten und lieber ein Treffen mit seinem Freund Marius ins Auge zu fassen, um mit ihm diverse Lokalitäten zu besuchen.

Der Nachteil an dieser Alternative lag freilich in der Gefahr der tiefen Frustration, etwa, wenn sich eine von der Ferne taxierte Dame mit angewidertem Gesichtsausdruck abwandte oder sich gar so laut, dass er es noch hören konnte, verächtlich über ihn äußerte. Solches hatte er auf seinen Beisl-Touren leider schon erleben müssen, was sein ohnehin angegriffenes Selbstwertgefühl nicht unbedingt gestärkt hatte. Obwohl sein Äußeres keineswegs abstoßend zu nennen war. Zwar war sein Haupthaar schon ziemlich gelichtet, außerdem trug er eine nicht sehr kleidsame Brille, doch seine Gesichtszüge waren, sah man von seiner etwas fleischigen Nase ab, immerhin regelmäßig. Doch in der heutigen Zeit der Äußerlichkeiten kämpfte man mit einem nur durchschnittlichen Aussehen leider oft auf verlorenem Posten.

Außerdem war es schon November und dementsprechend kalt, was sich nach reichlichem Alkoholgenuss durchaus ungemütlich bemerkbar machen konnte.

Und was hatte unser Held hinter der »Eins« vermerkt?

Schon den ganzen Tag hatte er hin und her überlegt, ob er diesen Schritt wagen sollte. Obwohl ihm bewusst war, dass das Ergebnis absolut bindend war, würde ihm, wenn er diese Zahl würfelte, auf der Stelle sein Herz in die Hose plumpsen. Denn dann hätte er keine Wahl, er müsste bei ihr anklopfen.

Vera Richter war vor einigen Wochen in die Nachbarwohnung gezogen. Hin und wieder traf man sich im Stiegenhaus und wechselte ein paar Worte, es war ein rein nachbarschaftliches Verhältnis, also etwas völlig Normales. Dennoch schien ihm, als grüße sie ihn immer besonders herzlich und als zöge sie das Gespräch mit ihm ganz bewusst in die Länge, während sie ihm forschend in die Augen schaute. Sie kam aus der Gegend von Leipzig, war alleinstehend, so viel wusste er immerhin, und arbeitete als Schneiderin in einem namhaften Geschäft für Herrenanzüge. Richter war übrigens nach Wien gekommen, weil sich in Deutschland kein Mensch mehr Maßanzüge machen ließ. Diejenigen, die sich das leisten konnten, flogen lieber gleich nach London oder eben nach Wien, wo das Handwerk wirklich ›noch goldenen Boden‹ hat, wie sie es Necker gegenüber ausgedrückt hatte. Viel mehr Worte waren zwischen den beiden eigentlich nicht gewechselt worden, als sie ihn nach seinem Beruf fragte, hatte er ihr lediglich gesagt, er sei Arzt. Glücklicherweise hatte sie nicht nachgefragt, welche Art von Mediziner er sei. Das hätte sie möglicherweise verschreckt.

Nur, was sollte er ihr sagen, wenn er tatsächlich eine Eins würfelte?

Sollte er es gar so anstellen, wie Luke Rhinehart in seinem Buch »Der Würfler«, das Necker überhaupt erst zu seinen Würfelspielen inspiriert hatte?

Der hatte nach einem Pokerabend mit Freunden beschlossen, dass er mit seiner Nachbarin schlafen würde, wenn der Würfel, der unter der Pik Dame verborgen war, eine Eins zeige. Und so war es gewesen. So ging Rhinehart mitten in der Nacht zu seiner Nachbarin, die darüber hinaus noch die Frau eines Kollegen war, und teilte ihr unumwunden zu, dass er Sex mit ihr haben wolle. Sie stimmte überrascht, aber erfreut zu.

So einfach ging es leider nur in Büchern, davon war Necker fest überzeugt.

Vera würde sicherlich sofort die Polizei rufen, oder ihn gar auslachen, was wohl noch schlimmer wäre.

Allerdings müsste er ja nicht gleich so dreist vorgehen wie sein Vorbild. Das würde ja auch gar nicht seiner Veranlagung entsprechen. Er könnte sie ja nur in die Oper einladen und danach mit ihr essen gehen, das wäre doch ganz unverfänglich.

Trotzdem.

Immerhin gab es noch den Ausweg, dass sie nicht zu Hause war, wenn er anklopfte.

Seine Pflicht hätte er trotzdem erfüllt.

Nach diesen bedeutungsschweren Gedankengängen öffnete er seine Hände und ließ den Würfel darüber entscheiden, wie er nun seinen freien Abend gestalten sollte.

Nachdem der Kubus nach einigen Spiralen und Wendungen zur Ruhe gekommen war, hielt er seine Augen fest geschlossen.

Der Grund für seinen komplexbeladenen Charakter lag in Neckers Kindheit begründet.

Sein Lebensschicksal sollte ihn eigentlich schon kurz nach seiner Geburt, genau genommen eigentlich am Tage seiner Taufe, ereilen.

Denn schon von klein auf war er, gleichsam als Opfer des typisch wienerischen Hangs zu Koseformen, der »Nekro« gewesen. Freilich nicht für seine Familie, die sich strikt und geschichtsbewusst an den gegebenen Vornamen hielt, der jedem Erstgeborenen der Familie zuteil geworden war, schon sein Ururgroßvater war einst mit diesem wenig schmückenden Taufnamen gesegnet gewesen. Es war die Kindergärtnerin, die erste weibliche außerfamiliäre Bezugsperson also, die sich angesichts der drolligen Erscheinung des damals noch mit pechschwarzem Haar gesegneten Kindes diese Verzärtlichung einfallen ließ, und somit den Grundstein zu seiner späteren Berufswahl legte. Denn ist es nicht in den meisten Fällen so, dass der Name den Charakter des Menschen geradezu schicksalhaft prägt? Oder wer von uns ist schon einmal etwa einer »Friederike« begegnet, die sich der weiblichen Attribute der Anmut oder Zärtlichkeit rühmen konnte? In der Regel sind Trägerinnen dieses Namens doch etwas spröde, aber durchaus strebsame Naturen, die mit ernster Miene und unerbittlicher Strenge selbstgerecht ihren auf Ordnung bedachten Lebensweg durchmessen. Voraussetzung dafür ist allerdings, dass sich das Umfeld konsequent an den gewählten Vornamen hält. Wird nämlich aus der ernsten Friederike in ihren frühen Lebensjahren eine »Fritzi« oder »Riki«, kann sie sich dann ungeachtet der ungünstigen Auspizien tatsächlich noch zu einem süßen Mädel entwickeln.

Bei dem kleinen Erwin lagen die Dinge freilich ganz anders.

Hätte diese etwas leichtsinnige Kindergärtnerin den Knaben etwa »Winnie« genannt, wäre sein Leben womöglich ganz anders verlaufen, und er hätte sich wahrscheinlich zu einem charmanten und eloquenten Jüngling entwickelt, der sicherlich einen ganz anderen Weg eingeschlagen hätte, doch die Tragweite ihrer Entscheidung war der etwas einfach gestrickten Person offensichtlich nicht bewusst. Zu ihrer Entlastung sei jedoch gesagt, dass der kleine Erwin keineswegs über den Charakter und das Aussehen verfügte, die einen solch fröhlichen Kosenamen gerechtfertigt hätten. Schon als kleiner Junge zog er es vor, in einer Ecke mit sich alleine zu spielen, den anderen den Rücken zugewandt, damit ihn ja niemand in seiner eigenen Welt stören möge. Auch sein Äußeres war nicht dazu angetan, die Sympathien der anderen so ohne Weiteres zu wecken. Sein sehr rundes Gesichtchen wurde von einer riesigen, fleischigen Nase dominiert, auf deren Rücken eine Brille mit gurkenglasbodenähnlichen Gläsern saß und deren Bügel auf großen und etwas abstehenden Ohren ruhten. Seine extreme Kurzsichtigkeit dispensierte ihn im Übrigen auch von jeder sportlichen Betätigung, was einen weiteren Grund für sein Einzelgängertum darstellen sollte.

So wurde also aus dem kleinen Erwin, dem auch ein ganz anderes Schicksal hätte zuteil werden können, eben der »Nekro«, der sich zu einem eigenbrötlerischen Kind entwickelte, den es mehr zu den Büchern hinzog als zu seinen Spielkameraden.

Da er einer alteingesessenen und durchaus traditionsbewussten Wiener Familie entstammte, deren Mitglieder seit dem 19. Jahrhundert die weiland weltberühmte Wiener Ärzteschaft bereicherten, war dem kleinen Nekro der Berufsweg vorgegeben. Mit einem solchen Namen und der familiären Tradition blieb ihm eigentlich keine andere Wahl – er war zu seinem Beruf als Gerichtsmediziner geradezu prädestiniert (als »Winnie« hätte er es möglicherweise zu einem Internisten oder Frauenarzt bringen können). Die andere Möglichkeit, die ihm mit diesen Vorzeichen offen gestanden hätte, die Pathologie also, hatte er schon sehr früh wegen ihrer recht theoretisch anmutenden Ausrichtung rundweg abgelehnt.

Allerdings sollten wir der Kindergärtnerin nicht die alleinige Schuld an Nekros außergewöhnlicher Wahl zuweisen, denn anders als in vielen Fällen, wo die familiäre Tradition geradezu zur Last werden kann, hatte er diesen Berufszweig letztlich sogar aus einem inneren Drang heraus gewählt.

Denn kaum war er des eigenständigen Lesens mächtig geworden, zogen ihn wilde Mördergeschichten in ihren Bann. Als sich seine Schulkameraden noch mit der Literatur eines Karl May beschäftigten, der ihn im

Übrigen nur als Person aufgrund seiner schillernden Biographie interessierte, investierte er sein Taschengeld heimlich in die so genannten Heftchenromane von »Jerry Cotton« und Konsorten, eine Wahl, die seine gutbürgerlichen, von Bildung beflissenen Eltern keineswegs gebilligt hätten.

Die las er dann in aller Stille, fasziniert von dem üblen Gesindel, dem der Held zielsicher auf die Spur kam. Übrigens nicht ohne Sympathie für die Verbrecher, die dieser Sympathie aufgrund ihrer dilettantischen Vorgehensweise letztendlich dann doch verlustig gingen. Später dann, nach der Entwicklung seines literarischen Geschmacks, waren es dann die amerikanischen Autoren wie Eric Ambler oder Jim Thompson, die ihn faszinierten.

Seine Flucht in die Scheinwelt des Verbrechens war freilich auch eine Flucht vor dem despotischen Vater und der ständig jammernden, aber durchaus dünkelhaften Mama gewesen.

Mit einer solchen Biographie verwunderte es nicht, dass sich Nekro zu einem entscheidungsschwachen Charakter entwickelt hatte, und er wäre wohl jeden freien Abend zu Hause geblieben, hätte er nicht das Würfelorakel gefunden.

Langsam öffnete er seine Augen.

Mit gemischten Gefühlen sah er, dass der Würfel eine »Zwei« zeigte, mithin keine »Fünf« oder gar eine »Eins«, die er ja insgeheim am meisten gefürchtet hatte.

Sein Kumpan Volkhammer, den er sogleich anrief, hatte an diesem Abend auch nichts Besseres vor, und so einigte man sich als Treffpunkt auf das Restaurant

»Lux« am Spittelberg, wo es so manchen Samstagabend hoch herging.

Angesichts der draußen herrschenden Witterung, – die ersten Frostnächte waren angesagt, – wählte er eine halblange mit Pelz gefütterte Lederjacke und ein wollenes Stirnband. Auf seinen Trachtenmantel und den dazu passenden Hut wollte er heute Abend doch lieber verzichten.

Solchermaßen für seine Verhältnisse geradezu lässig angetan, spazierte er bald zu dem verabredeten Treffpunkt. Seine Wohnung grenzte unmittelbar an den Spittelberg, der in einem äußerst malerischer Stadtteil im siebten Gemeindebezirk beheimatet ist, dessen älteste Häuser noch aus dem 16. Jahrhundert stammen. Damals noch Vorstadt, war es während der ersten dreihundert Jahre seines Bestehens ein dicht besiedeltes Wohngebiet für ärmere Leute gewesen. Mit der Zeit hatte sich dessen Charakter jedoch grundlegend gewandelt. So war es bis in die Dreißigerjahre des 20. Jahrhunderts ein über die Grenzen Österreichs hinaus bekanntes Vergnügungsviertel für anspruchslosere Gemüter gewesen. Nach dieser letzten Blütezeit, die durch die Weltwirtschaftskrise ihr Ende fand, verfielen die Häuser in einem solchen Maße, dass sich in den Siebzigerjahren des 20. Jahrhunderts ein Eldorado für Immobilienspekulanten abzuzeichnen begann, die etliche dieser in bester Umgebung liegenden Ruinen aufkauften, mit dem Vorhaben, sie später abzureißen. Dies rief nun einige prominente Künstler auf den Plan, die solch schändliches Vorhaben mit allen Mitteln zu verhindern suchten, was schließlich in etlichen spektakulären Hausbesetzungen gipfelte. Durch solch Aufsehen erregendes

Gebaren, im Gegensatz zum benachbarten Deutschland waren solche handstreichartigen Übernahmen in Österreich keineswegs üblich, wurde endlich die Stadt auf dieses Juwel aufmerksam und kaufte die Häuser kurzerhand auf, um sie zu revitalisieren. Mit Erfolg, ist doch der Spittelberg heute einer der reizendsten Gegenden, die Wien dem Flaneur zu bieten hat. Und inmitten dieser pittoresken Häuser, die den Vorstadtcharakter bis heute bewahrt haben, befindet sich das »Lux«, ein weitläufiges, aber ungeachtet dessen sehr gemütliches Restaurant. Dort hatten sich die beiden schon öfters getroffen, weil es nicht nur über eine vorzügliche Küche, sondern auch über eine Bar verfügte, wo ihnen eine zumindest oberflächliche Kontaktnahme zum anderen Geschlecht schon öfter gelungen war.

Als Nekro das Restaurant betrat, sah er schon von Weitem seinen Freund, der dort bei einem Bier und seiner geliebten Virginier saß.

Trotz des modern anmutenden Ambientes bietet die Speisekarte hierorts durchaus deftige Kost auf hohem Niveau, was dem Geschmack der beiden durchaus entgegenkam. Nachdem sich Nekro kurz im gut besuchten Gastzimmer umgesehen hatte, wobei er sein besonderes Augenmerk auf alleinstehende Frauen legte, die nach denen Ausschau halten, die ihren Missstand beheben könnten, nahm er nach einer kurzen Begrüßung bei seinem Freund Platz.

»Na, wie sieht's denn aus diese Woche? Gibt es wieder Arbeit für mich?«, fragte Volkhammer, während er genüsslich an seiner Zigarre zog.

Da sich Volkhammer als Cellist verdingte, der hauptsächlich auf Bestattungen musizierte, verdienten die beiden Freunde ihr Geld in einem gleichsam miteinander verwandten Gewerbe, und es wäre nicht das erste Mal gewesen, dass der Musiker durch einen gezielten Tipp zu einem einträglichen Auftritt gekommen wäre.

»Da hätte ich dich schon angerufen, aber diese Woche war wirklich mager«, antwortete Nekro bedauernd. »Ein Sandler, der tot in einem Park lag, eine weibliche Wasserleiche, die aus dem Donaukanal gefischt worden ist, dazu noch ein Selbstmord und ein altes Mutterl, von dem man geglaubt hat, dass seinem Tod nachgeholfen wurde. Die haben es diese Woche auf meinen Tisch geschafft, also keine Kundschaft, die sich einen Volkhammer zu ihrer Beerdigung leisten kann. Fast hätte es eh was gegeben. Da hat mich eine junge Frau angerufen und behauptet, ihre Freundin müsse obduziert werden, weil sie nicht an ihren natürlichen Tod glaube – das hat sich dann aber anscheinend von selbst erledigt.«

»Wie kann sich denn so etwas von selbst erledigen?«, fragte Volkhammer verwundert.

»Ich hab' ihr halt gesagt, dass sie dazu das Einverständnis der nächsten Verwandten einholen müsse, erst dann könnte ich ihr helfen. Und danach hab' ich nichts mehr von ihr gehört. Ich nehme an, dass besagte Dame bereits in der heiligen Erde des Zentralfriedhofs ruht.«

»Eine Bestattung ohne meine tröstenden Celloklänge? Das kann nichts G'scheites gewesen sein ...«

»Wenn ich dich so anschaue mit deinem Bier, ich könnt' eigentlich auch eins gebrauchen – und was zum Essen!«, sagte Necker entschlossen und winkte der Bedienung, der er gleich seine Wünsche mitteilte.

Am Nebentisch saß ein junger Mann, der den beiden, von ihnen unbemerkt, die ganze Zeit interessiert zugehört hatte.

Nachdem die Serviererin gegangen war, beugte er sich zu den Freunden herüber und fragte freundlich:

»Entschuldigen Sie bitte, würden Sie mir bitte das Salz reichen?«

Wortlos gab es ihm Volkhammer hinüber.

»Scheinbar durchlebt der Koch gerade eine Krise in seinem Liebesleben«, sagte der Unbekannte, während er Volkhammer den Streuer zurückgab.

Verständnislos schaute ihn Necker an.

»Na ja, man sagt doch, man salzt zu viel, wenn man verliebt ist – und dieser Rindsbraten ist leider überhaupt nicht gesalzen«, erklärte er.

»Das schaut aber eigentlich ganz gut aus, was Sie da essen«, warf Volkhammer ein, während er begehrliche Blicke auf den Teller des Nachbarn warf. »Was ist das?«

»Das Gericht nennt sich«, antwortete dieser nach einem kurzen Blick in die Speisekarte, »›Alt Wiener Rinderbraten mit Speck-Pilzen und Serviettenknödel‹.«

»Ist es so gut, wie es ausschaut?«

»Warten Sie einen Moment …«, genießerisch schloss er die Augen, während er ein Stück des nunmehr gesalzenen Fleisches in den Mund schob und lustvoll darauf herumkaute. »Jetzt ist es köstlich!«

»Wie heißt das noch mal?«

Freundlich lächelnd reichte der Unbekannte ihm die Speisekarte herüber.

»Entschuldigen Sie bitte, dass ich Ihr Gespräch belauscht habe, ich weiß, das gehört sich nicht, aber wenn man alleine ist, unterhält man sich halt damit, dass man so herumhört, was die anderen sich erzählen«, sagte der Mittzwanziger mit einem entwaffnendem Lächeln, »zumal wir in einem ähnlichen Metier tätig sind.«

Verwundert schauten die beiden den jungen Mann an.

»Was glauben Sie denn, in welchem Metier wir tätig sind?«, fragte Volkhammer vergnügt.

»Soweit ich verstanden habe, haben Sie beruflich mit Toten zu tun. Ich nehme an, dass Sie«, er wandte sich an Necker, »Pathologe oder Gerichtsmediziner sind … – und da wollte ich Sie etwas fragen.«

»Ja, das ist schon richtig, dass ich Gerichtsmediziner bin«, antwortete Necker zurückhaltend, der schon befürchtete, mit den üblichen Fragen nach Details seiner Tätigkeit behelligt zu werden, »aber ich kann mir nicht vorstellen, was daran so interessant sein könnte.«

»Dazu müsste ich Ihnen erst einmal erklären, was ich mache … darf ich das, oder wollen Sie lieber Ihre Ruhe haben?«, fragte er vorsichtig.

»Ich finde, wir sollten uns anhören, was uns dieser junge Mann zu sagen hat«, sagte Volkhammer aufgeräumt zu seinem Freund, dem die Sache offensichtlich noch immer nicht ganz geheuer war. »Setzen Sie sich doch einfach kurz zu uns, wenn Sie fertig gegessen haben, oder was meinst Du, Nekro?«

Der Angesprochene machte eine einladende Handbewegung, sagte aber sonst nichts.

»Danke«, sagte der Mann herzlich und setzte sich nach der raschen Beendigung seiner Mahlzeit an ihren Tisch, »ich geh auch gleich wieder. Zuerst sollte ich mich einmal vorstellen, mein Name ist Markus Lichtenthal. Ich bin Fotograf, und zwar nicht im herkömmlichen Sinne, sondern ich veröffentliche meine Fotos im Web in so genannten ›Microstocks‹. Gegen eine kleine Gebühr können sich die Kunden dann die Fotos herunterladen und sie für ihre Zwecke benutzen.«

»Und das rechnet sich?«, fragte Volkhammer beiläufig, nachdem ihn Lichtenthal erwartungsvoll angeschaut hatte.

»Na ja, die Menge macht's. Ob Sie Ihre Freunde zu einer Party einladen oder Werbung für Ihre Tätigkeit machen wollen. Um eine Annonce oder Einladung effektvoll zu gestalten, brauchen Sie heutzutage Bilder – und die finden Sie in den Microstocks. Das ist ein riesiger Markt, der die herkömmliche Werbefotografie auf die Dauer ablösen wird. Selbst die großen Firmen greifen schon darauf zurück, weil sie sich damit teure Models und Fotografen sparen. Da jedoch der Markt mit Aufnahmen von Schönen und Reichen langsam gesättigt ist, bin ich auf die Idee verfallen, einmal Aufnahmen anzubieten, die nicht nur die heile Welt vorgaukeln.«

»Und was haben wir damit zu tun?«, fragte Necker unbehaglich, der schon zu ahnen schien, was auf ihn zukommen würde.

»Erinnern Sie sich noch an die Benetton-Reklamen in den Neunzigerjahren? Als sie mit einem Aids-Kranken im Endstadium für die United Colours of Benetton Werbung machten? Das gab damals einen riesigen Aufstand. Und was hat einen größeren Reklamewert als eine weltweite Empörung? Unbezahlbar war das. Oder die Nonne, die einen Priester küsst? Dagegen ist die Kirche Sturm gelaufen, und Benetton war in allen Medien. Und genau auf solch Tabu brechende Aufnahmen will ich mich jetzt spezialisieren. Und da hab' ich mir gedacht, dass Fotos von Unfällen, Naturkatastrophen und dergleichen bestimmt ihre Abnehmer finden werden. Ich hab' auch schon einen Namen dafür, ›Shock-promotion‹, wie finden Sie das? Und da Sie als Gerichtsmediziner quasi an der Quelle sitzen, wollte ich mich einmal mit Ihnen über dieses Thema unterhalten.«

»Sie wollen also die Leichen fotografieren, die bei mir auf dem Tisch landen?«, fragte Necker ungläubig. »Das können Sie doch nicht ernst meinen! Haben Sie einmal überlegt, was das bedeuten würde? Was sollen etwa die Angehörigen dazu sagen, wenn sie ihre grausam ermordete Schwester plötzlich auf Plakatwänden entdecken, wie sie für Damenunterwäsche wirbt? Ganz davon abgesehen, dass ich das für völlig geschmacklos halte, wäre ich sofort meinen Job los.«

»Nein, so meine ich das ja gar nicht«, sagte Lichtenthal mit beschwichtigender Geste. »Ich denke mir eher, dass Sie doch leicht an Fotos von Unfällen herankommen. Wenn Sie mir diese, natürlich nur nach Absprache und gegen Teilung des Honorars, zur Verfügung stellen könnten, wäre uns doch beiden geholfen. Ich würde die Opfer natürlich unkenntlich machen.«

Necker beugte sich bedrohlich zu dem Fotografen. »Ganz davon abgesehen, dass ich die absolut falsche Adresse für solch ein Unterfangen bin, ich bekomme nicht die Fotos, ich bekomme die Leichen«, sagte Necker wütend, »finde ich das Ganze derart abgeschmackt, dass ich auf der Stelle kotzen könnte! Was fällt Ihnen überhaupt ein, uns mit einer solch abstrusen Idee zu belästigen?«

Hilflos schaute Lichtenthal zu Volkhammer, der die Arme über seinem großen Bauch verschränkt hatte.

»Auch ich muss sagen, dass ich eine solche Art der Werbung für absolut indiskutabel halte«, schloss sich der Cellist der Meinung seines Freundes an. »Was sind das für Zeiten, in denen nicht einmal mehr der Tod tabu ist?«

»Um die Brechung von Tabus soll es ja bei dieser Art der Werbung gehen. Und der Tod ist eben ein solches Tabu. Aber da ich die Herren anscheinend nicht von meiner Idee überzeugen kann, verlasse ich Sie jetzt wieder, entschuldigen Sie nochmals die Störung«, sagte der Jungunternehmer unbehaglich.

Nachdem sich Lichtenthal wieder an seinen Tisch zurückgezogen hatte, waren die beiden, die eine Zeitlang geschwiegen hatten, geradezu erleichtert, als er von der Serviererin die Rechnung verlangte und nach deren Begleichung sofort das Lokal verließ.

ERSTES KAPITEL (MONTAG)

Melitta Hawranek war empört.

Vor Entrüstung geradezu bebend stürmte sie in das kleine Büro der Bezirksinspektoren Kajetan Vogel und Alfons Walz, die sich gerade durch einen höchst unerfreulichen Aktenwust kämpften, der sich mit den Aussagen einer albanischen Hütchenspielerbande befasste, die in der Währinger Straße von einem zivilen Polizeikommando in flagranti erwischt worden war. Dabei war den beiden Kriminalisten bewusst, dass ihre Arbeit völlig umsonst war, da man die Mitglieder der Bande auf freien Fuß setzen musste, auch wenn sie mit einigen Taschendiebstählen in Verbindung gebracht wurden, die sich in der unmittelbaren Umgebung des Spielgeschehens ereignet hatten.

So verwunderte es nicht, dass den beiden jede Ablenkung willkommen war.

Und sei es auch in Form einer schier vor Empörung platzenden Sekretärin, von deren verzerrtem Gesicht man schwerlich sagen konnte, ob es nun vor Wut oder Anstrengung rot angelaufen war. Schließlich befand sich das Büro im dritten Stock, zu dem doch einige Stufen zu überwinden waren, da der Lift schon seit geraumer Zeit außer Betrieb war, weil er gerade den neu erlassenen Sicherheitsbestimmungen angepasst und mit Zwischentüren versehen wurde.

»Ja, Mimi, was ist denn mit dir los? Trainierst du für den Wien-Marathon?«, fragte Vogel, der die Situation wieder einmal völlig verkannte.

Und die sonst so mütterliche Hawranek, die die gelegentlichen Sticheleien ihrer Kollegen bislang immer gutmütig hingenommen hatte, reagierte völlig überraschend. Denn ungeachtet ihrer Atemnot war sie immerhin noch dazu fähig, zwischen ihrem lebenserhaltenden Ringen nach Luft noch irgendwie das Wörtchen »Trottel« unterzubringen, das unmissverständlich an den feixenden Inspektor gerichtet war.

»Es ist einfach … unglaublich«, stieß sie hervor, während sie die Rechte auf die Gegend ihres wild schlagenden Herzens presste, das hinter einer durchaus voluminösen Brust verborgen war.

»Jetzt setz dich erst einmal hin, Mimi, du bist ja ganz außer dir!«, rief Walz besorgt aus, der sofort aufgestanden war und ihr liebevoll die Hand auf die Schulter gelegt hatte. »Ich bringe dir jetzt ein Glas Wasser und dann, wenn du dich verschnauft hast, kannst du uns alles ganz der Reihe nach erzählen.«

Dankbar schaute sie den jüngeren der beiden Kriminalisten an und ließ sich ächzend auf den angebotenen Stuhl sinken.

Nachdem sie das dargebotene Glas in zwei großen Schlucken geräuschvoll geleert hatte, seufzte sie erleichtert auf, bevor sie zu erzählen begann.

»Ihr könnt euch das nicht vorstellen, was mir heute Morgen passiert ist! Ich fahr also wie immer von zu Hause weg, die Kurzbauerstraße entlang, und da kommt ja eine Stopptafel an der Böcklinstraße, an der ich natürlich brav anhalte. Gut. Jetzt kommt auf der Vorrangstraße so ein junger Bursch' langsam dahergerollt, bleibt stehen und deutet mir mit der Hand, dass ich fahren soll. Gut. Na, ich bedank mich freundlich und fahr los. Denk mir grad' noch, es gibt sogar unter der Jugend noch Kavaliere … und in dem Moment, wo ich losfahre, gibt er plötzlich Gas und fährt mit vollem G'schäft in mich hinein. Könnt ihr euch das vorstellen? Ich steig' natürlich sofort aus, um mir das Bürscherl vorzunehmen. Wie ich ihn frag', was ihm denn da eingefallen ist, mir zuerst zu deuten und dann in mich hineinzufahren, behauptet der doch glatt, dass er schließlich Vorfahrt gehabt und ich ihm diese genommen hätte.«

Voller Empörung schaute sie von einem Inspektor zum anderen.

»Und? War niemand in der Nähe, der das Ganze gesehen hat?«, wollte Walz wissen.

»Nein, leider nicht. Du weißt ja, um die Zeit ist dort kaum jemand auf der Straße. Ich hab' natürlich gleich die Kollegen von der Streife angerufen, was den Trottel überhaupt nicht gestört hat. Als sie endlich gekommen sind, hab' ich ihnen erklärt, wie es wirklich gewesen ist. Allerdings hab' ich die beiden noch nie gesehen, die müssen neu sein bei uns, sonst wäre es vielleicht anders ausgegangen. Doch da keine Zeugen dabei waren, stand Aussage gegen Aussage und ich hab deppert g'schaut«, sagte sie erbost, um sofort traurig hinzuzufügen, »und mein schönes Mazda-Baby ist auch hin!«

»Ist es so schlimm?«, fragte Walz einfühlsam.

»Das ist sicher ein Totalschaden. Das Auto ist schon vierzehn Jahre alt, und so wie der mir reintuscht ist … die ganze vordere Seite ist eingedepscht …«

»Na schau, Hauptsache dir ist nix passiert. Hast du die Personalien von dem Burschen?«

Empört musterte sie den Inspektor.

»Sicherlich hab ich die mir geben lassen, ich bin ja nicht auf der Nudelsuppn daherg'schwommen.«

»Vielleicht finden wir was im Computer über diesen Herrenfahrer«, sagte Walz, während er den Namen auf dem Zettel studierte. »Helmut Fiedler, hast du je was von dem gehört, Kajetan?«

»Bin ich der Derrick?«, antwortete Vogel schroff. »Keine Ahnung. Die Kapazität meines Gedächtnisses ist so begrenzt, dass es sich auf das Wesentliche konzentrieren muss, und dazu gehören bestimmt keine dahergelaufenen Kleinkriminellen.«

Offensichtlich war er ein wenig verstimmt über den Ausfall Hawraneks und blätterte missmutig in den sich vor ihm auftürmenden Akten.

Ratlos schaute Mimi zu Walz herüber, der ihr mit Gesten bedeutete, dass sie sich bei dem empfindlichen Vogel, der immerhin ihr Vorgesetzter war, doch entschuldigen möge.

Mit resigniert verzogenem Mund wandte sie sich dem gekränkten Bezirksinspektor zu.

»Also gut, Kajetan, den ›Trottel‹ nehm' ich selbstverständlich zurück. Aber du musst auch verstehen, dass ich manchmal einfach kein Verständnis für deine Art von Humor habe.«

Ruhig blickte Vogel von den Akten auf.

»Wenn dies eine Entschuldigung sein soll, nehme ich sie selbstverständlich an«, antwortete er mit dem Anflug eines Lächelns. »Trotzdem kenn' ich deinen Bruchpiloten nicht. Wenn ich so ein Gedächtnis hätte wie die Kommissare im Film, die immer die gesamte Strafkartei im Kopf haben, säße ich sicherlich nicht hier, sondern wäre beim Fernsehen … Aber trotzdem, die Melitta wird's mir verzeihen, haben wir heute noch eine ganze Menge an Fällen vor uns, die mindestens genauso dringend sind wie ihr Unfall, so tragisch er sich auch für sie gestalten mag.«

»Fein«, antwortete der harmonieselige Walz zufrieden, »ich schau' nachher im Computer für dich nach, Mimi. Was liegt also als Erstes an, mein lieber Kajetan?«

Nachdem Hawranek mit einem lauten Seufzer das Zimmer verlassen hatte, entnahm Vogel dem Konvolut ein Blatt, das er mit verzogenem Gesicht und spitzen Fingern in die Höhe hielt.

»Damit, schlage ich vor, fangen wir heute an. Vergewaltigung einer Siebzehnjährigen.«

»Unerfreulich. Und, ist der Täter bekannt?«

»Ja, ein achtzehnjähriger Bursch, der sich offenbar als ihr Freund betrachtete und gedacht hat, er dürfe das …«

»Also doch nicht so unerfreulich. Lass mich raten: Er behauptet, es sei mit ihrer Einwilligung geschehen, während sie dies vehement bestreitet, weil die muslimischen Eltern ihm draufgekommen sind und ihm mit der Scharia drohen.«

Prüfend schaute Vogel seinem Kollegen in die Augen.

»Hast wohl in der Früh wieder heimlich vorgearbeitet? Alter Streber! Allerdings musst du dabei etwas missverstanden haben, denn es sind keineswegs die Eltern, sondern die Brüder der Vergewaltigten, die dem Täter ans Leder, respektive an wertvollere Teile wollen … Und das Besondere dabei ist, dass dieser Bursch selbst die Polizei gerufen hat, weil er nun um sein Leben fürchtet.«

Walz verdrehte die Augen.

»Dann ist das Ganze sogar sehr unerfreulich … Hast nichts Einfacheres am frühen Morgen? Ein kleiner Diebstahl oder so etwas? Ich hab doch noch nicht gefrühstückt.«

»Das Einfache haben wir ja bereits hinter uns, o du mein Walz. Schließlich haben wir schon die erste Einvernahme gehabt, die immerhin in einer unverhohlenen Beleidigung eines Beamten gipfelte«, antwortete Vogel, während er mit seinem Kinn auf die Tür deutete, durch die Melitta kurz zuvor verschwunden war. »Außerdem wartet der Beschuldigte schon seit acht Uhr auf seine Einvernahme.«

»Jetzt hab dich nicht so, immerhin hat sie sich entschuldigt … Und stammt der Vergewaltiger auch aus dem schönen Land des Halbmonds?«

»Nein, leider nicht, das wäre einfacher«, seufzte Vogel. »Dann würden die das ja unter sich ausmachen. In diesem Falle handelt es sich leider um ein Wiener Eigengewächs.«

»Dann schauen wir uns halt einmal an, was unseren Landsmann dazu bewogen hat, so lustvoll in orientalischen Gärten zu wandeln.«

Kurz nachdem Walz seinen Kollegen telefonisch Bescheid gegeben hatte, wurde ein schmächtiger Junge hereingeführt, der, seinem Äußeren nach zu schließen, allenfalls sechzehn Jahre alt war.

Nachdem Vogel die Personalien, und vor allem das Geburtsdatum, mit dem Verdächtigen abgeglichen hatte, richtete er das Wort an den blonden jungen Mann, der verschämt zu Boden blickte.

»Also, Herr Kern, was war da gestern los?«

»Wenn die mich erwischt hätten, dann weiß ich nicht, was mir passiert wäre ...« Ängstlich schaute er auf. »Sie müssen mir helfen!«

»Das werden wir gerne tun«, antwortete Vogel ruhig, »allerdings müssen wir erst einmal wissen, was überhaupt passiert ist ...«

»Ich versteh das alles nicht«, sagte Kern leise, »ich bin mit der Ayse jetzt schon seit drei Wochen zusammen. Wir haben ja versucht, es vor ihren Brüdern geheim zu halten, weil sie so große Angst vor denen hat. Sie wissen ja, wie das ist, bei den Türken und ihrer Familienehre. Und gestern haben die plötzlich gedroht, mich umzubringen ... Und da hab' ich halt bei der Polizei angerufen.«

Noch immer hielt er seinen Kopf gesenkt.

»Aber den Grund, warum die Sie umbringen wollten, sollten Sie uns vielleicht auch sagen, Herr Kern. Schließlich liegt eine Aussage Ihrer Freundin vor, dass Sie sie vergewaltigt haben. Das behauptet wenigstens ihr Bruder, der ebenfalls hier angerufen hat. Und das ist kein Kavaliersdelikt.«

Ruckartig hob er seinen Kopf und schaute Vogel in die Augen.

»Das ist doch alles nicht wahr. Das hat sie erst dann behauptet, wie uns ihre Brüder draufgekommen sind!«

Vogel wechselte einen bedeutungsvollen Blick mit seinem Kollegen.

»Heißt das, Ihr sexueller Kontakt geschah mit dem Einverständnis Ihrer Freundin?«

»Genau das heißt es! Natürlich zieren sich die Mädchen immer dabei, aber direkt widersprochen hat sie nicht! Und als es dann so weit war, hat sie sich auch nicht gewehrt«, fügte er trotzig hinzu.

»Aber jetzt behauptet sie, dass dem nicht so gewesen wäre und Sie sie vergewaltigt hätten …«, warf Vogel streng ein.

»Aber so weit sind wir doch gar nicht gekommen!«, rief Kern verzweifelt aus.

Verblüfft hielt der hinter dem Schreibtisch sitzende Walz in seinem Aktenstudium inne.

»Das heißt, ihr habt gar nicht miteinander geschnackselt?«, mischte er sich in das Gespräch.

»Ach, woher denn. A bisserl Ausgreifen, mehr war da nicht. Bei den türkischen Mädchen läuft doch nichts Richtiges. Wenn man die nur einmal näher anschaut, muss man die doch gleich heiraten.«

Ratlos zuckte Vogel mit den Schultern.

»Na, dann … Warten Sie bitte draußen, bis wir Sie wieder rufen. Jetzt hören wir uns erst einmal an, was Ihre Freundin dazu zu sagen hat …«

Mit diesen Worten begleitete ihn der Kriminalist zur Türe, durch die schon bald ein völlig verschüchtertes Mädchen hereinkam, das von zwei jungen Männern begleitet wurde, an die sich Vogel sogleich wandte.

»Wenn Sie nichts dagegen haben, wollen wir Ihre Schwester erst einmal alleine zu der Sache vernehmen. Hier drin passiert ihr schon nichts.«

Widerwillig verließen die beiden Beschützer wieder das kleine Büro.

Mit einem diskreten Zeichen bat Vogel seinen Kollegen, die Vernehmung des Mädchens vorzunehmen.

Schließlich hatte sich in ihrer langjährigen Zusammenarbeit immer wieder gezeigt, dass Walz für die Vernehmung sensiblerer Personen eindeutig besser geeignet war als sein zur Ungeduld neigender Partner.

Nachdem Vogel sich also hinter seinen Schreibtisch zurückgezogen hatte, bot Walz dem zierlichen Mädchen einen Sessel an. Er selbst blieb neben ihr stehen und legte vertraulich seine Linke auf die Lehne.

»Ich weiß, dass dieses Gespräch für Sie nicht sehr angenehm sein wird«, sagte er leise, während er sich zu ihr hinabbeugte. »Trotzdem muss ich Ihnen einige Fragen stellen.«

Leise schluchzte Ayse in sich hinein.

»Sie haben gegen Ihren Freund Herbert Kern eine schwere Anschuldigung vorgebracht. Sie sagten aus, er hätte Sie vergewaltigt, wäre also gegen Ihren erklärten Willen in Sie eingedrungen. Hat es sich so verhalten?«

Wie schon zuvor ihr Freund blickte auch sie verschämt zu Boden und nickte unmerklich.

»Er behauptet nämlich, dass es gar nicht zum Vollzug gekommen sei, also gar keine Vergewaltigung vorläge. Weiter sagte er aus, dass der körperliche Kontakt mit Ihrem Einverständnis zustande kam. Ich weiß, wie schwer es für Sie ist, aber Sie müssen uns das erklären, schließlich kann Ihre Anschuldigung Ihren Freund ins Gefängnis bringen.«

Kurz schaute das auffallend hübsche Mädchen zu dem über ihr stehenden Inspektor auf, um sofort danach wieder auf den Boden zu starren.

»Sie müssen wissen«, fuhr Walz geduldig fort, »dass wir Sie, wenn Sie bei Ihrer Aussage bleiben, dem Amtsarzt vorführen müssen, der Sie dann untersucht, um Ihre Behauptung zu überprüfen ... Und das ist ja auch nicht angenehm für Sie, vor allem dann, wenn Sie die Unwahrheit gesagt haben …«

Ängstlich schaute die Kleine in die Richtung des in seine Akten versunkenen Vogel.

»Ist es Ihnen lieber, wenn wir beide alleine sprechen, Ayse?«, fragte Walz leise.

Obwohl er auch dieses Mal keine Antwort erhielt, wandte er sich an seinen Kollegen.

»Kajetan, dürfte ich dich etwas bitten? Könntest du nicht einmal nachschauen, ob der Bruchpilot von der Mimi aktenkundig ist?«

Unwillig vor sich hin grummelnd verließ Vogel den Raum, nicht ohne seinem Freund einen Blick zugeworfen zu haben, dessen Bedeutung sofort die Frauenbeauftragte des Bundesinnenministeriums auf den Plan gerufen hätte.

»Also, jetzt sind wir unter uns, Ayse«, sagte Walz, nachdem sein Kollege geräuschvoll die Türe hinter sich zugezogen hatte. »Hat er oder hat er nicht?«

Sie sprach so leise, dass Walz sich noch näher zu ihr hinunterbeugen musste, um überhaupt etwas zu verstehen.

»Nein, er hat nicht! Ich hab das nur wegen meiner Brüder gesagt …«

Leise begann sie zu weinen.

»Sie müssen das verstehen. Ich gehe noch zur Schule und will im nächsten Jahr maturieren. Gegen den Willen meines Vaters. Bisher hat mich immer meine Mutter unterstützt, aber wenn meine Familie jetzt findet, dass ich sie entehrt habe, kann ich meine Ausbildung vergessen. Entweder sperren sie mich ein. Oder schicken mich gleich in die Türkei, zu Oma und Opa …«

»Gut«, seufzte Walz. »Jetzt muss ich Sie leider etwas sehr Intimes fragen: Sind Sie noch Jungfrau?«

Wortlos nickte Ayse.

»Wie haben Ihre Brüder die Sache zwischen Ihnen und Ihrem Freund überhaupt entdeckt?«

»Das war ein dummer Zufall. Wir haben noch in seinem Auto geschmust, als er mich nach Hause gebracht hat, und da hat einer meiner Brüder uns gesehen. Er hat gleich die Tür aufgerissen und mich rausgeholt. Bevor er jedoch den Herbert erwischen konnte, ist der zum Glück davongefahren. Ich weiß nicht, was meine Familie ihm angetan hätte. Und dann haben die mich so unter Druck gesetzt, dass ich halt gesagt habe, dass der Herbert mich vergewaltigt hat …«

Ruhig, ja fast zärtlich, schaute Walz das verzweifelte Mädchen an.

»Und dann hat Ihr Bruder den Herrn Kern angerufen und ihm gedroht, ihn umzubringen … Das ist in der Tat eine ziemlich verfahrene Situation. Also, zuerst sollten Sie die Anschuldigung, die Sie gegen Ihren Freund vorgebracht haben, zurücknehmen. Nur, wie Sie dies Ihren Brüdern erklären, dazu kann ich Ihnen leider nichts raten …«

Flehentlich schaute Ayse den Inspektor an.

»Ja, aber was soll ich denn jetzt tun?«, flüsterte sie.

Es wäre völlig untypisch für Walz gewesen, wenn ihm das Häuflein Elend, das vor ihm saß, nicht leid getan hätte.

»Na ja, wenn Sie glauben, dass das hilft, kann ich ja einmal mit den beiden reden …«, sagte er väterlich.

Dankbar schaute Ayse zu ihm auf.

»Ob es etwas nützt, kann ich natürlich nicht versprechen … aber ich werde mein Bestes versuchen …«

Mit diesen Worten ging er zur Tür, um die beiden in sein Büro zu bitten, dessen Kapazität durch die Anwesenheit von nunmehr vier Personen an seiner Grenze angelangt war.

»Ich bin der Meinung, dass wir einmal miteinander reden sollten«, sagte Walz freundlich zu den Burschen, die den Eindruck erweckten, als wäre ihnen dieses Szenario gar nicht geheuer.

»Was wollen Sie noch mit uns reden? Der Kerl hat unsere Schwester vergewaltigt und damit unsere Familie entehrt. Und jetzt wollt ihr diesen Typen auch noch beschützen. Sind wir Türken vielleicht weniger wert als ein Österreicher? Wenn so was mit einer Inländerin passiert, dann wird der Kerl doch gleich verhaftet und wandert in den Häfen. Aber ihr … ihr wollt nur mit uns reden und uns vielleicht auch noch erklären, dass es doch nicht so schlimm ist. Wir wollen aber nicht reden, wir wollen nur, dass der Typ seine Strafe bekommt … Und wenn ihr nichts unternehmen wollt, dann werdet ihr blöd schauen, wenn wir …«, hier brach der Ältere der beiden plötzlich ab, sich anscheinend erinnernd, in welcher Umgebung er sich eigentlich befand.

»Was würden Sie denn dann tun, Herr Öner?«, fragte Walz ruhig.

Feindselig schaute er den Inspektor an.

»Mir ist klar, dass das, was vorgefallen ist, in Ihrer Kultur nicht üblich ist«, fuhr Walz ruhig fort, »jedoch sollten Sie nicht vergessen, dass dieser junge Mann sich, da in diesem Falle definitiv keine Vergewaltigung vorliegt, so verhalten hat wie es in *unserer* Kultur üblich ist.«

»Was heißt hier ›keine Vergewaltigung‹? Nur weil sie eine Türkin und keine Österreicherin ist?«, unterbrach ihn der ältere Bruder heftig, während er seiner Schwester einen triumphierenden Blick zuwarf.

»Auch bei österreichischen Mädchen verhält es sich so, dass der Tatbestand der Vergewaltigung erst in dem Moment erfüllt ist, wenn der Täter gegen den Willen des Opfers in dieses eingedrungen ist. Doch das war bei Ihrer Schwester nicht der Fall. Wie sie mir vorhin selbst gestand, ist er gar nicht in sie eingedrungen. Mit anderen Worten: Sie haben Ihre Schwester so sehr unter Druck gesetzt, dass sie den einzigen Ausweg darin sah, Ihnen die Unwahrheit zu sagen«, antwortete Walz scharf. »Sie sollten sich vielleicht einmal überlegen, wie groß ihre Verzweiflung gewesen sein muss, dass sie Zuflucht zu einer solchen Lüge nahm und damit ihren geliebten Freund schwer belastete …«

»Sie glauben also diesem Kerl mehr als meiner Schwester?«, brauste der Türke auf.

»Nein, wirklich nicht«, antwortete Walz, der kurz um seine Contenance rang. »Um den Sachverhalt zu klären, könnten wir sie natürlich auch dem Amtsarzt vorführen, der zweifelsfrei beurteilen könnte, ob eine Vergewaltigung vorliegt. Und da Ihre Schwester ja eingeräumt hat, dass dies nicht der Fall ist, sollten wir ihr diese unwürdige Prozedur doch ersparen.«

»Also, er hat dich nicht vergewaltigt?«, bellte der ältere Öner in einem Ton, der nichts Gutes verhieß, um sofort danach ins Türkische zu verfallen.

Nun mischte sich auch der jüngere Bruder Ayses ins

Gespräch ein, mit der Folge, dass die Unterhaltung in Kürze einen Lautstärkepegel annahm, dass Walz sich mit einem Mal nicht nur der Sprache wegen nach Kleinasien versetzt fühlte.

Bevor er jedoch noch eingreifen konnte, erschien plötzlich Vogel in der Türe, der eigentlich nur vorsichtig in sein Büro schauen wollte, um zu erfahren, ob sein Kollege mit seiner Befragung schon zu einem Ende gekommen war.

»Was ist denn hier los?«, rief er mit mächtiger Stimme. »Sind wir auf einem türkischen Basar oder was?«

Erschrocken hielten die Brüder inne und starrten auf den erbosten Inspektor, der sie um Haupteslänge überragte.

»Danke, Kajetan, Du hast mir gerade das Leben gerettet, oder zumindest mein Gehör«, sagte Walz erleichtert. »Darf ich vorstellen: die Brüder Öner. Ihre Schwester hast du ja bereits kennen gelernt.«

»Darf ich das also so verstehen, dass der Grund für diesen Lärm in der familiären Wiedersehensfreude zu suchen ist?«

»Nein, mit dieser Mutmaßung gehst du leider völlig fehl. Die Brüder Öner beschimpfen gerade ihr geliebtes Schwesterchen, weil sie nicht vergewaltigt worden ist. Zumindest nehme ich das an, da ich des Türkischen leider nicht mächtig bin.«

»Also, meine Herren, wenn Sie schon hier lärmen müssen, dann tun Sie das bitte auf Deutsch. Wir wollen ja auch etwas davon haben«, sagte Vogel streng.

»Das, was wir noch zu sagen haben, ist eine reine Familienangelegenheit, Herr Inspektor«, antwortete der ältere Bruder.

»Wenn mein Kollege nichts dagegen einzuwenden hat, sollten diese dann auch in ihrem Familienkreis besprochen werden und nicht in unserem Büro.«

»Ich habe eigentlich nur versucht, den Herren zu erklären, dass es auch noch andere Kulturen gibt als ihre eigene«, erklärte Walz seinem Kollegen, während er einen bedauernden Blick auf die nun völlig eingeschüchterte Ayse warf. »Aber leider war die Mühe vergebens, wie du siehst.«

»Können wir unsere Schwester jetzt mitnehmen?«, fragte der Ältere der beiden.

»Ich kann Sie nicht daran hindern. Allerdings sage ich Ihnen noch eines: Wenn Herbert Kern in der nächsten Zeit auch nur ein Härchen gekrümmt wird, werden wir uns als Erstes an Sie wenden – und dann werden wir nicht mehr so freundlich sein!«

Ohne die Inspektoren eines Blickes zu würdigen, nahmen die Burschen ihre Schwester am Arm und verließen rasch den Raum.

Als sie endlich wieder alleine waren, blies Vogel seine Backen auf und öffnete erst einmal das Fenster, da das ganze Büro von einem unsäglichen Geruchsgemisch aus süßlichem Herrenparfüm und Schweiß erfüllt war.

Während er seine Pfeife entzündete, unterrichtete ihn Walz über die Unterredung mit Ayse.

»Dann können wir den Kern eigentlich auch gleich heimschicken«, sagte Vogel, während er mächtige Rauchwolken ausstieß, »oder hast du noch Fragen an ihn?«

»Von mir aus kann er gehen, mir tut nur die kleine Ayse leid«, antwortete Walz in Gedanken versunken.

»Wenigstens muss sie kein Kopftuch tragen ... Andererseits, hätte sie eines getragen, wäre unser jugendlicher Heißsporn wahrscheinlich gar nicht auf den Gedanken gekommen, mit ihr etwas anzufangen …«, meinte Vogel nachdenklich. »Von dieser Seite aus gesehen ist das, was die Öners machen, eigentlich inkonsequent.«

»Dieser Gedanke ist frauenrechtlich durchaus bedenklich, mein lieber Kajetan, wenn ich auch zugeben muss, dass er ein Quäntchen Wahrheit in sich trägt. – Also, was ist jetzt mit dem Bruchpilot von Mimi. Sollten wir den kennen?«

Vogel, der unterdessen wieder hinter seinem Schreibtisch Platz genommen hatte, breitete die Papiere aus, die diesen Fall betrafen.

»Nicht wirklich. Interessant ist nur, dass seine hauptsächliche Beschäftigung darin zu bestehen scheint, sich in Unfälle zu verwickeln. In den letzten paar Monaten hatte er gleich mehrere davon – und war jedes Mal unschuldig.«

»So lange die Versicherungen bezahlen, ist das ein Bombengeschäft. Aber er kann doch nicht jedes Mal das gleiche Auto benutzen, oder chauffiert er einen Panzer durch Wien?«

Vogel überflog die vor ihm liegenden Computerausdrucke, während er leise seine Lippen bewegte.

»Na ja, bei den letzten 15 Unfällen hat er drei Autos verschlissen.«

Anerkennend nickte Walz mit dem Kopf.

»15 zu 3, das bedeutet 5 zu 1 für den Fiedler, so ein Auto will ich auch! Und was sagen die Versicherungen dazu?«

»Nix. Die haben bisher immer brav bezahlt. So lange niemand eine Anzeige gemacht hat, konnte er ja ganz gut damit leben …«

»Aber damit ist jetzt Schluss! Den Bruchpiloten will ich einmal kennen lernen, schließlich will ich wissen, welches Auto er bei seiner Arbeit bevorzugt ...«

Zufrieden setzte Vogel seine erloschene Pfeife wieder in Brand.

»Die Vorladung lassen wir unsere Mimi machen, die hat schließlich die entsprechende Motivation ...«

»Das ist eine blendende Idee, Kajetanus meus«, antwortete Walz zufrieden und griff gleich zum Telefonhörer, um das Faktotum von der unverhofften Gelegenheit in Kenntnis zu setzen, dass schnelle Rache für das erlittene Unrecht zu nehmen sei.

Nachdem die beiden noch einige Fälle behandelt hatten, darunter auch zwei der von Walz so ersehnten »kleinen Diebstähle«, verabschiedete sich Vogel in der Mittagspause von seinem Kollegen, da er sich den heutigen Nachmittag für seine Familie frei genommen hatte. Denn sein geliebtes Töchterchen Laura feierte heute seinen neunten Geburtstag. Und das Geschenk, auf das sie schon seit Monaten beharrlich hingearbeitet hatte, musste erst noch in Niederösterreich mit dem Auto abgeholt werden, handelte es sich doch um nichts weniger als einen Hund. Das durfte natürlich nicht irgendeine Promenadenmischung sein, da war Vogel davor. Schließlich, dessen war er sich durchaus bewusst, würde es in erster Linie an ihm sein, das Tier spazieren zu führen. Und da er, wie wir wissen, durchaus etwas auf sich hielt, sollte es schon etwas Stilvolleres sein. Der Kriminalist hatte an einen Windhund gedacht, dessen sanftes Gemüt und aristokratischer Bewegungsablauf ihn schon von Kindheit an fasziniert hatten, als er zuweilen den Sloughi seines Nachbarn ausführen durfte, was zu seiner größten Befriedigung stets für allgemeines Aufsehen gesorgt hatte. Und wegen seiner ihm innewohnenden Schwäche für das Anglophile hatte er sich einen Greyhound vorgestellt, die englische Version eines Windhundes.

Seine Gattin Martina, von einer panischen Angst vor Tieren aller Art beseelt, hatte er immerhin mit dem Argument überzeugen können, dass es kaum etwas Friedlicheres gab als einen solchen Hund, dem als einzigem Nachteil ein ausgeprägter Jagdtrieb zu eigen sei. Bei seinem bereits äußerst eigensinnigen Töchterchen fiel die Überzeugungsarbeit schon erheblich schwerer, da es unbedingt einen Hund aus dem Tierheim befreien wollte, seitdem es mit seiner ökologisch angehauchten Klassenlehrerin einen Ausflug dorthin gemacht hatte.

Nun galt es für Vogel, einen Kompromiss zu finden, auf den er auch bald im Internet stieß.

In Niederösterreich gab es tatsächlich einen Verein, der sich um Windhunde in Not kümmerte, die aus Großbritannien gerettet worden waren, wo diese Tiere, nachdem sie ein gewisses Alter erreicht hatten und zu Rennen nicht mehr zu gebrauchen waren, ihrem traurigen Schicksal überlassen wurden. Nachdem er Laura von dieser Möglichkeit überzeugt und auf der Homepage des Tierschutzbundes einen gestromten Greyhound entdeckt hatte, der durchaus den Vorstellungen Vogels entsprach und trotzdem der gesamten Familie gefiel, war er mit dem Verein in Kontakt getreten. Nach einigen Nachfragen bezüglich seiner Familien- und Wohnverhältnisse bekam er schon bald die Zusage, dass er die Hündin termingerecht zum Geburtstag seiner Tochter in einem Tierheim in Niederösterreich abholen könne.

Dementsprechend groß war die Aufregung von Frau und Kind, als sie nach dem Mittagessen mit seinem Rover gen Westen steuerten. Und auch Vogel selbst konnte sich einer gewissen Vorfreude nicht erwehren, obwohl er mit einem solchen Haustier viel mehr an sein Heim gebunden wurde, als es ihm, dem leidenschaftlichen Fremdgeher, eigentlich recht sein konnte. Denn seiner Argumentation der großen Arbeitsanforderung, die er üblicherweise anwendete, wenn er wieder einmal auf Freiersfüßen wandelte, war damit doch einiges an Durchschlagskraft genommen, zumal sich seine Gattin Martina nun stets darauf berufen konnte, dass schließlich nicht sie es gewesen sei, die einen Hund gewollt hatte. Vor allem keinen mit einem solchen Bewegungsdrang, der einem Windhund, so schön er auch ausschauen mag, nun einmal zu eigen war.

Dieser doch schwerwiegenden Bedenken war er allerdings gänzlich enthoben, als er des Hundes im Tierheim ansichtig wurde. Denn, wie von der Heimleiterin versprochen, war das Tier keineswegs scheu oder verängstigt, sondern ging direkt auf den sich eher im Hintergrund haltenden Vogel zu, den es heftig mit dem Schwanz wedelnd begrüßte. Martina, die sich sofort ängstlich hinter dem breiten Kreuz ihres Gespons geflüchtet hatte, beachtete er hingegen überhaupt nicht. Auch von Laura, die vor Freude jauchzend dem Hund entgegen gelaufen war und ihn nun heftig streichelte, nahm er kaum Notiz.

Denn der Greyhound hatte seinen Rudelführer gefunden.

Und Vogel war gerührt.

2. KAPITEL (DIENSTAG)

Am nächsten Morgen fühlte sich Kajetan Vogel wie zerschlagen.

Und das mit gutem Grund.

Der Greyhound, dem sein englischer Vorbesitzer den Namen »Emily« gegeben hatte, war seit ihrer ersten Begegnung nicht mehr von der Seite seines neuen Herrchens gewichen. Auch bei der Heimfahrt hatte das neue Familienmitglied immer wieder Anstalten gemacht, seinem chauffierenden Eigner auf den Schoß zu kriechen, von der Rückbank aus, versteht sich. Da halfen auch die verzweifelten Bemühungen der kleinen Laura nichts, die das Tier immer wieder mit zärtlichen Küssen davor zurückzuhalten suchte. Sehr zum Unwillen von Martina Vogel, die jedes Mal entsetzt aufschrie, wenn sich der Hund gegen das Mädchen durchgesetzt hatte und nach vorne drängte.

Dies hatte zur Folge, dass der von seiner zeternden Gattin schon bald entnervte Inspektor den nächst gelegenen Parkplatz ansteuerte, um ihr das Volant zu überlassen und sich nach hinten zu Hund und Tochter zu setzen, zur großen Freude von Emily, wie man sich denken kann. Die Küsserei (von Laura zu Emily) und Schleckerei (von Emily zu Kajetan) wollte fortan kein Ende nehmen, was Martina, die ihre Lieben ständig im Rückspiegel beobachtete, schon bald angewidert als »völlig unhygienisch« bezeichnete.

Offensichtlich hatte Emily einen großen Nachholbedarf an Zärtlichkeiten, denn auch nach einem ausgedehnten Spaziergang durch den Hörndlwald (der eigentlich näher gelegene Lainzer Tiergarten war für Caniden aller Art gesperrt), der Martina einigermaßen versöhnte, hatte sie doch schon seit Jahren immer wieder solche Familienunternehmungen vergeblich angemahnt, wich der Hund nicht von der Seite seines erwählten Rudelführers. Was diesem durchaus recht war, schließlich hatte er große Bedenken wegen eines möglichen Zusammentreffens mit Wildtieren aller Art und seinem jagdfreudigen Windhund gehabt.

Nach einem gemeinsam eingenommenen Abendessen, auch Emily bekam ihren Napf, wenn auch neben dem Tisch, wurde die widerstrebende Tochter von ihrer Mutter zu Bett gebracht, während Vogel seinem neu gewonnenen Begleiter die unmittelbare Umgebung seines nunmehrigen Heims zeigte, nicht ohne ein Plastiksackerl einzustecken, um gegebenenfalls die organischen Hinterlassenschaften seines Vierbeiners fußgängerfreundlich entsorgen zu können. Damit wollte er sich wohltuend vom Großteil seiner Hunde haltenden Wiener Mitbürger unterscheiden, die die hierorts so genannten »Hundstrümmerl« üblicherweise genau dort beließen, wo ihr Erzeuger sie zurückgelassen hatte.

Der Spaziergang dauerte allerdings ein wenig länger als ursprünglich veranschlagt, denn eine Begegnung zwischen Hundebesitzern erfolgt nur in den seltensten Fällen kommentarlos, was vor allem dann der Fall ist, wenn man über ein so kontaktfreudiges Tier verfügt wie unser Inspektor. Denn Emily zeigte sich auch im Umgang mit ihren Artgenossen keineswegs verschreckt, sondern lief auf jeden wie immer gearteten Köter mit freundlich erhobenem Schwanz zu, um den obligatorischen Geruchsaustausch zu vollziehen. So lernte Vogel, der immerhin schon bald zehn Jahre in dieser Gegend wohnte, sich aber bislang kaum um seine Nachbarn gekümmert hatte, an einem einzigen Abend mehr Anrainer kennen als in den fünf Jahren davor. Die damit aufkeimende Hoffnung, möglicherweise auch auf eine attraktive Hundehalterin zu treffen, trog allerdings. Den Bekanntschaften nach zu schließen, die er heute Abend gemacht hatte, war der Besitz eines Hundes offensichtlich nur für Männer und ältere Damen erstrebenswert.

Selbst diese fürwahr niederschmetternde Erkenntnis vermochte jedoch seine gute Laune nicht zu verderben, empfand er doch ein ausgesprochenes Vergnügen an dem fröhlichen Naturell seines neuen Freundes.

Dies jedoch sollte sich bald ändern.

Denn kaum war man zu Bett gegangen, das Lager des Tieres war nach den Empfehlungen des hinzu gezogenen Hundebuchs in einer lauschigen Ecke des Schlafzimmers eingerichtet worden, spürte er, wie sein neuer Freund auch in der Nacht seine Nähe suchte. Gerade als Vogel im Begriff war, in tiefere Schlafschichten einzutreten, bemerkte er, wie sich etwas Haariges unter seiner Decke breitzumachen suchte. Gleichwohl seine Nähe ihn wärmte, was ihm angesichts der unwirtlichen Jahreszeit, – es war gerade November geworden, – im Grunde nicht unwillkommen war, befand der schlaftrunkene Inspektor dennoch, dass dies definitiv zu weit ginge und verwies den Hund streng auf sein Lager, wobei er den größten Wert darauf legte, seine Ehefrau nicht zu wecken, die in der Unbotmäßigkeit des Hundes wohl eine willkommene Gelegenheit gefunden hätte, ihren Gatten erneut »der Töle« wegen zu beschimpfen.

Das Tier ließ sich zwar vorderhand davon überzeugen, allerdings wachte Vogel wenige Stunden später erneut auf. Der Grund dafür lag in seiner erheblich beschnittenen Bewegungsfreiheit. Nicht nur, dass sein neben ihm ruhendes Weib einen großen Teil des eigentlich geräumigen Doppelbetts beanspruchte, das war er immerhin gewöhnt, nein, auch von der anderen Seite drängelte es erheblich. Doch sein Wille zum Widerstand war um diese nachtschlafende Zeit einfach zu schwach ausgeprägt. Auch sein Versuch, auf dem ihm verbliebenen schmalen Streifen wieder in den Schlaf zurückzufinden, war zum Scheitern verurteilt. Jegliche Pädagogik im Umgang mit einem Hund vermissen lassend, floh er nach einiger Zeit des Herumwälzens auf kleinstem Raum die Bettstatt, um sich nunmehr auf dem wohnzimmerlichen Sofa einzurichten. Allerdings war dieser Gang mit großen Opfern verbunden, denn die wärmende Daunendecke konnte er nur schwerlich mitnehmen, da er in diesem Fall seine wie ein Stein schlafende Gattin entblößt hätte.

Auch wenn Emily einer leichtsinnigen Spezies der Caniden angehörte, war sie doch in erster Linie ein Hund. Dessen Treue sprichwörtlich ist. Offensichtlich wusste sie aber auch, dass sich die wahre Qualität dieser Tugend erst in schwerer Zeit erweist. Von diesem hündischen Ehrenkodex getragen, zögerte sie natürlich keinen Augenblick, auch den schweren Gang zum Sofa mit ihrem Herrn zu teilen.

Verzweifelt und gerührt zugleich über eine solche Anhänglichkeit, bat Vogel also den Hund unter das leichte Plaid, das auf dem Sofa bereit lag. Allerdings, da lediglich für ein Nachmittagsnickerchen gedacht, wärmte dies nicht wirklich. Doch dafür immerhin hatte er die sehr angenehm temperierte Emily an seiner Seite, die er fest an seinen zitternden Körper zog, worauf er schon bald in einen allerdings nur sehr oberflächlichen Schlaf fiel.

Unter diesen Umständen verwundert es nicht, dass Vogel am nächsten Morgen völlig übermüdet sein Büro betrat.

Was seinem bestgelaunten Kollegen Walz, der gerade einige bemerkenswerte Stunden mit einer neuen Bekanntschaft verbracht hatte, natürlich sofort auffiel.

»Wer hat denn dir so zugesetzt in der letzten Nacht, Kajetanus meus? Frau, Kind oder Hund? Bist du dir eigentlich dessen bewusst, dass du mit dem Kauf eines Vierbeiners mit einem Schlag die möglichen Ursachen deines Missmuts veranderthalbfacht hast?«

Müde winkte Vogel ab.

»Was heißt veranderthalbfacht – potenziert wäre der richtige Ausdruck. Aber, du wirst es nicht glauben, der Hund ist wirklich entzückend. Wenn er nur nicht so treu wäre …«

Gerade wollte Kajetan die letzte Nacht schildern, als Mimi Hawranek empört ins Büro gestürzt kam. In ihrer Rechten hielt sie eine Zeitung, die sie heftig hin- und herschwenkte.

»Mimi? Schon wieder?«, fragte Walz erstaunt.

»Es ist einfach unglaublich!«, prustete sie und ließ sich schwer auf einen Sessel sinken.

Kommentarlos stand Walz auf und brachte ihr ein Glas Wasser.

Nachdem sie es gierig getrunken hatte, atmete sie noch ein paar Mal durch, bevor sie ihrer Empörung Luft machen konnte.

»Jetzt stellt euch das einmal vor. Fahre ich heute Morgen mit der U-Bahn, da ich kein Auto mehr habe, bleibt mir ja nichts anderes übrig ... Und dort gibt es so eine Gratis-Zeitung. Und jetzt schaut euch das einmal an!«

Zitternd vor Entrüstung zeigte sie unter der Rubrik »Unser Leserreporter« auf ein Foto eines Autounfalls, das offensichtlich direkt nach dem Zusammenstoß gemacht worden war, denn beide Fahrer saßen noch hinter ihrem Steuer. Was Mimi daran so erregte, war die Tatsache, dass es ihr eigener Unfall war, der so unvermutet in das allgemeine Interesse gerückt wurde. Ein Zweifel war völlig ausgeschlossen, zumal im Begleittext die Uhrzeit und der Ort, an dem sich die Karambolage ereignet hatte, angegeben waren. Zudem erkannte sie die daran beteiligten Autos wieder.

»Es hat also doch einen Zeugen gegeben! Doch anstatt sich zu melden, macht der Kerl sich mit einem Foto davon, das er dann auch noch für 100 Euro versilbert. Das ist doch einfach infam!«

Staunend lasen die Kriminalisten den daneben stehenden Aufruf an die Leser, die dazu eingeladen wurden, »aktuelle Fotos von Polizeieinsätzen, Bränden, Unfällen oder auch Prominenten« an die Zeitung zu schicken, mit dem vielsagenden Zusatz »je schneller, desto besser«. Als Entlohnung winkten bis zu 1.000 Euro, falls es das Foto auf die Titelseite schaffen sollte.

Vogel nahm der Zeternden die Zeitung aus der Hand und ging damit zum Fenster, wo bessere Lichtverhältnisse herrschten.

»Da schau, das ist doch tatsächlich ein VW, den der Fiedler fährt. Wenigstens hat er Sinn für Qualität. Immerhin war es einst ein Österreicher gewesen, der den ersten Volkswagen konstruiert hat, wenn auch im Auftrag eines anderen Österreichers!«

»Auf wann hast du denn den Fiedler vorgeladen, Mimi?«, fragte Walz sachlich, der Vogels politisch nicht ganz korrekte Auslassungen geflissentlich überging.

»Heute um vier soll er kommen.«

»Na, dann sollten wir doch als Erstes in der Redaktion dieses Blättchens anrufen.«

Sanft nahm er seinem Kollegen die Zeitung aus der Hand, der gerade im Begriff war, sich darin festzulesen.

»Lass mich doch«, protestierte Vogel heftig, aber erfolglos, »so schlecht ist des gar nicht. Die Nackerte auf Seite drei … Für den Arsch braucht die eigentlich einen Waffenschein …«

Nach einem kurzen Blick auf das wahrlich knackige Hinterteil der posierenden Schönen, blätterte Walz rasch weiter, bis er das Foto des Anstoßes fand.

»Da steht kein Name des Fotokünstlers …, aber vielleicht haben die den nur vergessen. Schließlich sieht es jeder gern, wenn er in der Zeitung steht.«

Entschlossen griff Vogel zum Telefon.

Nachdem er einige Warteschleifen durchlitten hatte, wurde ihm mitgeteilt, dass der Chefredakteur leider derzeit nicht zu sprechen sei, später aber gerne zurückrufen würde.

»In einem solchen Falle, o du mein Walz, sagt uns die Erfahrung, dass es am besten ist, dort selbst vorzusprechen, zumal sich die Redaktion ja in unserer unmittelbaren Nähe befindet. Wenn schon der Chef nicht da ist, gibt es dort doch sicherlich auch ein paar Unterläufer, die uns den Namen des Urhebers mitteilen können. Der kann uns dann sicherlich sagen, ob er gesehen hat, wie der Fiedler unsere Mimi zum Unfall eingeladen hat.«

»Wie Du siehst, liebe Mimi, liegt uns dein Wohl so sehr am Herzen, dass wir sofort unsere geliebte Routinearbeit hintanstellen, wenn wir dieses gefährdet sehen.«

Liebevoll tätschelte Walz der dankbar lächelnden Sekretärin zum Abschied eine ihrer feisten Wangen.

Schon nach wenigen Minuten waren sie vor einem hässlichen Zweckbau aus den späten Siebzigerjahren angekommen, in dem die Redaktionsräume untergebracht waren.

Immerhin war der Portier, ein gleichgültig wirkender Mann jüngeren Alters, der bei ihrer Ankunft von einem Buch aufsah und sich damit als ein Opfer der verfehlten Bildungspolitik darstellte, von ihren Dienstausweisen so beeindruckt, dass er sie sofort einließ.

Auf die Frage nach der Lage der Chefredaktion, beschied er sie kurz, dass diese sich im dritten Stock befände, um sich sogleich wieder seiner Lektüre zuzuwenden.

»Hast du gesehen, was der gelesen hat?«, fragte der sichtlich beeindruckte Walz seinen Begleiter, als sie vor dem Aufzug standen. »Ein literaturwissenschaftliches Buch über Doderer.«

Verständnislos schaute ihn Vogel an.

»Und was hat er von seiner Belesenheit? Sitzt in der Portierloge von einem Blatt, mit dem sich der Doderer wahrscheinlich nicht einmal seinen literarischen Hintern ausgewischt hätte … Das wäre wohl auch dein Schicksal gewesen, wenn du nicht deine wissenschaftliche Karriere zu Gunsten von etwas wirklich Nützlichem aufgegeben hättest.«

»Immerhin könnten dir frisch gebackenem Hundebesitzer jetzt meine erworbenen Kenntnisse schon bald von Nutzen sein«, entgegnete Walz leicht säuerlich, der einst sein Studium der Veterinärmedizin wegen einer Allergie gegen Katzenhaare abgebrochen hatte. »Wenn man sich schon so etwas Empfindliches wie einen Windhund anschaffen muss, sollte man darauf bedacht sein, sich gut mit Tierärzten zu stellen.«

Vogel war einer Entgegnung enthoben, da die beiden unterdessen in der Etage der Chefredaktion angekommen waren, wo sich zahlreiche Büroräume befanden, deren Türen allesamt offen standen.

Etwas verloren wirkten sie schon, unsere beiden Kriminalisten, inmitten dieser regen Geschäftigkeit, die um sie herum herrschte.

Es dauerte nicht lange, bis sich Vogel, der die Vorübereilenden eine Zeitlang einer genauen Musterung unterzogen hatte, entschlossen einer blonden Dame in den Weg stellte, die sich gerade anschickte, einen großen Bogen um die beiden zu machen.

»Kriminalpolizei! Wir bräuchten eine Auskunft.«

Überrascht musterte die Angesprochene zuerst die beiden Kriminalisten und dann den gezückten Dienstausweis, den Vogel ihr unter die Nase hielt.

»Ja bitte, dann kommen Sie doch gleich mit in mein Büro«, antwortete sie eilig, während sie den beiden voranging. »Allerdings habe ich nicht viel Zeit. Sie sehen ja, was hier los ist …«

Ihr Büro, am Ende des Flurs gelegen, war scheinbar etwas größer als die umliegenden Räume, was den Inspektoren nur bestätigte, dass Vogel mit der Wahl seiner Ansprechperson ins Schwarze getroffen hatte. Neben der Türe war ein Schild angebracht, das dieses Zimmer als den Arbeitsraum des stellvertretenden Chefredakteurs auswies.

Nachdem sie Platz genommen hatten, überreichte die Journalistin ihren Besuchern routiniert ihre Geschäftskarte, die sie einem kleinen Plexiglaskubus entnahm, der neben der Tastatur ihres Computers stand.

»Was also wollen Sie wissen?«, fragte Maria Tement, während sie sich in ihrem Sessel zurücklehnte und ihre makellosen Fingernägel einer kritischen Inspektion unterzog.

»Wir würden gerne die Identität der Person erfahren, die dieses Foto gemacht hat«, erklärte Vogel auf das Bild in der mitgebrachten Zeitung deutend.

»Ach, das Leserfoto?«, antwortete sie nach einem kurzen Blick auf die aufgeschlagene Seite, während ihre Stimme einen etwas härteren Klang annahm. »Da kann ich Ihnen leider nicht helfen. Dies fällt unter die Verschwiegenheitspflicht der Presse gegenüber ihren Informanten.«

»Die wollen wir ja keinesfalls in Frage stellen. Könnte es nicht vielmehr sein, dass Sie den Namen nur schlicht vergessen haben und der Leser ihn selbst gerne in der Zeitung sehen würde?«, fragte der Inspektor geduldig.

»In diesem Falle weiß ich zufällig ganz genau, dass der Urheber dieses Fotos anonym zu bleiben wünschte«, antwortete Tement.

»Dann hätte ich noch eine weitere Frage: Hat diese Person schon mehrmals Fotos bei Ihnen eingeschickt?«

»Auch dies darf ich Ihnen nicht beantworten. Aber Sie müssen mich jetzt entschuldigen und haben Sie bitte Verständnis für meine Verschwiegenheit, aber wenn wir beginnen würden, selbst die einst hart erkämpfte Pressefreiheit zu untergraben, hätten wir bald keine Informanten mehr, auf die eine Zeitung schließlich dringend angewiesen ist. Ich nehme an, Sie finden alleine wieder hinaus. Auf Wiederschaun, meine Herren.«

Mit einem leichten Kopfnicken stand sie auf und ließ die beiden Kriminalisten in ihrem Büro zurück.

»Von wegen Unterläufer …«, maulte Walz, während er sich erhob. »Mit einer tödlichen Sicherheit hast du gerade die ausgesucht, die uns bestimmt nichts sagt. Nur weil sie die Hübscheste von denen war.«

»Wenn ich mir schon eine Abfuhr hole, dann soll dies wenigstens aus dem Munde einer attraktiven Frau geschehen – außerdem war sie blond, wie dir nicht entgangen sein dürfte, und daher eigentlich deinem Beuteschema zugehörig.«

»Die bestimmt nicht. Denn üblicherweise lege ich auch großen Wert auf einen guten Charakter, und über einen solchen verfügt die Frau Tement offensichtlich nicht, schließlich hat sie uns nicht einmal einen Kaffee angeboten.«

»Das ist das Stichwort, o du mein Walz. Nach der letzten Nacht hätte ich gegen ein Gabelfrühstück überhaupt nichts einzuwenden. Doch bevor wir unverrichteter Dinge wieder von dannen ziehen, würde ich mir von diesem Qualitätsblatt noch ganz gerne ein paar andere Ausgaben anschauen – vielleicht finden wird dort noch mehr solche interessanten Fotografien.«

»Möglicherweise – vielleicht ist die Nackerte von heute auch einmal von vorne zu sehen – das wäre dann wirklich interessant …«

»Also, wer von uns beiden fixiert ist, lasse ich jetzt einmal dahin gestellt … Entschuldigen Sie bitte«, sprach Vogel einen vorübereilenden jungen Mann an, »haben Sie hier vielleicht so etwas wie ein Archiv, wo man die Ausgaben der letzten Zeit einsehen kann?«

Erstaunt runzelte der Angesprochene die Stirn.

»Na ja, wir haben schon so etwas, aber eigentlich ist das nur für den internen Gebrauch gedacht.«

»… und für die Kriminalpolizei?«, fragte Vogel freundlich, während er schwungvoll seinen Dienstausweis zückte.

»Da müssten Sie sich an Frau Tement wenden, die müsste hier irgendwo …«, sagte er, während er seinen Blick suchend umherschweifen ließ.

»Danke, bemühen Sie sich nicht weiter, wir finden sie schon selbst«, beschied Vogel den etwas ratlos wirkenden Mann, der sichtlich erleichtert seiner Wege ging.

Tatsächlich brauchten sie nicht lange zu warten, bis die kühle Blonde wieder erschien. Allerdings war sie gerade von einem Telefongespräch so sehr in Anspruch genommen, dass sie die beiden passierte, ohne überhaupt Notiz von ihnen zu nehmen.

Erst, als sie hinter ihrem Schreibtisch Platz genommen hatte, schien Tement die Kriminalisten zu bemerken, die ihr schweigend bis zur Schwelle ihres Büros gefolgt waren. Ihr Gespräch, dessen Inhalt unterdessen vom offiziellen zum unterhaltsamen Teil übergegangen war, nahm sie offensichtlich völlig gefangen.

Als jedoch der gesellschaftliche Part den Löwenanteil der Unterhaltung auszumachen drohte und die Redakteurin sich gerade vor Vergnügen glucksend über einen offenbar ziemlich dämlichen »Lothar« ausließ, räusperte sich Vogel, zu dessen Primärtugenden die Geduld eindeutig nicht zählte, ziemlich lautstark, so dass sie kurz aufblickte und mit dem Versprechen des baldigen Rückrufs das Gespräch beendete.

»Ja, was wünschen Sie noch?«, fragte sie ein wenig gereizt, während sie die Arme vor ihrer Brust verschränkte.

»Wie uns gesagt wurde, haben Sie hier ein Archiv, und in dem hätten wir uns noch ganz gerne ein wenig umgesehen …«, sagte Walz verbindlich lächelnd.

»Im Archiv? Was wollen Sie denn da?«, fragte sie in einem Tonfall, als ob die Kriminalisten die Sauberkeit der sanitären Anlagen überprüfen wollten.

»Es geht uns eigentlich nur um die Leserfotos …«

»Wie ich Ihnen bereits sagte, kann ich Ihnen über die Einsender keine Auskunft erteilen.«

»Uns interessieren auch weniger die Fotografen, als vielmehr das, was auf den Bildern zu sehen ist – Sie verstehen?«

»Ich weiß zwar nicht, was Sie damit bezwecken«, antwortete sie achselzuckend, »aber bitte, gehen Sie ruhig ins Archiv, wir haben ja nichts zu verbergen.«

Ohne eine weitere Antwort abzuwarten, stand sie auf und ging an den Inspektoren vorbei, um in einem der angrenzenden Räume zu verschwinden, aus dem sie alsbald mit einem etwas ungepflegt wirkenden Mädchen wiederkam, das sie als eine Praktikantin des Verlags vorstellte.

»Eva wird Sie ins Archiv begleiten. Also, auf Wiederschaun, meine Herren, hoffentlich finden Sie dort, was Sie brauchen.«

Mit diesen Worten schloss sie die Türe ihres Büros.

Das »Archiv«, das sich ein Stockwerk tiefer befand, bestand aus nichts anderem als einer kleinen Kammer, worin sich die Zeitungen längst vergangener Tage in wilder Unordnung stapelten.

»Könnten Sie mir möglicherweise erklären, welches System hier angewendet wurde?«, fragte Vogel ratlos, nachdem er sich ein wenig umgesehen hatte.

»Keine Ahnung«, antwortete die Praktikantin gleichmütig, die dafür kurz ihr ständiges Kaugummikauen einstellte, »ich war hier auch noch nie drin. Versuchen's Sie's doch einfach einmal mit ›Trial and Error‹.«

Kopfschüttelnd standen die Kriminalisten vor den riesigen Papierstößen.

»Kein Wunder, dass es nur für den internen Gebrauch gedacht ist … Dürften wir, wenn wir in diesem Saustall überhaupt etwas finden, einige Exemplare der letzten Tage mitnehmen?«

Gelangweilt schaute Eva zu Vogel.

»Wenn Sie wollen … ich glaube kaum, dass das jemandem hier auffällt«, sagte sie gedehnt.

»Na, umso besser. Gehn wir's an.«

Und tatsächlich, nachdem die Inspektoren doch ein gewisses System gefunden hatten, das darin bestand, dass die letzten Ausgaben zuoberst lagen, hatten sie nach etwa einer halben Stunde die Exemplare der letzten vier Wochen zusammen gesammelt.

Die reiche Ausbeute unterm Arm, verabschiedeten sie sich von der Praktikantin, die zur Bestätigung etwas langsamer kaute, bevor sie in den Aufzug stieg.

»Nichts ist unergründlicher als die Oberflächlichkeit eines Weibes, pflegte der verehrte Karl Kraus zu konstatieren – und, wenn ich mir diese beiden doch so gegensätzlichen Exemplare anschaue, da fällt mir Widerspruch, obzwar politisch durchaus erwünscht, ausgesprochen schwer ...«, meinte Walz kopfschüttelnd, während sie langsam die Treppen hinab stiegen.

Als sie den intellektuellen Portier passierten, blieb Walz plötzlich stehen und klopfte leise an die Scheibe.

»Wissen Sie zufällig, wo man hier in der Nähe einen anständigen Kaffee bekommt?«

Offensichtlich verärgert über die Störung musterte er die beiden Kriminalisten.

»Ich gehe immer zu *McDonald's*. Sonst gibt's hier nur ein paar Pizzerias und einen Chinesen. Wenn Sie mit dem Auto da sind, gibt es stadtauswärts auf der linken Seite noch ein Kaffeehaus.«

Rasch wandte er sich wieder seinem Buch zu.

»Das scheint ja sehr spannend zu sein, was Sie da lesen«, warf nun Vogel interessiert ein.

Erstaunt blickten ihn Walz und der Portier an, wenn auch aus unterschiedlichen Beweggründen.

»Seit wann interessiert man sich bei der Polizei für Literatur?«

»Soziologische Grundlagenforschung, für die höheren Ränge«, antwortete Vogel mit ernster Miene.

Zur Besorgnis von Walz war sein Kollege offensichtlich gerade im Begriff, zu seiner gefürchteten Hochform aufzulaufen.

Auch der Portier war sich nicht ganz sicher, wie weit er den englisch gekleideten Inspektor ernst nehmen konnte. Um jeglichem Ärger aus dem Weg zu gehen, schließlich war sein Gegenüber ein Hüter des Gesetzes, beschloss er, auf seine Ausführungen einzugehen.

»Dieses Buch«, liebevoll betrachtete er den blauen Einband, »beschäftigt sich mit der Poetik des Schreibhandwerks bei Heimito von Doderer. Sehr interessant und auch gut geschrieben, was man nicht von jedem philologischen Werk behaupten kann. Es wäre bestimmt nützlich, wenn dieses Buch als Pflichtlektüre für die niederen Ränge bei der Polizei eingeführt würde. Damit würden deren Berichte in Zukunft vielleicht mit etwas mehr stilistischer Sorgfalt verfasst. Ich bin davon überzeugt, dass eine solche Maßnahme dazu geeignet wäre, den Ruf Österreichs als Kulturnation zu untermauern.«

Kein Zweifel, der Mann hatte Humor.

»Ich werde diesen interessanten Vorschlag selbstverständlich sofort dem Herrn Polizeipräsidenten vorbringen«, erwiderte Vogel schmunzelnd, »der freut sich doch immer so, wenn die Bevölkerung Verständnis für die Probleme der Exekutive aufbringt. Auf der linken Seite, haben Sie gesagt?«

Freundlich winkend durchschritt er die Türe, mit Walz im Schlepptau, der einen bedeutsamen Blick mit dem Pförtner wechselte.

»Ewig schad' um den. Sitzt da den ganzen Tag als Portier herum und tut nichts anderes, als sich die Ausweise der Leute anzuschauen«, meinte Vogel, als sie zu ihrem alten Opel zurückkehrten.

»Wenn du keine großen Bedürfnisse hast, ist das doch der ideale Beruf. Hat nichts zu tun und kann während seiner Arbeitszeit lesen, so viel er will.«

»Dafür muss er bei *McDonald's* seinen Kaffee trinken – also, das wär's mir nicht wert …«, erwiderte Vogel, während er seine Pfeife aus der Jackentasche angelte. »Also, was machen wir jetzt? Fahren wir ins Ungewisse oder doch lieber in vertrautere Gefilde? Das ›Stein‹ läge fast auf der Strecke.«

»Dann lass uns dorthin fahren. Von dem wissen wir wenigstens, dass der Kaffee trinkbar ist. Außerdem ist dort um diese Zeit noch nichts los, da können wir ein wenig plaudern.«

»Ah, gibt es etwas Neues, was ich wissen müsste, o du mein Walz?«, fragte Vogel vergnügt, während er den Innenraum des Dienstfahrzeugs vorschriftswidrig mit dicken Rauchschwaden einnebelte, bevor er den Wagen in Richtung Innere Stadt lenkte.

»Da du mir bislang noch nichts von der ersten Nacht mit deinem neuen Familienmitglied erzählt hast, kenne ich dich doch gut genug um festzustellen, dass du geradezu begierig darauf bist, mir davon zu berichten«, sagte Walz arglos.

»Du brauchst gar nicht so unschuldig tun. Auch ich kenne dich gut genug, um zu erkennen, dass du mir dringend etwas mitzuteilen hast. Wenn ich dich so anschaue, geht meine Vermutung in die Richtung einer neuen Bekanntschaft.«

Tatsächlich hatte Walzens Gesicht einen genießerischen Ausdruck angenommen.

»Na ja. Ganz falsch liegst du dabei nicht. Aber ich bin mir nicht sicher, ob es dich überhaupt interessieren sollte, wie ein Junggeselle seine freien Abende verbringt. Schließlich könnte es dich auf für deine Ehe nicht zuträgliche Ideen bringen.«

»Gerade deshalb solltest du mir jedes Detail erzählen, damit ich erst zu schätzen weiß, was ich an meiner reizenden Gattin Martina habe …«, erwiderte Vogel.

»Später dann, es gibt einfach Dinge, die man nur mit vollem Magen bereden kann … Außerdem weiß ich nicht recht, ob dein Zugang legitim ist. Nachdem du dich nun mit dem Kauf eines Hundes endgültig in den heiligen Familienstand zurückgezogen hast, sollte alles von dir fern gehalten werden, was diesen gefährden könnte.«

3. KAPITEL (DIENSTAG)

Die Ahnungen hatten Bezirksinspektor Walz nicht getrogen: Um diese Zeit, es war gegen elf Uhr vormittags, war das traditionelle Szene-Café tatsächlich nur sehr spärlich besucht. Bis auf einige wenige, durchwegs jüngere Besucher, die es sich hinter ihren Laptops gemütlich gemacht hatten, um das hierorts kostenlos angebotene Wireless Lan zu nutzen, zeigte sich das in mehrere Ebenen aufgeteilte Lokal in überraschender Leere. Für ein Wiener Kaffeehaus eher unüblich, herrscht hier erst am Abend der größte Andrang. Diesem untypischen Gebaren der Besucher wird von der Geschäftsleitung insofern Rechnung getragen, als das reichhaltige Frühstück sogar bis 20 Uhr serviert wird.

So hatten unsere Kriminalisten kein Problem, einen geräumigen Ecktisch zu finden, auf dem sie ungeniert die mitgebrachten Exemplare der U-Bahn-Zeitung ausbreiten konnten. Was allerdings sogleich einen argwöhnischen Blick der mit der Speisekarte hinzugetretenen Serviererin zur Folge hatte.

Walz, dem die Reaktion des Mädchens nicht entgangen war, beruhigte sie jedoch sogleich, indem er ihr mit seinem schönsten Lächeln mitteilte:

»Keine Sorge, wir nehmen nachher alles wieder mit – versprochen.«

Nachdem sie jeder eine Melange und, nach eingehendem Studium des Angebots, je zwei Eier im Glas und ein Schnittlauchbrot bestellt hatten, teilte Walz die mitgebrachte Lektüre in zwei etwa gleich hohe Stapel, die er allerdings erst einmal beiseite schob.

»Um der Gefahr auszuweichen, dass uns die eine oder andere Abbildung den Appetit verdirbt, würde ich vorschlagen, dass wir uns zuvor erst einmal stärken sollten, zumal du ja dringend dein Schlafdefizit mit einer erhöhten Kalorienzufuhr ausgleichen musst.«

Doch Vogel antwortete nichts, denn schon hatte er das erste Exemplar zur Hand genommen, um interessiert darin zu blättern.

»Falls du die Vorderseite deiner Nackerten suchen solltest, darf ich dich darauf hinweisen, dass dies hier eigentlich eine dienstliche Untersuchung ist, und du die Zeitungen zwecks gründlicherer Lektüre nachher gerne mit nach Hause nehmen darfst. Die Martina geht ja sicherlich auch einmal einkaufen …«

»Lass mich doch a bisserl schaun, da stehen ja hochinteressante Dinge drin … Und das Leserbild erst … Schau nur her, das herzige Hunderl, auch dafür gibt's 100 Euro. Da könnt' ich mit meinem neuen Familienmitglied doch was dazuverdienen, und das ganz legal – so wie die Emily ausschaut, schafft sie es sogar aufs Titelblatt.«

Ungläubig brummend nahm Walz seinem Kollegen die Zeitung aus der Hand.

»Na, so hübsch wie der depperte Dackel da ist deine Emily noch lang, nehm' ich einmal an … Siehst, da steht: ›Frau Elfriede Moser aus Klosterneuburg erhält für dieses herzige Foto ihres Boris 100 Euro.‹ Wie ich dir gesagt habe, die Leut' sehen ihren Namen gern in der Zeitung. Wenn dem nicht so ist, dann ist was faul. Eigentlich brauchen wir nur zu schauen, welches Bild anonym ist, dann können wir davon ausgehen, dass da was nicht stimmt – so einfach ist das.«

»Sehr scharfsinnig, o du mein Walz. Es erhebt sich nur die Frage, wer sich für müde 100 Euro der Gefahr einer kriminellen Handlung aussetzt …«, gab Vogel mit wichtiger Miene zu bedenken.

»Wenn es aufs Titelblatt kommt, sind es immerhin schon 1.000. Glaubst nicht auch, dass auch andere Magazine ihren Lesern solche Angebote machen? Und da die nicht gratis sind, zahlen sie wahrscheinlich auch besser. Du könntest ja einmal deinen alten Freund Frühwirth von der Zeitung anrufen und ihn fragen, ob die dort öfters mit solchen Bildern zu tun haben.«

»Das ist gar keine schlechte Idee, doch jetzt sollten wir uns erst einmal den wesentlichen Dingen des Lebens widmen«, sagte Vogel versonnen, während er die Zeitungen beiseite schob, um Platz für die Teller zu machen, mit denen die Serviererin an den Tisch trat.

Nachdem sie sich eine Zeitlang schweigend mit dem Frühstück beschäftigt hatten, musterte Vogel seinen Kollegen plötzlich mit prüfendem Blick.

»Irgendetwas ist anders heute Morgen«, murmelte er vor sich hin, »wenn ich nur draufkäme, woran das liegt … Die Frisur ist es nicht …«

Walz, der seinen Freund und insbesondere dessen Neugierde schon lang genug kannte, verdrehte die Augen:

»Ist ja gut, ich erzähl' es dir ja schon. Also, was willst du wissen?«

»Ich will ja nicht in dich dringen, aber, o du mein Walz, du kommst mir plötzlich so verändert vor, gerade so, als ob du während der letzten Tage etwas besonders

Eindrückliches erlebt hättest. Wurdest du gar erleuchtet? Von einem engelsgleichen Wesen vielleicht? Mit goldblondem Haar?«

Walz nahm einen schwärmerischen Gesichtsausdruck an.

»Was soll ich dir sagen, sie ist wirklich ganz ähnlich, wie ich sie mir vorgestellt habe … vielleicht sogar noch ein bisschen hübscher«, antwortete Walz kauend, »außerdem hat sie rotblondes Haar.«

Vogel, der sich in Erwartung einer längeren Erzählung bereits hingebungsvoll seinem Frühstücksei zugewendet hatte, hob erstaunt den Kopf und schaute seinen Kollegen fragend an.

Davon völlig unbeeindruckt schob sich Walz genießerisch den letzten Bissen seines Schnittlauchbrotes in den Mund.

»Mein Freund, du sprichst in Rätseln – erklär' dich näher.«

»Das Ganze fing eigentlich mit einem Missverständnis an«, antwortete Walz schmunzelnd. »Ich hab' dir doch, glaub' ich, eh schon von ihr erzählt. Die Dame, die mich Anfang letzter Woche anrief und auf mich einredete wie ein Wasserfall, bis sie nach einiger Zeit bemerkte, dass sie eigentlich falsch verbunden war.«

»Ich erinnere mich«, warf Vogel ein, während er sich seine Verdauungspfeife stopfte.

»Als sie endlich draufkam, dass sie eigentlich dem Falschen von ihren Problemen erzählte, sich vielmals entschuldigte und gerade einhängen wollte, sagte ich eben zu ihr, dass mich das Ende dieser Angelegenheit schon noch interessieren würde, wo doch der Anfang so spannend war.«

»Das hast du mir ja schon alles erzählt … und die hast du tatsächlich getroffen?«, fragte Vogel ungläubig.

»Zuerst willst du alles wissen und dann unterbrichst du mich dauernd – soll ich jetzt erzählen oder nicht?«

Beschwichtigend hob Vogel die Hand, um dann grunzend hinter einer Rauchwolke zu verschwinden.

»Also gut, da hat sie gelacht und mir tatsächlich die Geschichte fertig erzählt. Bevor du mich schon wieder unterbrichst, um mich zu fragen, worum es ging, will ich es dir lieber gleich erzählen. Eine mütterliche Freundin, die ihr sehr nahe stand, war plötzlich zu Tode gekommen, mit gerade einmal Ende vierzig. Und Elisabeth wollte dies einem befreundeten Arzt mitteilen, dessen Nummer mit meiner bis auf die letzte Ziffer identisch ist. Obwohl die Todesursache nicht ganz eindeutig war und diese Frau weder krank war noch einen Unfall erlitten hatte, hatte der Arzt ohne große Umstände einen plötzlichen Herztod diagnostiziert und den Leichnam ohne Obduktion freigegeben. Und dies hatte Elisabeth, die sich nicht vorstellen konnte, dass ihre Freundin so einfach stirbt, dermaßen erbost, dass sie nun zu erreichen versuchte, dass sie nun doch eine nähere Untersuchung des Leichnams zu erreichen versuchte. Da sie jedoch nicht der Familie angehört und diese kein Interesse an den näheren Todesumständen zeigte, wurde letzte Woche das Begräbnis mit großem Pomp gefeiert, womit der Fall erledigt sein dürfte.«

Nachdenklich zog Vogel an seiner Pfeife.

»Und wie kommt es, dass die Familie einer Obduktion nicht zugestimmt hat?«

»Na ja, diese Dame schien ein wenig kapriziös gewesen zu sein, eine fanatische Opernliebhaberin, die ihren

Idolen in der ganzen Welt hinterher gereist ist. Das war ihr anscheinend wichtiger als ihre Familie, so dass sich der Mann schon bald von ihr scheiden ließ. Der gemeinsame Sohn blieb jedoch bei ihr, obwohl sie sich nicht sehr um ihn kümmern konnte, bei all ihrer Reiserei, und ihn sobald als möglich bei den Sängerknaben unterbrachte.«

»Wo sonst? Aber dieses ständige Reisen kostet doch ein Vermögen – war sie so wohlhabend?«

»Davon kannst du ausgehen. Als einzige Tochter einer alten Fabrikantendynastie war das gesamte Erbe an sie gefallen, nachdem ihre beiden Eltern bei einem Autounfall ums Leben gekommen waren. Dass sich die Fabrik seit Generationen in Familienbesitz befand, kümmerte sie überhaupt nicht. Ohne mit der Wimper zu zucken, verkaufte sie die Firma sogleich an einen Großkonzern, der die Arbeitsplätze schnellstmöglich ins billige Ausland verlegte. Das Geld legte sie dann in einer Stiftung an, steuerschonend versteht sich …«

Prüfend musterte Vogel seinen Freund.

»Du klingst so verbittert, o du mein Walz. Das solltest du nicht sein, denn wäre sie nicht gestorben, hättest du deine Elisabeth niemals kennen gelernt …«

»Das ist auch wieder wahr. Was mich vielmehr an dieser Sache kränkt, ist die Tatsache, dass bei all den schönen alten Wiener Familienunternehmen, die über Generationen mit Liebe und auch unter zahllosen Entbehrungen aufgebaut worden sind, ein einziges schwarzes Schaf in der Erbfolge genügt, um die gesamte Tradition aus einer Laune heraus zu zerstören. Du kennst mich. Ich bin kein nostalgischer Traditionalist, der dem einst so großen Österreich nachtrauert, aber mit all diesen

Firmen sind doch zahllose Einzelschicksale verbunden. Arbeiter und Angestellte, die schon seit Jahrzehnten in dieser Fabrik Dienst taten, werden sozialverträglich, wie es so schön heißt, auf die Straße gesetzt, erfreuen sich mit Mitte vierzig der Frühpension und bohren bis zu ihrem Lebensende in der Nase. Von den menschlichen Aspekten ganz abgesehen: Wie viel Wissen und Erfahrung der Wirtschaft dadurch verloren geht … Nur weil eine exzentrische Dame ihrem Villázon oder Cura hinterher reisen muss. Das ist doch in höchstem Maße unmoralisch!«

Spöttisch musterte Vogel seinen aufgeregten Freund.

»Und das hast du auch so deiner Elisabeth erzählt?«

»Nicht ganz so drastisch natürlich, die ist ja auch so eine Opernnärrin …«

»Ah, daher die Verbindung. Sie sind sich wohl bei der allfälligen Huldigungszeremonie eines gemeinsamen Abgottes näher gekommen?«

Kopfschüttelnd nahm Walz einen Schluck Wasser.

»Nicht so, wie du denkst, da die Elisabeth eher auf Barockmusik steht als auf Belcanto. Aber ganz falsch liegst du auch nicht mit deiner Annahme. Denn die besagte Dame hat ja einen singenden Sohn. Und dieser ist gerade dabei, eine Aufsehen erregende Karriere als Countertenor anzustreben.«

»Als was?«

»Ein Countertenor ist ein Sänger einer hohen Stimmlage, die er mit seiner Kopfstimme erzeugt. Eigentlich ist er der Nachfahr vom Kastraten. Nur, dass heutzutage nichts mehr von ihm weggeschnitten wird. Vielleicht hast du den Film ›Farinelli‹ gesehen, der ein ganz berühmter Kastrat seiner Zeit war. Für ihn und seine Kollegen, die seinerzeit so berühmt waren wie heutzutage die größten Popstars, haben die bedeutendsten Komponisten zahllose Opern geschrieben. Nachdem man in der Mitte des 18. Jahrhunderts von diesem Brauch abkam, – der letzte Kastrat, Alessandro Moreschi, sang in der päpstlichen Kapelle und starb, glaub' ich, 1922, – wurden deren Rollen in die Tenorlage transponiert oder von Frauen besetzt. Seitdem jedoch die Originalklangbewegung an Dynamik gewonnen hat, gibt es wieder Bedarf an Männern, die so hoch singen können, zumal damals ein Kastrat, oder eben heute ein Countertenor, nicht nur eine völlig andere Stimmfärbung hat als eine Frau, sondern auch größere Lungenflügel, die ihm ermöglichen, viel länger zu singen ohne Atem holen zu müssen.«

»Einmal mehr erstarre ich in Ehrfurcht und senke demütig mein Haupt vor einer solch eminenten Gebildetheit … oder hast du ein wenig Nachhilfe genommen, um deiner Holden zu imponieren?«

»Bleibe ruhig voll der Demut, mein lieber Kajetan, sie kleidet dich ausgezeichnet. Von dem Moreschi habe ich sogar Tonaufnahmen zu Hause, die übrigens ziemlich berührend sind. Ja, und beim Konzert des Sohnemanns haben sich die beiden Mädels dann zum ersten Mal getroffen.«

»Wann war das?«

»Vor ein paar Monaten wird das gewesen sein.«

»Dann erbt sie also nichts?«

»Das nehme ich nicht an.«

»Schade, eine so gute Partie würde ich dir schon wünschen.«

»Das ist wirklich reizend von dir, mein lieber Kajetan, aber da wir uns ja erst einen überschaubaren Zeitraum kennen, sind solche Gedankenspiele doch tatsächlich etwas vorschnell.«

»Trotzdem erscheint es mir seltsam, dass der Sohn, wenn er eine so intensive Beziehung zu seiner Mutter unterhielt, die Bedenken deiner Freundin nicht teilt und ihren Tod einfach so hinnimmt.«

»Dass diese Beziehung wirklich so herzlich war, kann ich mir nicht vorstellen. Schließlich hat sie sich doch nur wenig um ihn gekümmert und ihn so früh wie möglich in ein Internat gesteckt. So etwas hinterlässt Wunden. Zudem hat er sicherlich einige Millionen von ihr zu erwarten …«

»Und was treibt sie so? Beruflich, meine ich.«

»Sie ist Geschäftsführerin einer international tätigen Software-Firma.«

»Na, das klingt eigentlich gar nicht so schlecht … Eines würde ich allerdings noch gerne von dir erfahren. Woher weißt du denn das alles so genau? Es klingt ja beinahe so, als wärst du die ganze Zeit dabei gewesen.«

»Was soll ich dir sagen? Nachdem sie mich irrtümlich angerufen hatte, brauchte ich ja einen Vorwand, um mich am nächsten Tag wieder bei ihr zu melden. Ich konnte ihr wohl schlecht sagen, dass ich sie gerne einmal treffen wolle. Da fiel mir nichts Besseres ein, als ihr mitzuteilen, dass mich, als Polizist, ihre Geschichte dermaßen interessieren würde, dass ich alles genau wissen wollte.«

Mahnend hob Vogel seinen Zeigefinger.

»Du weißt hoffentlich, dass es sich hierbei um eine eigentlich unzulässige Vermengung von privaten und beruflichen Interessen handelt. Gehe ich fehl in der Annahme, dass du ihr Hoffnungen gemacht hast, die Untersuchung des Falles zu übernehmen – samt Exhumierung?«

Schelmisch blickte Walz seinen Kollegen an.

»Na ja, mit irgendeinem Schmäh muss man die Mädels ja von seinen Qualitäten überzeugen. Aber immerhin habe ich dabei das Opfer auf mich genommen, mir die gesamte Geschichte anzuhören, und das gleich mehrmals ...«

»Mehrmals gleich?«

»Einmal, besser gesagt, zweimal am Telefon und dann später im Kaffeehaus nochmals«, Walz seufzte vernehmlich, »als seriöser Polizist muss man sich ja ein genaues Bild des Falles machen.«

»Sehr brav, Inspektor Walz, geradezu vorbildlich. Aber wenn ich dich so betrachte, scheint sie deine Mühe reichlich vergolten zu haben.«

»Das hat sie, in der Tat.«

Nach einer kurzen Pause, während der jeder seinen Gedanken nachhing, nahm Vogel den ihm zustehenden Zeitungsstapel zur Hand.

»Auch wenn diese Geschichte sehr interessant anmutet, so liegt sie doch außerhalb unseres eigentlichen Aufgabenbereichs – wie du weißt, o du mein Walz, haben wir es derzeit mit ganz anderen Problemen zu tun.«

Bedeutungsvoll blätterte er im zuoberst liegenden Exemplar der Gratiszeitung.

»Eigentlich ist das eine sehr praktische Sache. Steht doch alles drin, was der mündige Bürger zu wissen hat. Vielleicht sollte ich künftig mein Zeitungs-Abo kündigen und mit der U-Bahn fahren ... schau, ein Sudoku ist auch drin, mit Farben, damit's nicht so schwer ist, und sogar ein richtiges Kreuzworträtsel ... Richtig knifflig ist das ... oder weißt du die Abkürzung von ›Assessor‹ mit drei Buchstaben?«

»Bevor du dich in die sicherlich zeitaufwändige Lösung des Rätsels vertiefst, würde ich doch anregen, erst einmal die einzelnen Leserfotos durchzuschauen, um unserem gemütlichen Beisammensein während der Dienstzeit einen seriöseren Anschein zu verleihen«, sagte Walz leichthin, als ihn plötzlich ein erstaunter Ausruf seines Kollegen aus der Lektüre riss.

»Schau dir das einmal an: Ein Leserfoto als Titelbild! Erkennst du das Motiv? Der Brand in der Alser Straße!«

Tatsächlich war der Aufmacher das Bild eines brennenden Hauses, nicht ohne den in Rot gehaltenen Hinweis, dass dieser Schnappschuss der Zeitung 1.000 Euro wert gewesen war. In der dazu gehörigen Schlagzeile zeigte sich die Redaktion entsetzt über den »Feuerteufel in einem Wohnhaus am Alsergrund.« In dem kurzen Text darunter wurde die in großen Lettern aufgestellte Frage sogleich mit den dürren Worten relativiert, dass »die Polizei den ersten Untersuchungen zufolge ein Fremdverschulden nicht ausschließt«, wobei betont wurde, dass diese Aufnahme von einem Leser der »U-Bahn-Zeitung« »noch vor dem Eintreffen der Feuerwehr« gemacht worden war.

Dieser Fall hatte vor einigen Wochen tatsächlich die Nachrichten beherrscht und auch die Kriminalpolizei beschäftigt, da sich in dem Haus Wohnungen von Ausländern befanden und ein fremdenfeindlicher Anschlag nicht ausgeschlossen wurde, zumal im Keller Spuren von Benzin gefunden worden waren. Glücklicherweise waren mit Ausnahme einiger Bewohner, die eine Rauchgasvergiftung davongetragen hatten, keine Opfer zu beklagen gewesen.

»Und jetzt darfst du einmal raten, ob sich der Fotograf zu seinem Meisterwerk bekannt hat …«, sagte Vogel triumphierend, während sein Kollege beschwichtigend die Hände hob.

»Bevor wir uns zu voreiligen Schlüssen hinreißen lassen, sollten wir uns vielleicht noch die restlichen Exemplare anschauen, um dann, von der Realität untermauert, die richtige Schlussfolgerung treffen zu können.«

Tatsächlich stießen die beiden noch auf zwei Abbildungen von Geschehnissen, die das Eingreifen der Polizei nötig gemacht hatten. Eine davon entstand bei einer Schlägerei nach dem Fußballländerspiel zwischen der Türkei und Österreich, deren Fans sich nach einer so genannten »freundschaftlichen Begegnung« eine veritable Straßenschlacht geliefert hatten, sowie von einem schweren Verkehrsunfall auf dem Gürtel. Beide Aufnahmen waren ohne Namensangabe gedruckt worden.

»Das ist schon eigenartig, dass ausgerechnet von diesem Unfall ein Bild gemacht wurde«, meinte Vogel nachdenklich, »wenn es der ist, den ich meine. Der Binder aus dem 17. hat mir letztens von einem Unfall auf dem Gürtel erzählt. Da war ein Motorradfahrer mitten in der Nacht auf einer Öllache ausgerutscht. Das war kein Fleck, den vielleicht ein Auto verloren hat, sondern eine richtige Pfütze, in die der arme Bursche hineingeraten ist. Gerade so, als wäre das Ganze inszeniert worden.«

»Und was ist dem Bürscherl passiert?«

»Na, schwer verletzt war er. Doch er hat noch Glück gehabt, weil das in aller Herrgottsfrühe passiert ist und nur wenig Verkehr auf der Straße war. Stell' dir mal vor, so was passiert am Tag, das gibt gleich eine Massenkarambolage.«

»Und was hat der Bruchpilot dazu gesagt?«

»Er hat sich wahrscheinlich gewundert, was einem in Wien so alles passieren kann«, antwortete Vogel kryptisch, um mit einem ärgerlichen Grunzen in seiner schlecht ziehenden Pfeife herumzubohren.

»Das heißt, er war gar nicht von hier? Jetzt lass' dir doch nicht alles aus der Nase ziehen …«

»Nein, er war nur zu Besuch bei einer Freundin und konnte sich auch nicht erklären, dass es offenbar jemand auf ihn abgesehen hatte, wo er hier doch so gut wie niemanden kennt.«

»Bis auf die Freundin …«

»Na ja, lass' sie einen eifersüchtigen Freund haben. Aber steht der in aller Herrgottsfrühe hinter einem Baum und lauert, dass sein Nebenbuhler in die von ihm bereitete Pfütze fährt, und macht dann ein Foto davon? Kaum wahrscheinlich. Und vor allem, woher soll er wissen, dass der Bursche mit seinem Motorrad genau durch das Öl fährt, bei einer dreispurigen Straße …«

»Dies, mein verehrter Kajetan, ist natürlich ein starker Einwand. Was haben die Untersuchungen unserer emsigen Kollegen also ergeben?«

»Nichts, deshalb hat mir der Binder ja davon erzählt. Da scheint einer rein aus Jux ein Liter Öl auf die Straße geschüttet zu haben. Mit dem Foto hier könnte ein, allerdings ziemlich schwaches, Motiv gefunden sein.«

Walz kniff die Augen zusammen, um die Einzelheiten des wegen der frühen Uhrzeit ohnehin nur unscharfen Bildes, das ein umgestürztes Motorrad neben seinem abgeworfenen Reiter zeigte, genauer erkennen zu können.

»Wegen 100 Euro, die zudem nicht einmal sicher sind? Bei dem Risiko, erwischt zu werden? Ich weiß nicht … Und wenn die Zeitung das Bild nicht druckt, setzt er dann das Öl als Werbungskosten von der Steuer ab? Also, das Motiv ist ziemlich dünn, mit Verlaub. Vielleicht war es ja nur ein Streich von geistig minderbemittelten Heranwachsenden.«

»Um die Uhrzeit? Wie man es auch dreht und wendet, es bleibt alles irgendwie unlogisch. Und was ist mit dem anderen Bild?«

»Das zeigt nur eine ganz normale Schlägerei unter Fußballrowdys. Das einzig Interessante daran ist nur, dass kein Name druntersteht.«

»Da ein solcher Zwischenfall bei einem Freundschaftsspiel etwas ganz Natürliches darstellt, meine ich, dass man dieses Bild nicht unbedingt zum Gegenstand näherer Untersuchungen machen sollte. Zumal das Foto von einem Hooligan gemacht worden sein könnte, der keinen allzu großen Wert darauf legt, mit dem Geschehen in Verbindung gebracht zu werden. Wenn wir im Kommissariat sind, ruf' ich den Binder an und lass' mir das Datum von dem Unfall geben. Wenn es mit dem des Fotos übereinstimmt, haben wir ein Problem.«

»… oder eine Spur.«

Vogel seufzte vernehmlich.

»Das ist ja das Problem!«

4. KAPITEL (DIENSTAG)

Vor seinem Unfall war das Leben von Andreas Reif ganz nach Wunsch verlaufen.

Nach dem Abschluss in der Hauptschule seiner Heimatstadt Gänserndorf, einem kasernenartigen Gebäude, dem man schon von Weitem ansah, dass es ein Hort der Ernsthaftigkeit war, hatte er gegen den ursprünglichen Willen seiner Eltern die Laufbahn eines Automechanikers eingeschlagen. Dies war sein einziges größeres Aufbegehren gegenüber seiner Familie gewesen, die ihm als Ältestgeborenen zu gegebener Zeit eigentlich die Leitung des väterlichen Hofes überlassen wollte. Hätte Andreas keinen jüngeren Bruder gehabt, wäre ihm diese Auflehnung vielleicht schwer gefallen, denn er war ein durchaus folgsamer Sohn, dessen Beziehung zu seinen Eltern von gegenseitigem Respekt getragen war.

So fügte sich die Familie nach anfänglichem Protest seinem Berufswunsch, zumal dieser schon sehr früh absehbar gewesen war. Denn schon als Kind hatte sich Andreas lieber mit den Landmaschinen seines Vaters beschäftigt als mit dem Anbau von Spargel und Gemüse, von dem sich seine Familie schon seit Generationen ernährt hatte. Immerhin geriet seiner Familie diese Leidenschaft des Sohnes nicht zum Nachteil, denn keiner seiner bäuerlichen Nachbarn konnte auf einen so gut gewarteten Maschinenpark verweisen wie Herr Andreas Reif senior. Was ihn doch mit Stolz erfüllte, den Herrn Papa. Der es sich natürlich nicht nehmen ließ, während des allfälligen Frühschoppens nach der sonntäglichen Messe auf das besondere Talent seines Sprösslings zu verweisen. So wurde der noch nicht einmal Vierzehnjährige schon bald bei der Lösung auftretender technischer Probleme von den Nachbarn zur Beratung hinzugezogen. Da es in den meisten Fällen nicht nur bei einem Ratschlag blieb, verdiente unser Jüngling schon sehr früh gutes Geld. Seine schulischen Leistungen litten naturgemäß unter seiner Nebenbeschäftigung, doch nicht nur die Vernachlässigung seiner Hausübungen erregte den Unwillen seiner Klassenlehrerin. Es waren im Besonderen seine stets ölverschmierten Finger, mit denen er so manch verräterischen Fingerabdruck auf seinen ohnehin nur mäßigen Schularbeiten hinterließ. Denn Frau Professor Helga Schober, eine trotz ihres relativ jugendlichen Alters von 35 Jahren schon etwas ältliche wirkende, alleinerziehende Mutter, hielt etwas auf Sauberkeit, die nach ihrer Überzeugung zusammen mit der Höflichkeit die unverzichtbare Grundlage jedes gedeihlichen Miteinanderauskommens bildete. Dennoch wäre sie niemals auf den Gedanken gekommen, ihren verölten Zögling so schlecht zu benoten, dass er das Klassenziel nicht erreichen würde. Schließlich war sie Kummer gewohnt, zumal sie Deutsch unterrichtete, ein in diesem malerischen Landstrich ohnehin völlig nutzloses Unterfangen. Denn trotz allem Schmutz, der ihn umgab, war der Jüngling alles andere als ein Rabauke. Er war vielmehr von ausgesuchter Höflichkeit und trachtete stets danach, seine doch gerade noch ausreichenden schulischen Leistungen mit bemerkenswertem Charme vergessen zu machen. Und das wiederum gefiel Helga Schober, so dass sie ständig hin- und hergerissen war zwischen seinem angenehmen Wesen und dem stets präsenten Geruch nach Motoröl. Der allerdings im Endeffekt über die Sympathie zu obsiegen vermochte, denn charmant kann man nur sein, wenn man die Gelegenheit dazu erhält, stinken dagegen tut man immer. Unter diesen Umständen war Frau Schober also durchaus erleichtert, als Andreas, der im vorgesehenen Zeitraum den Hauptschulabschluss erreicht hatte, in den Ernst des Lebens entlassen werden konnte.

Sie wusste natürlich auch, dass er sich schon einen Namen als Mechaniker für Maschinen aller Art gemacht hatte, dem er mehr als gerecht wurde, als er einen alten und ziemlich verrosteten Kübelwagen, den der Vorfahr eines Nachbarn aus unerfindlichen Gründen aus dem zweiten Weltkrieg herübergerettet hatte, nach Jahrzehnten der Stilllegung wieder flott machte. Die vollständige Restaurierung des so genannten VW Typ 82, den er als Bezahlung für die Reparatur eines Traktors erhalten hatte, fand im Übrigen im Geheimen statt, wollte er doch seinen Vater anlässlich seines Schulabgangs endgültig davon überzeugen, dass seine Talente weit über denen eines durchschnittlichen Automechanikers lagen und daher der Förderung bedurften. Und tatsächlich waren seine Eltern vor Staunen stumm, als ihr Filius fröhlich das Zeugnis schwenkend und, da ohne Führerschein nicht ganz gesetzeskonform, in seinem wüstensandgelben Kübelwagen in den Hof einfuhr.

Ausgestattet mit diesem Gesellenstück war es ihm ein Leichtes, eine Stellung als Lehrling bei einer namhaften Automobilwerkstatt in seinem Heimatort zu bekommen, die sich auf die Restaurierung von Oldtimern spezialisiert hatte. Dort hatte er sich seit nunmehr drei Jahren aufs Beste bewährt, wobei ihn der Meister neben der Förderung seiner Talente auch schon bald in die Geheimnisse der Körperhygiene einwies. Wodurch das Leben von Andreas eine einschneidende Wende erfuhr. Denn unter dem ständig präsenten Ölfilm versteckte sich ein durchaus manierlich aussehender junger Mann, der, nach gründlicher Reinigung, folgerichtig auch bald in den Interessenkreis der örtlichen Weiblichkeit geriet. Nach einigen Flirts und kürzeren Beziehungen lernte er im Rahmen eines Festes die Wiener Cousine einer Schulfreundin kennen, die ihm sogleich ins Auge stach. Nicht nur, dass sie aus der Großstadt kam und dementsprechend sicher auftrat, in ihrem ganzen Aussehen entsprach sie durchaus seinem Beuteschema. Doch zu einer unmittelbaren Kontaktaufnahme fehlte ihm letztlich der Mut. So strich er scheinbar ziellos um sie herum, ohne sie jedoch anzusprechen. Durch einen glücklichen Umstand sollte er sie dennoch kennen lernen. Denn es war ausgerechnet deren Cousine, die sich heftig zu Andreas hingezogen fühlte, was schließlich auch das Interesse ihrer urbanen Verwandten an dem schüchternen Jüngling weckte. Und wie das halt so ist mit jungen Leuten und ihren Liebesdingen, stellte sich Andreas bei der nun einsetzenden Unterhaltung reichlich ungeschickt an, sogar sein stets präsenter Charme wirkte seltsam aufgesetzt und mochte somit nicht zu verfangen. Hätte sich nicht ihre Cousine in einem solchen Maße um Andreas bemüht, wäre Jessica wohl ungeküsst nach Wien zurückgekehrt. Da sich jedoch auch in diesem Geschäft Konkurrenz als durchaus belebend erweist, wurde er im Endeffekt mit einem freundlichen Abschiedskuss und einer Telefonnummer belohnt, die zu wählen sich am nächsten Tag verbot, obwohl Jessica eine nicht unerhebliche Rolle in Andreas' Gedankengängen spielte. Wobei man an dieser Stelle gerechterweise anmerken sollte, dass es nicht eine frühvollendete Klugheit war, die ihn von einem törichten Telefonat abhielt, sondern ein rotes Mercedes-Benz 190 SL-Cabriolet. Dieses musste nämlich bis zum Abend fertiggestellt sein, weil der Besitzer, ein ziemlich schnöseliger Banker aus Wien, es seiner Freundin anderntags zur Verlobung schenken wollte. Da der Kunde das Fahrzeug bereits am Morgen des folgenden Tages abholen wollte, musste Andreas das Schmuckstück bis in die späten Abendstunden hinein polieren, um danach todmüde in sein Bett zu fallen. Streng genommen war es also keine Taktik, sondern einfach nur Glück, dass er seine Jessica nicht bereits am nächsten Tag mit seinen Gefühlsergüssen überfuhr, was sicherlich kontraproduktive Folgen gehabt hätte. Diese, durch ihre urbane Herkunft schon um einiges abgebrühter als er, hatte nach ihrem spontanen Abschiedskuss eigentlich mit einem baldigen Anruf ihres unbeholfenen Verehrers gerechnet, und war nicht wenig überrascht, als dieser nun ausblieb. Am Tage darauf, nach der glücklichen Übergabe des Fahrzeugs, mit dem schon Rosemarie Nitribitt ihre Freier becirct hatte (ihr Mercedes allerdings war nicht rot, sondern schwarz gewesen), war ein plötzlicher Notfall eingetreten, als ein ungehaltener Kunde seinen Austin-Healey 3.000, den er vor nicht allzu langer Zeit einer Totalrestaurierung in eben dieser Werkstätte hatte unterziehen lassen, auf dem Transporter eines Pannendienstes einliefern ließ. In der darauf einsetzenden

Hektik, der Kunde hatte immerhin den Preis eines Mittelklassewagens in die Reparatur investiert und war dementsprechend echauffiert, wurde die gesamte Belegschaft zusammengerufen, um sich gemeinsam auf die Suche nach der Quelle des Ärgernisses zu begeben. Endlich war ein Fehler in der Elektrik als Ursache für die Panne ermittelt worden, dessen Behebung sich jedoch als so kompliziert erwies, dass die Reparatur bis in den späteren Abend hinein dauerte. Zumal der erboste Besitzer die Mechaniker keinen Moment aus den Augen ließ und sich ständig in ihre Arbeit einmischte, was das Ganze letztlich doch erschwerte. Am Ende dieses turbulenten Tages lud der erleichterte Meister seine gesamte Belegschaft aufgrund ihres außergewöhnlichen Arbeitseinsatzes in eine nahe gelegene Pizzeria ein. Und so wartete auch heute die arme Jessica vergebens auf den eigentlich schon lange fälligen Anruf und machte sich Gedanken, ob dieser eigentlich viel zu nette Junge, dem sie aus reiner Spielerei (und um ihre Cousine zu ärgern) einfach ihre Telefonnummer gegeben hatte, nicht doch nur ein raffiniert getarnter Fallott war.

Unter diesen Umständen zeigte sich die Friseuse sehr geneigt, als am dritten Tage nach ihrem ersten Treffen endlich der Anruf erfolgte und Andreas in vermeintlicher Beiläufigkeit nach der Möglichkeit eines erneuten Treffens fragte. Er »hätte nämlich am nächsten Freitag zufällig in Wien zu tun«, und da wollte er sie fragen, »ob sie vielleicht abends schon etwas vorhabe«. Was er genau zu tun hatte, das ließ er freilich im Dunkeln, und auch sie war klug genug, nicht näher danach zu fragen, denn in seiner Aufregung wäre er wohl die Antwort schuldig geblieben, war doch das Einzige, was er in Wahrheit zu tun hatte, das Treffen mit Jessica. Nun, sie hatte tatsächlich nichts vor, und so stand einem Rendezvous nichts mehr im Wege.

Das war vor etwa sechs Monaten gewesen, und aus den beiden war unterdessen ein richtig verliebtes Paar geworden, das unbeschwert von jeglicher Sorge seine junge Liebe genoss.

Bis zu jenem verhängnisvollen Augenblick eben, als ein, im Übrigen nur vor Liebe trunkener, Andreas auf der Heimfahrt mit seinem Motorrad in eine riesige Öllacke geriet und auf ihr ausrutschte.

Zwar hatte er bei diesem Unfall laut den Aussagen der Ärzte »unbeschreibliches Glück« gehabt, dass er ihn überhaupt überlebte, eine Verletzung jedoch wog so schwer, dass sein rechter Unterschenkel nicht mehr erhalten werden konnte und amputiert werden musste.

Was das für einen so jungen Mann bedeutete, kann man sich unschwer vorstellen, doch die Beziehung zu seiner Jessica war unterdessen so weit gediehen, dass sie ihn bei ihren täglichen Besuchen stets aufzumuntern versuchte, nicht ohne ihn beständig ihrer Liebe zu versichern.

Das vermochte ihn zwar vordergründig zu trösten, dennoch führte er sich ständig die bislang folgenreichsten Augenblicke seines Lebens vor Augen.

Und immer wieder stellte er sich dieselbe Frage: Warum hatte es ausgerechnet ihn erwischen müssen? Ihn, der gerade seine Gesellenprüfung als Automechaniker so glanzvoll bestanden hatte, dass sein

Meister ihm in Aussicht gestellt hatte, Andreas könne einst als sein Nachfolger die Leitung des Betriebes übernehmen. Natürlich hatte ihm Herr Müllner bei seinem Krankenbesuch versichert, dass sich nichts an seinen Plänen geändert habe, zumal der medizinische Fortschritt gerade bezüglich der Prothetik in den letzten Jahren doch enorme Fortschritte gemacht hätte.

Dennoch war Andreas alles andere als glücklich, immer wieder quälte ihn die folgenreiche Kausalitätskette jenes unglückseligen Morgens.

Hätte er dem Drängen seiner Jessica nachgegeben und wäre bei ihr geblieben, würde er noch immer auf zwei Beinen durchs Leben gehen. Doch das Pflichtbewusstsein, das ihm seine Eltern, denen er Mitarbeit bei der Ernte versprochen hatte, mit konsequenter Strenge anerzogen hatten, hatte über die Versuchung obsiegt, mit dem Ergebnis, dass er schon seit über einer Woche im Sankt-Johann-Unfallspital lag.

Seine verständliche Niedergeschlagenheit blieb auch den ihn behandelnden Ärzten nicht verborgen, und so baten sie einen Krankenpfleger, der auch in anderen schwierigen Fällen schon wahre Wunder vollbracht hatte, sich des unglücklichen Jungen im Besonderen anzunehmen.

Nachdem sich Vogel bei seinem Kollegen Binder davon überzeugt hatte, dass es sich bei dem abgelichteten Unfall um eben jenen handelte, der die Polizei vor so ein großes Rätsel stellte, erkundigte er sich bei ihm über die Identität des Opfers sowie über dessen derzeitigen Aufenthaltsort. Vorsichtig fragte Binder seinen Kollegen, ob er nicht den Fall übernehmen wolle, da er ja gerade in einem ähnlichen ermittle, mit dem Ergebnis, dass Vogel schon bald zusammen mit seinem Kollegen Walz ins Sankt-Johann-Unfallkrankenhaus in den 11. Wiener Gemeindebezirk fuhr.

Kaum standen sie jedoch vor der Türe des Krankenzimmers von Andreas Reif, vernahmen unsere Inspektoren zu ihrem Erstaunen eine lautstark geführte und immer wieder von fröhlichem Lachen unterbrochene Unterhaltung.

Als sie nach einem schwungvollen Klopfen eingetreten waren, bot sich den beiden ein seltsames Bild: Eine an etlichen Stellen verbundene Gestalt schüttelte sich vor Lachen, während ein neben dem Bett stehender Krankenpfleger ihn triumphierend anlächelte. Offenbar hatte er ihm gerade einen sehr guten, und wahrscheinlich gar nicht jugendfreien, Witz erzählt.

Erst als sich Vogel mit einem lauten Räuspern ins Bewusstsein der heiteren Runde brachte, wandten die beiden sich den Besuchern zu.

Nachdem sie sich kurz vorgestellt hatten, ergriff der ältere Inspektor das Wort:

»Ja, Herr Reif, es tut uns aufrichtig leid, was da mit Ihnen passiert ist. Da wir jetzt mit der Untersuchung Ihres Falles befasst sind, hätten wir einige Fragen an Sie … Ich weiß, dass Sie schon alles meinen Kollegen gesagt haben, aber trotzdem müssen wir Sie noch einmal quälen, um uns selbst ein Bild von der Sache zu machen«, beeilte sich Vogel hinzuzufügen, nachdem der Patient mit einer ausgesprochen unfreundlichen Miene auf seine ersten Worte reagiert hatte.

»Ich gehe dann wohl besser«, sagte der Krankenpfleger und wandte sich der Türe zu.

»Aber komm nachher gleich wieder, Bojan. Es wird sicherlich nicht lange dauern, oder Herr Inspektor?«

»Nein, nein, wir haben nur ein paar Fragen an Herrn Reif und werden Sie dann gleich rufen, wenn wir fertig sind«, sagte Vogel lächelnd zu Bojan, der sich gerade zum Gehen anschickte.

Nachdem dieser leise die Türe geschlossen hatte, setzte Vogel eine ernstere Miene auf.

»Wir wissen lediglich, dass Sie am Sonntag der vorletzten Woche etwa um halb sieben Uhr morgens mit Ihrem Motorrad über den Lerchenfelder Gürtel gefahren sind … Was ist da genau passiert?«

»Ich bin mit vorschriftsmäßiger Geschwindigkeit bei völlig trockener Fahrbahn und ohne Fremdeinwirkung plötzlich ins Schleudern geraten. Ab dem Moment weiß ich nichts mehr«, seine Ausdrucksweise deutete darauf hin, dass er in dieser Sache schon mehrmals vernommen worden war.

»War irgendein Fahrzeug in der Nähe, das Sie behindert hat oder dessen Fahrer etwas gesehen haben könnte?«

»Nein, die Straße war fast menschenleer. Das Einzige, woran ich mich zu erinnern glaube, war ein Mann, der auf dem mittleren Grünstreifen stand. Gerade als ich mich gefragt habe, was der wohl um diese Zeit da macht, ist es passiert …«

»Und dieser Mann hat Ihnen nicht geholfen?«

»Das weiß ich nicht, ich glaube aber nicht. Vielleicht wollte er sich auch nicht schmutzig machen …«, hier lächelte Reif ein wenig gequält, »als ich aufgewacht bin, lag ich im Wagen der Rettung.«

»Haben Sie gesehen, was dieser Mann dort gemacht hat? Hat er vielleicht etwas in der Hand gehalten?«

»Oh, diese Frage ist neu! Zwar haben Ihre Kollegen auch gedacht, dass er was damit zu tun haben könnte, aber das haben sie nicht gefragt ... Und was soll er Ihrer Meinung nach in der Hand gehabt haben? Einen Ölkanister vielleicht?«

»Möglicherweise. Aber wir glauben eher, dass es sich um einen Fotoapparat oder ein Handy gehandelt hat. Können Sie sich vielleicht noch daran erinnern, wie dieser Mann aussah? Oder ob er sich auffallend verhalten hat?«

»Wie er aussah – keine Ahnung. Mittelgroß und schlank, ganz normal halt, mehr konnte ich nicht erkennen. Auf jeden Fall hat er den Unfall gesehen, denn er hat gerade in meine Richtung geschaut, als es passiert ist. Ob er einen Fotoapparat in der Hand hatte, das weiß ich wirklich nicht. Eines kann ich Ihnen mit Sicherheit sagen, ein Stativ hat er dabei nicht benutzt«, antwortete Reif mit gequältem Lächeln. »Warum fragen Sie überhaupt? Ist ein Foto von dem Unfall aufgetaucht?«

»Ja, ein Bild Ihres Unglücks war in der U-Bahn-Zeitung abgebildet, als Leserfoto ...«

»Als Leserfoto ...«, wiederholte Andreas nachdenklich, um sogleich wieder heiter hinzuzufügen: »Werde ich jetzt berühmt?«

»Nein, das wahrscheinlich nicht,« antwortete Vogel lächelnd, »aber alles deutet darauf hin, dass dieser ominöse Mann wahrscheinlich das Öl auf die Straße geschüttet hat, um einen Unfall zu provozieren, von dem er dann ein Foto machen konnte. Deshalb wäre eine genaue Beschreibung ganz wichtig.«

Plötzlich schien Reif, der bislang mit einer den Kriminalisten unverständlichen Fröhlichkeit gesprochen hatte, ehrlich bestürzt zu sein.

»Mein Gott, wer macht denn so was? Sie meinen also im Ernst, ich habe meinen Fuß verloren, weil ein Mann ein Foto für eine Zeitung machen wollte?«

Ungläubig schüttelte Reif den Kopf.

»Wir können es zumindest nicht ausschließen, und das ist leider die einzige Spur, die wir in Ihrem Fall haben«, bedauernd hob Vogel seine Schultern. »Denken Sie bitte noch einmal darüber nach, ob Ihnen nicht doch etwas zu diesem Mann einfällt ... Wir werden unsererseits natürlich auch nicht untätig bleiben und jeder Spur nachgehen. Falls wir etwas Neues haben, lassen wir es Sie selbstverständlich sofort wissen.«

Nachdem Vogel seine Karte auf den Nachttisch gelegt hatte, verabschiedeten sich die Inspektoren von dem Patienten, der noch immer fassungslos den Kopf schüttelte.

Als sie das Krankenzimmer verließen, mussten sie nicht lange nach Bojan suchen, der gerade aus dem Personalraum herauskam.

»Wir haben alles besprochen«, sagte Vogel zu ihm, »Sie können jetzt wieder zu Herrn Reif hinein. Er bedarf nun dringend der Aufmunterung. Allerdings hätte ich noch eine Frage an Sie, aus reiner Neugierde. Wie ist es eigentlich möglich, dass dieser junge Mann nach einem so schweren Unfall, bei dem er doch immerhin einen Unterschenkel eingebüßt hat, so fröhlich ist?«

»Ja, Herr Inspektor, wir tun hier halt unser Bestes, um unsere Gäste bei Laune zu halten«, antwortete ihm

Bojan augenzwinkernd, wobei den Kriminalisten erstmals sein slawischer Akzent auffiel.

»Sie wollen mir doch nicht einreden wollen, dass ein paar Herrenwitze den armen Herrn Reif vergessen machen, dass er fortan ein Krüppel sein wird«, sagte Vogel ein wenig zu laut.

Beschwichtigend legte der Krankenpfleger seinen rechten Zeigefinger an den Mund.

»Alle anderen Hilfsmittel, die natürlich auch angewendet werden, fallen unter die ärztliche Schweigepflicht, selbst für die Polizei.«

»Sie müssen schon entschuldigen, von seinem Arzt kann ich mir das sagen lassen, aber der sind Sie ja wohl nicht«, sagte Vogel, dem die letzte Bemerkung der medizinischen Hilfskraft sichtbar missfiel.

»Doch, das bin ich«, sagte Bojan mit wichtiger Miene. »Schließlich bin ich ein studierter Mediziner, mit Doktortitel, Approbation und allem anderen, was nötig ist, um ein guter Arzt zu sein.«

»Ich glaube, ich verstehe nicht recht …«, antwortete der Inspektor sichtlich irritiert.

»Ich habe in Belgrad Medizin studiert und war sogar als Chirurg an der Städtischen Klinik tätig«, antwortete er selbstbewusst. »Als ich jedoch vor einigen Jahren nach Österreich gekommen bin, durfte ich hier nicht praktizieren, weil ich in Serbien studiert habe. Um den Kranken trotzdem helfen zu können und nicht aus der Übung zu kommen, arbeite ich bis zu meiner Approbation als Arzt eben als Krankenpfleger. So einfach ist das.«

Verwundert schaute Vogel seinen bis dahin völlig schweigsamen Kollegen an, der achselzuckend replizierte: »So einfach ist das.«

Kopfschüttelnd wandte sich Vogel wieder an den Mediziner.

»Das ist natürlich auch eine dumme Geschichte … Wann wird es denn mit Ihrer Approbation so weit sein, Herr Doktor …?«

»Bilovic, Bojan Bilovic. Wenn alle meine Diplome nostrifiziert werden, was hoffentlich bald der Fall sein wird«, antwortete er mit standesbewusster Arroganz.

»Wollen wir's hoffen. Halten Sie es eigentlich für möglich, dass Herrn Reif im Zusammenhang mit dem Unfall noch etwas einfallen könnte, woran er sich bis jetzt nicht erinnern konnte?«

»Ich denke, dass der posttraumatische Schock noch immer nicht ganz abgeklungen ist. Wenn das der Fall ist, ist dies durchaus denkbar.«

»Mit solchen Schockzuständen dürften Sie ja in Ihrer Heimat schon einige Erfahrungen gesammelt haben. Da bleibt uns nur noch die Hoffnung, dass Herr Reif sich so weit erholt. Allzu viele andere Möglichkeiten haben wir ja leider nicht«, sagte Vogel und schüttelte ihm zum Abschied die Hand, »wir sehen uns sicherlich wieder.«

Als sie das Spital verlassen hatten, breitete Walz hörbar aufatmend seine Arme aus.

»Ah, frische Luft … Du glaubst nicht, wie sehr mir diese Krankenhausatmosphäre zuwider ist. Überall dieser Geruch nach Lysoform, vermischt mit menschlichen Aromen aller Art, und wo du hinschaust, kranke Leute – nicht auszuhalten ist das …«

Verdutzt schaute ihn Vogel an.

»Du wolltest doch selbst einmal Arzt werden, Tierarzt zwar, aber krank sind die Viecher ja auch – und besser riechen werden die auch nicht. Wenn ich nur an einen alten Hund denke …«

»Und das sagt mir ausgerechnet ein frischgebackener Hundebesitzer? Du wirst sehen, wenn deine Emily eines Tages vor sich hinmüffelt, wirst du auch das gerne hinnehmen. Außerdem verhält es sich mit Tieren doch ein wenig anders, die klagen nicht, und wenn es einmal so weit ist, kann man denen wenigstens beim Sterben helfen, der Mensch hingegen muss jahrelang dahinvegetieren, auch wenn er schon lange nicht mehr mag.«

»Es mag dir entgangen sein, o du mein Walz, dass wir uns soeben in einem Unfallspital befanden, wo das jahrelange Siechtum doch eher die Ausnahme darstellt.«

Ungnädig schaute Walz seinen Kollegen an, der ihn mokant angrinste.

»Mir tut vor allem der Reif leid. Weil einer ein Foto machen will, büßt der seinen Fuß ein. Der hätte genauso gut tot sein können. Was geht nur in einem solchen Menschen vor, der selbst den Tod eines anderen in Kauf nimmt, nur um sich wichtig zu machen? Und dann noch die unsympathische Gestalt dieses serbischen Feldschers … Ich will gar nicht wissen, was der dem armen Reif in sein Essen mischt. Hat gerade einen Fuß verloren und amüsiert sich königlich dabei. Das Ganze ist doch von vorn bis hinten nicht normal.«

Vogel zuckte mit den Schultern.

»Vielleicht verabreicht er ihm einen Stimmungsaufheller aus seiner Heimat, den er beim Kriegseinsatz erprobt hat … Wird wohl was angestellt haben in Serbien und sucht nun Zuflucht in unserem friedlichen Österreich. Wenn er dich so brennend interessiert, kannst Du ja einmal bei den Kollegen der Fremdenpolizei anfragen, wenn ich auch einwenden darf, dass dies uns bei unserem Problem kaum weiterbringen dürfte. Langsam sollten wir uns aber ins Kommissariat verfügen, wo der Peiniger unserer Mimi schon bald unser harren wird«, fügte er nach einem flüchtigen Blick auf seine Armbanduhr hinzu.

»Und gegessen haben wir auch noch nichts Anständiges«, warf Walz mit gequältem Gesichtsausdruck ein.

»Bei der Anfahrtszeit wird sich wohl nur mehr ein Würstelstand ausgehen, oder lassen wir ihn warten?«

»Das ist ein prächtiger Einfall, mein lieber Kajetan. Ein weiterer Vorteil an dieser Idee könnte sein, dass dies unseren Bruchpiloten von weiteren Untaten abhalten dürfte. Ich gebe nur zu bedenken, dass wir um diese Zeit nirgendwo etwas Anständiges zu essen bekommen …«

»Zu lange können wir ihn eh nicht hinausschieben, ich muss nach Hause, die Emily wird bestimmt schon sehnsüchtig auf ihr Herrl warten …«

»Wenn ich da an frühere Zeiten denke … Eines jedoch solltest du bei all dem Eifer eines verantwortungsbewussten Hundebesitzers nicht vergessen: Deine Gattin wird sich wundern, dass du plötzlich nicht mehr unter ständiger Arbeitsüberlastung leidest und regelmäßig pünktlich zu Hause eintriffst.«

Unwillig steckte sich Vogel seine Pfeife in den Mund.

»Das wird sich schon wieder ändern, wenn sich die Emily erst eingewöhnt hat …«

»Das bleibt zu hoffen, näherst du dich doch langsam dem Alter, in dem mangelnde Übung an körperlicher Betätigung eine Retardierung der Muskulatur und infolge dessen eine völlige Unfähigkeit, vulgo Impotenz, nach sich zieht …«

Mit finsterem Gesichtsausdruck schloss Vogel die Tür seines Dienstwagens auf und startete wortlos den Motor.

»Brauchst nicht gleich eingeschnappt zu sein, ich sorge mich doch nur um deine Gesundheit«, warf Walz begütigend ein, nachdem er auf dem Beifahrersitz Platz genommen hatte.

»Und was soll ich deiner Meinung nach jetzt tun? Den Hund kann ich nicht mehr abschaffen, das würde meiner kleinen Laura das Herz brechen …«

»Bitte halt den heiligen Priap um Beistand und zünde ihm zuweilen eine Kerze an, das hilft bestimmt …«

5. KAPITEL (DIENSTAG)

Nachdem sie der Zeitnot gehorchend beim Würstelstand hinter der Staatsoper die wohl beste Käsekrainer Wiens gespeist hatten, trafen unsere Helden, kaum hatten sie ihr Stockwerk im Kommissariat erreicht, ihr Faktotum Hawranek.

»Ich such' euch schon im ganzen Haus«, sagte sie atemlos, »wo bleibt's denn, der Fiedler ist schon da und regt sich mächtig auf, dass ihr ihn warten lasst.«

»Es ist gerade einmal zwanzig Minuten nach vier«, antwortete Vogel nach einem Blick auf seine Armbanduhr, »der soll sich nicht so haben, je länger er warten muss, desto länger kann er noch seine Freiheit genießen.«

»Wir haben für dich sogar auf unseren eigentlich obligatorischen Kaffee verzichtet«, sagte Walz in entschuldigendem Ton, »wir wissen ja, wie nah dir das Ganze geht.«

Von der echauffierten Sekretärin angetrieben eilten sie zu ihrem Dienstzimmer, vor dessen Türe schon ein jüngerer Mann ungeduldig auf und ab ging.

Mit seiner modischen Lederjacke, einem farblich darauf abgestimmten Polohemd und Designer-Jeans machte er auf den ersten Blick einen durchaus gepflegten Eindruck. Er hätte, seinem Auftritt nach zu schließen, auch durchaus Angestellter einer Bank oder Vertreter einer Versicherung sein können.

»Herr Fiedler?«, sprach ihn Vogel an, »treten Sie doch bitte gleich ein.«

»Endlich kommen Sie daher. Ich hab' nicht ewig Zeit«, antwortete der Vorgeladene ungehalten, während er den Inspektor vorwurfsvoll musterte, »ich hab' heute schließlich noch etwas anderes zu tun.«

»Ja, dann entschuldigen Sie bitte unsere Verspätung«, antwortete Vogel betont höflich, um sogleich mit bedauerndem Gesichtsausdruck hinzuzufügen. »Da fällt mir ein, ich habe zuvor noch etwas Wichtiges mit meinem Kollegen zu besprechen. Wenn Sie bitte so lange hier draußen warten mögen.«

Mit diesen Worten schlug er die Türe direkt vor der Nase des Verdächtigen zu, nicht ohne zuvor seinen Mitarbeitern höflich den Vortritt gelassen zu haben.

Drinnen konnten sie nur noch ein mühsam unterdrücktes Fluchen hören, dessen Bedeutung sich ihnen alleine durch den Tonfall, in dem es ausgestoßen wurde, erschloss.

»Den lassen wir jetzt noch a bisserl dunsten, bis er sich beruhigt hat«, sagte Vogel vergnügt. »Liebe Mimi, würdest du uns derweilen einen Kaffee bringen?«

»Wenn ich ehrlich bin, mag ich lieber nicht an dem tobenden Trottel da draußen vorbei«, antwortete Hawranek kleinlaut, »auch wenn er sich heute geradezu in Schale geworfen hat ... Wenn ich da an das letzte Mal denke, direkt abgerissen hat der da ausg'schaut.«

Walz verzog sein Gesicht.

»Da war er ja auch bei der Arbeit ... Allerdings muss ich dir doch entschieden widersprechen und dir gleichzeitig eine unschätzbare Weisheit auf deinen weiteren Lebensweg mitgeben. Du kannst dich so chic machen wie du willst, wenn die Schuhe nicht passen, dann ist alles verloren. Und zu diesen Stiefeletten aus Kroko-Imitat fällt mir rein gar nichts mehr ein. Trotzdem sollten wir unseren vermeintlichen Möchtegernfeschak jetzt reinlassen, das sind wir der Mimi schuldig – und außerdem solltest du an die Blase deines Hundes denken«, sagte nun Walz, während er Hawranek seinen Arm über ihre linke Schulter legte.

Achselzuckend ging Vogel zur Türe, um den Delinquenten hereinzulassen.

»Herr Fiedler, bitte sehr.«

An der Art seines Eintretens bemerkte man sofort seine nur mühsam unterdrückte Wut. Mit aufeinander gepressten Lippen schaute er die Kriminalisten an.

Als Vogel ihm wortlos einen Sessel zuwies, nutzte Mimi die Unterbrechung, um rasch durch die Türe hinauszugleiten. Dies geschah mit einer Behändigkeit, die Vogel und Walz einen anerkennenden Blick wechseln ließ.

»Herr Fiedler, wir hätten einige Fragen an Sie. Während der letzten Wochen hat sich eine verdächtig hohe Zahl von Autounfällen ereignet, in die Sie verwickelt waren.«

»Ich hab' halt Pech gehabt, so was gibt's«, antwortete der Angesprochene missgelaunt.

»So viel Pech nun auch wieder nicht, denn jedes Mal, wenn das passierte, wurde Ihrem Unfallgegner die Schuld gegeben. Uns liegt jedoch eine Aussage vor, dass Sie bei Ihrem letzten Unfall zwar auf einer Vorrangstraße unterwegs waren, aber dem Zeugen, der Nachrang hatte, mit der Hand gedeutet haben, er möge doch vorfahren, und dass Sie dann einen Unfall provoziert haben, indem Sie ebenfalls losfuhren.«

»Das behauptet die halt jetzt«, sagte er mit einem

abschätzigen Blick in Richtung der entschwundenen Hawranek, »aber das war ganz sicher nicht so. Ich hatte eindeutig Vorrang und sie hat ihn mir genommen, das haben auch Ihre Kollegen von der Polizei bestätigt.«

»Die bei dem Unfall nicht zugegen waren, sondern erst gerufen wurden, also keine Zeugen sind.«

»Ja und? Da es keine anderen Zeugen gibt, steht Aussage gegen Aussage – und ich habe Vorfahrt gehabt. Damit dürfte die Sache wohl klar sein.«

»Da sollten Sie sich nicht so sicher sein, Herr Fiedler, es gab sehr wohl einen Zeugen«, antwortete Vogel ungerührt.

Für einen kurzen Moment geriet Fiedlers Fassade der Selbstsicherheit merklich ins Wanken, bevor er wieder in seinen lässigen Tonfall zurückfiel.

»Und warum hat der sich dann nicht gemeldet?«

»Dieser Zeuge hat sogar Fotos von dem Unfall gemacht, aus denen der Hergang deutlich hervorgeht.«

Misstrauisch blickte er die beiden Kriminalisten an.

»Kann ich diese Fotos einmal sehen?«

»Die sind gerade bei der Auswertung. Das kann noch etwas dauern – Sie wissen ja um die Personalknappheit der Wiener Polizei. Wenn die Bilder genau untersucht sind und auch der Fotograf dazu befragt wurde, erlauben wir uns, Sie wieder vorzuladen. Bis dahin wird auch bestimmt die Anzeige der von uns in Kenntnis gesetzten Versicherungen eingetroffen sein. Wir sehen uns also bald wieder, Herr Fiedler.«

Völlig überrascht blickte der Verdächtige auf, ohne sich jedoch vom Sessel zu erheben.

»Na, gehen Sie schon«, sagte Vogel, mit beiden

Händen auf den Ausgang winkend, »bevor wir es uns anders überlegen. Aber halten Sie sich zu unserer Verfügung.«

Mit einem kurzen Nicken kam der Angesprochene der Aufforderung nach und verließ rasch das Dienstzimmer.

Nach einem Blick durch den Türspalt, ob Fiedler tatsächlich verschwunden war, wandte sich Walz mit anerkennender Miene an seinen Kollegen.

»Hoch gepokert, mein lieber Kajetan …«

»Nur mit hohem Einsatz kann man was gewinnen – jetzt müssen wir nur noch den Fotokünstler ausfindig machen.«

»… und auf die Anzeige der Versicherungen warten.«

Auch wenn er es sich vordergründig nicht eingestehen mochte, hatte sich Vogel selten in einem solchen Maße darauf gefreut, nach Hause zu kommen.

Und in seinen Erwartungen wurde er vorderhand nicht enttäuscht.

Denn kaum war er durch die Eingangsstür seiner Wohnung getreten, wurde er schon von den Liebesbezeugungen seiner zu ihm aufspringenden Emily wieder hinausgedrängt, wobei sie mit ihrem langen Schwanz, mit dem Greyhounds nun einmal gesegnet sind, das feine Mokka-Service, das mangels anderer Unterbringungsmöglichkeiten auf dem kleinen Schränkchen im Vorzimmer Platz gefunden hatte, auf den Boden fegte, wo es geräuschvoll zum Liegen kam. Zwar versuchte Laura, die hinter dem Hund hergelaufen kam, vergebens den Schwanz festzuhalten, um das

Schlimmste zu verhindern, doch mehr als die Zuckerdose und ein Tässchen vermochte sie nicht zu retten. Dieses Getöse rief nun Martina auf den Plan, die gerade mit der Zubereitung des Abendessens beschäftigt war. Deren Gezeter mischte sich mit den Beschwichtigungsrufen ihrer Familie, so dass schon bald der ohnehin wenig geliebte Nachbar auf den Plan gerufen wurde, der verärgert seine Türe wieder ins Schloss warf, nachdem er lauthals um Ruhe gebeten hatte.

Da jedoch der Boden des Vorzimmers nun voll des edlen Porzellans war, wurde der hungrige Vogel mitsamt seinem vierbeinigen und darob überaus erfreuten Freund sogleich auf die Straße geschickt.

Nach einem kurzen Spaziergang, während dem der ärgste Schaden in der Wohnung behoben worden war, wurde der Polizist von seiner zornigen Gattin empfangen, die lauthals über »dieses Vieh« herzog, das das »wunderschöne Service von Augarten«, das von ihrer Familie schon seit Generationen hochgehalten wurde und Teil ihrer Aussteuer gewesen war, »ruiniert habe«.

Doch so schlimm, wie sie tat, war es keinesfalls, das befand wenigstens Vogel, der dieses Geschirr ohnehin nie gemocht hatte. Lediglich zwei Tassen, deren Henkel abgebrochen waren, hatten Schaden genommen.

Diesen eigentlich zur Beschwichtigung vorgebrachten Einwand Vogels wollte Martina jedoch nicht gelten lassen:

»Es hat ja ein Greyhound sein müssen«, zeterte sie, während Emily ihr beruhigend die Hand leckte, die sie sogleich ärgerlich wegzog. »Mir wäre ein Golden-Retriever eh viel lieber gewesen, das ist wenigstens ein

Familienhund, von dem wir alle etwas haben. Aber nein, Du wolltest ja wieder einmal etwas Exklusives haben. Mit deinem Wahn für alles Englische. Fast jeder, der mir heute begegnet ist, hat mich gefragt, ob der Hund denn nichts zu essen bekäme, so dünn, wie der ist. Außerdem rennt er gleich zu jedem hin, ob der es will oder nicht.«

Aus jahrelanger Erfahrung heraus wusste Vogel, dass jegliche Entgegnung sinnlos war.

Diese hatte er seiner Tochter voraus, die trotzig entgegnete:

»Die Emily habe *ich* zum Geburtstag bekommen, und ich lieb' sie so, wie sie ist. So einen dämlichen Retriever wollte ich niemals haben! Den hat ja jeder!«

Dies sollte das Schlusswort des Abends zu diesem Thema darstellen.

Martina zog sich grollend zu ihren Töpfen zurück, während Vater und Tochter dem Hund sein Futter bereiteten.

Das Abendessen wurde weitgehend schweigend eingenommen, so dass Vogel beschloss, trotz des widrigen Herbstwetters einen ausgedehnten Abendspaziergang in den Hörndlwald zu unternehmen – sehr zur Freude der gar nicht zerknirschten Emily.

Die Abendgestaltung von Walz sollte sich vorderhand weitaus erfreulicher gestalten, wollte er doch ein Konzert mit seiner neuen Freundin Elisabeth im Schubert-Saal des Wiener Konzerthauses besuchen, an dem Florian Rost, der Sohn ihrer kürzlich verstorbenen Freundin mitwirkte.

Zwar war Walz nicht unbedingt ein Freund der

Barockmusik auf Originalinstrumenten, ihn zog es mehr zur Oper, doch er war schon sehr neugierig auf den jungen Countertenor, über dessen Sangeskunst ihm Elisabeth schon einiges erzählt hatte. Zudem standen Kantaten von Johann Sebastian Bach auf dem Programm, den er sehr schätzte, zumal gerade in Wien viel zu selten Werke des Thomaskantors aufgeführt wurden.

Nachdem er sich zu Hause geduscht und dem Veranstaltungsort entsprechend nicht zu festlich gekleidet hatte, fuhr er zum Konzerthaus. Eigentlich widerstrebte es ihm, sich nicht in einen seiner Maßanzüge zu kleiden, doch in Wien war es üblich, sich weniger dem Anlasse als vielmehr dem Konzertsaal entsprechend auszustatten. Im Konzerthaus war es angeraten, etwas lässiger aufzutreten als im vornehmeren Musikverein, der Heimstatt der Wiener Philharmoniker, oder gar in der Oper, wo die festliche Garderobe gerne gesehen wurde.

Was durchaus der Tradition entsprach, zumal das 1913 eröffnete Konzerthaus ursprünglich als »Olympion« für die breite Masse konzipiert worden war, das neben einigen Konzertsälen auch einen »Bicycleclub« und einen Eislaufplatz beherbergen sollte. Von diesen ursprünglichen Plänen, die eigentlich auch eine Freiluft-Arena für 40.000 Besucher vorgesehen hatte, wurde allerdings nur der »Wiener Eislaufverein« verwirklicht, der sich bis heute direkt neben dem Konzerthausgebäude befindet.

Walz wusste natürlich um diese gesellschaftlichen Eigenheiten und richtete sich danach, auch wenn ihm sein grünes Baumwoll-Sakko, das er in Kombination mit einer grauen Gabardine-Hose trug, fast schon ein wenig zu lässig für einen solchen Anlass erschien.

Solchermaßen adjustiert, – auf eine Krawatte hatte er dann doch nicht verzichten wollen und als Zugeständnis an die unausgesprochenen Gesetzmäßigkeiten ein kanariengelbes Exemplar gewählt, – parkte er seinen gelben Fiat Barchetta-Roadster in einer nahe gelegenen Seitenstraße. Pünktlich wie stets fand er sich am verabredeten Treffpunkt vor dem Beethoven-Denkmal in der Eingangshalle ein. Da von seiner Begleiterin noch nichts zu sehen war, blieb Walz noch genügend Zeit, um sein taktisches Vorgehen für den heutigen Abend nochmals zu überdenken. Denn so weit, wie er seinem Freund Vogel angedeutet hatte, war ihr Verhältnis beileibe nicht gediehen. Selbst Walz, so redlich er auch war, wurde immer wieder zum Opfer des archaischen Selbstverständnisses, das den Wert des Mannes daran misst, wie viele Bräute er in möglichst kurzer Zeit umgelegt hat. Und wenn selbst unser Walz in all seiner Sanftmut Opfer dieser Betrachtungsweise war, kann man daran ermessen, wie groß der Wahrheitsgehalt in der virilen Selbstbeschreibung eines durchschnittlichen Mannes ist. Daran hatte auch der nun schon dreißigjährige Einfluss des Feminismus nichts ändern können.

Um der Wahrheit die Ehre zu geben, über mehr als die obligatorischen Wangenküsse war Walz bislang nicht hinausgekommen. Immerhin war er aber guter Hoffnung, dass sich dies bald ändern würde, man verstand sich ja gut, wenn auch entsprechende Signale von ihrer Seite noch völlig ausblieben.

Heute Abend wollte er, wenn es sich denn ergäbe, also den Schritt wagen, doch da Elisabeth ein kapriziöses Geschöpf war, musste mit Bedacht vorgegangen werden. Denn Walz, aufgrund seiner zahlreichen unglücklichen Werbeversuche auf diesem Gebiet mit erheblicher Erfahrung gesegnet, war sich dessen bewusst, dass er als Mann leider dem schwachen Geschlecht angehörte, das sich der Entscheidungshoheit der Frauen widerspruchslos zu fügen hatte.

Von diesem wenig erfreulichen Gedankengang wurde er durch ihr Erscheinen enthoben.

Doch sie kam nicht alleine, sondern in Begleitung einer etwa fünfunddreißigjährigen Dame, die in jeder Hinsicht dem Begriff des »barocken Vollweibs« entsprach. Mit ihrem schwarzen, dichten Haar sowie ihrem dunklen Teint mutete sie Walz durchaus südländisch an. Obgleich sie keinesfalls seinem üblichen Beuteschema entsprach, musste Walz doch einräumen, dass sich die rotblonde und knabenhafte Elisabeth neben einer solch imposanten Persönlichkeit ausgesprochen blass ausnahm.

»Es ist alles meine Schuld«, sagte die Schwarzhaarige lachend und ein wenig außer Atem, während sie die Hände auf ihre Hüften legte. »Um eine solche Leibesfülle solchermaßen zu umkleiden, dass sie keinen Anstoß erregt, bedarf es doch etlicher Kunstgriffe, die immer viel zu viel Zeit in Anspruch nehmen.«

Dabei musterte sie unseren Inspektor mit einer Koketterie, dass dieser nichts mehr zu erwidern wusste.

»Das ist eine Freundin von mir, Clara Montero«, erklärte Elisabeth nach den obligatorischen Wangenküssen, bei denen er ihr Parfüm roch, das sich in seiner Dezenz trefflich mit ihrem Eigengeruch vermischte. »Sie kannte Florians Mutter auch sehr gut, wodurch sie natürlich auch ein Fan von ihm ist.«

»Ich kenne Florian ja schon so lange«, erklärte ihm

Montero. »Genauer gesagt, seitdem er bei den Sängerknaben war, da war er noch ein richtig kleiner Bub.«

Zur Verdeutlichung hielt sie ihre Hand in Hüfthöhe.

»Sie können sich gar nicht vorstellen, wie aufregend es für mich ist, dass dieses gerade noch so kleine Bürschlein im Matrosenanzug jetzt seine große Karriere beginnt«, fuhr sie mit ihrer überraschend hohen und wohlklingenden Stimme fort, die in bemerkenswertem Kontrast zu ihrem Äußeren stand.

Nach einem zustimmenden Kopfnicken und einem kurzen Blick auf seine Armbanduhr mahnte Walz zur Eile, das Konzert sollte schließlich in wenigen Minuten beginnen.

Dank der Gratiskarten, über die Florian Rost als Solist des Konzerts verfügte und die er ihnen hatte zukommen lassen, saßen sie in dem nicht allzu gut besuchten Schubert-Saal auf ausgezeichneten Plätzen.

Auf Walz wirkte diese Aneinanderreihung von Kantaten, die seiner Meinung nach besser in einen kirchlichen Rahmen gepasst hätten, ausgesprochen ermüdend, was auch an der spärlichen Besetzung des an Originalinstrumenten hantierenden Orchesters und des nach seiner Ansicht viel zu klein bemessenen Chors liegen konnte.

Doch dies störte ihn nur wenig.

Er war von ganz anderen Sinneseindrücken beseelt.

Da die Sitze im Schubert-Saal recht schmal bemessen sind, ließ es sich nicht vermeiden, dass immer wieder einzelne Strähnen von Claras dichtem Haar in die Nähe seiner empfindlichen und empfänglichen Nase gerieten.

So nahmen die Gedanken unseres braven Inspektors schon bald eine Richtung an, die in rechtem Gegensatz zu den frommen Weisen des Thomaskantors standen.

Während unser olfaktorisch empfindsamer Walz also in abseitigen Träumereien schwelgte, begeisterten sich seine Begleiterinnen an der Stimmfertigkeit ihres Freundes. Bei besonders geglückten Phrasen schauten sich die Frauen verständnisinnig an und nickten wissend mit dem Kopf. Unserem armen Walz blieb in einem solchen Fall nichts anderes übrig, als ebenfalls anerkennend sein Haupt zu wiegen.

Dabei wirkte Rost mit seinem langen Haar und seinen femininen Gesichtszügen auf ihn ausgesprochen weibisch. Auch sein Gebaren auf der Bühne glich viel mehr dem einer Operndiva als dem eines Sängers. Wenn er mit großer Geste die geistlichen Arien Bachs zum Besten gab, als wären sie eine Liebeserklärung an irgendeine ferne Geliebte, war Walz dies doch einigermaßen zuwider.

So konnte er sich nicht verkneifen, Elisabeth während einer Pause geradeheraus nach der sexuellen Orientierung ihres Freundes zu fragen.

»Soweit ich weiß, ist er da recht flexibel«, antwortete sie gleichmütig.

Der sachliche Tonfall, mit dem sie ihre Antwort hervorbrachte, mutete ihn ausgesprochen befremdlich an, zumal sie bei ihren Gesprächen seltsamerweise niemals das Gebiet der Sexualität gestreift hatten.

»Oder, was meinst du dazu?«, fragte Elisabeth nun Clara, was Walz außerordentlich unangenehm war.

»Mein Florian – homosexuell?«, ratlos zuckte sie mit den Schultern. »Keine Ahnung … Darüber habe ich mir wirklich keine Gedanken gemacht. Er ist ja fast so etwas wie ein Sohn für mich.«

Walz war aufrichtig froh, dass die Künstler den eher spärlichen Beifall richtig deuteten und auf jegliche Zugabe verzichteten, die übertriebenen Manierismen der Originalklangjünger hatten offensichtlich nicht nur Walz ermüdet. So blieben die Bemühungen seiner Begleiterinnen unbelohnt, die selbst dann noch frenetisch klatschten, als ein Großteil der Zuschauer schon den Garderoben zustrebte. Besonders Elisabeth entwickelte in ihrer Begeisterung ein Temperament, das Walz ihr niemals zugetraut hätte. Als sie ihn fragte, ob er nicht mit ihr zum Künstlerzimmer gehen wolle, um den Musikern zu gratulieren, zeigte er sich auf die Frage vorbereitet und meinte, es sei wohl besser, ins Restaurant vorauszueilen, um ihren reservierten Tisch im »Weinzirl« nicht zu verlieren.

Tatsächlich wäre es ihm in diesem Moment kaum erträglich gewesen, Gratulationen an eine Person zu richten, die ihm so unsympathisch erschien. Obwohl er zugeben musste, dass er von der Stimme Rosts durchaus angetan war. Allerdings nur so lange, wie er seine Augen geschlossen hielt und sich dabei eine Sängerin vorstellte. Das exaltierte Gebaren sowie der seltsame Widerspruch zwischen seiner hoch gewachsenen männlichen Gestalt und seiner falsettierten Stimme war für Walz nur schwer erträglich.

Zu seiner Überraschung schloss sich ihm Clara mit der Begründung an, dass sie Rost ja auch im Restaurant gratulieren könne, zudem sei sie ausgesprochen durstig.

Nachdem sie an ihrem Tisch Platz genommen hatten, versuchte Walz sofort, dem Gespräch eine Richtung zu geben, die gar nichts mit dem Konzert zu tun hatte.

»Woher stammen Sie eigentlich, Clara?«

»Meine Eltern stammen aus Chile und sind bei dem Militärputsch nach Deutschland emigriert.«

»Dann sind Sie also in Deutschland geboren?«

»Nein, wie charmant Sie sind ...«, lachte sie guttural. »Natürlich nicht, ich war damals schon drei Jahre alt.«

»Ich hatte mich schon über ihr perfektes Deutsch gewundert. Und was machen Sie in Wien?«

»Nach meinem Abitur in Hamburg bin ich nach Wien umgezogen, um hier Gesang zu studieren.«

»Und warum hat das nicht geklappt? Ich kann mir gut vorstellen, dass Sie auf der Bühne einen großen Eindruck machen.«

»Wie charmant er ist«, gurrte sie wieder, vor Vergnügen glucksend. »Im Endeffekt erwies sich mein Stimmchen als ganz hübsch, aber definitiv zu klein für eine Opernbühne. Da ich mich jedoch schon immer für die klassische Musik interessiert habe, habe ich einige Male als Ferialpraktikantin beim ORF gejobbt. Als ich mich nach meinem Abschluss nach irgendeiner Arbeit umgesehen habe, die mit Musik zu tun hatte, – die Illusion einer Gesangskarriere hatte ich da schon aufgegeben, – bot man mir glücklicherweise beim Rundfunk eine Stellung als Klassikredakteurin an. So lernte ich schon bald auch Ingrid kennen, die Mutter von Florian.«

»Und sind Sie der gleichen Meinung wie Elisabeth, dass ihr Tod nicht natürlich war?«

Gerade in dem Moment kam der Ober mit den bestellten Bieren an ihren Tisch.

»Trinken wir auf Florian und sein gelungenes Konzert«, sagte Clara, ihr Glas erhebend.

»... und darauf, dass wir uns dabei kennen gelernt haben«, antwortete Walz mit bedeutungsvollem Lächeln.

Jegliche Hemmung, die ihn bei jeder Begegnung mit Elisabeth stets befallen hatte, war angesichts der sinnlichen Erscheinung von Clara völlig verschwunden. Insgeheim hatte Walz es schon seinem Alter von 43 Jahren zugeschrieben, dass er wohl langsam dazu verurteilt sei, nur noch von den Erinnerungen an seine längst vergangenen Eroberungszüge zehren zu müssen.

»Und wie fühlen Sie sich hier in Wien?«, fragte unser Held vorsichtig, der natürlich unbedingt erfahren wollte, ob seinen aufkeimenden Plänen etwas Essentielles im Wege stünde. Dies direkt zu hinterfragen, verboten ihm freilich die ungeschriebenen Gesetze des Flirtens.

»Am Anfang war es nicht ganz einfach. Es dauert schon seine Zeit bis man in der Wiener Gesellschaft angekommen ist, als lateinamerikanischer Piefke«, erwiderte sie lachend, während ihre höchst bemerkenswerten grüngelben Augen aufblitzten, »aber inzwischen, nach schon immerhin bald 20 Jahren, fühle ich mich hier pudelwohl und will eigentlich auch nicht mehr weg. Ein solches Kulturangebot verbunden mit einer Lebensqualität, der auch für den Durchschnittsverdiener noch leistbar ist, gibt es wohl nirgendwo sonst. Dazu noch das großartige Wasser, die herrlichen Altbauwohnungen und das allgemeine Gefühl der Sicherheit. Wien ist einfach die schönste Stadt der Welt!«

Zwar empfand Walz solche Elogen auf seine Heimat als sehr angenehm, dennoch hatten ihn diese keinen

Schritt weiter gebracht. Dabei wollte er noch unbedingt vor Elisabeths Ankunft erfahren, wie es um die Familienverhältnisse seines Gegenübers bestellt sei.

»Und wie empfinden Sie die Wiener?«

»Ach, wissen Sie, Hausmeister gibt es überall auf der Welt, selbst im angeblich so aufgeschlossenen Hamburg. Zwar sagen dort die Leute meistens, was sie wirklich denken, aber das bisschen Verlogenheit, das bei den Wienern immer mitschwingt, ist doch viel charmanter. Sie kennen vielleicht die Geschichte: Wenn ein Wiener eine Dame nach zehn Jahren wieder trifft, sagt er: ›Sie haben sich überhaupt nicht verändert, gnädige Frau.‹ Der Deutsche sagt in einem solchen Fall: ›Jaja, zehn Jahre sind eine lange Zeit.‹ Verstehen Sie, was ich meine?«

Walz lachte herzlich, fühlte sich dabei aber etwas ratlos. Ihr war einfach nicht beizukommen.

»Und wie empfindet Ihre Familie Wien?«

Schalkhaft blinzelte sie ihn an.

»Ihr gefällt es hier sehr gut«, sie machte eine bedeutungsvolle Pause, »wenn sie mich einmal im Jahr besuchen kommt …«

Sie saßen schon bei ihrem zweiten Glas Bier, als Elisabeth in Begleitung Rosts endlich das Restaurant betrat, das praktischerweise dem Konzerthaus angegliedert war.

Der Sänger hatte seine Konzertkleidung, einen durchaus geschmackvoll geschnittenen dunkelgrauen Gehrock, gegen einen modisch geschnittenen schwarzen Anzug vertauscht. Das offen getragene schwarze Rüschenhemd sowie die schwarzen Stiefeletten deuteten jedoch auf den Stutzer hin, den Walz in ihm vermutet hatte.

Nach einer herzlichen Umarmung Claras und einer eher förmlichen Begrüßung einschließlich der fälligen Gratulationsformel, die sich Walz artig abrang, nahmen die Neuankömmlinge Platz.

Nach dem üblichen Geschnatter der beiden Damen über die großartigen künstlerischen Leistungen des Sängers, wurde der bis dahin schweigsame Walz von ihnen aufgefordert, seine Meinung kundzutun.

»Es ist wirklich viel zu selten, dass man in Wien in den Genuss von Bach kommt«, bemühte sich Walz um eine diplomatische Formulierung.

»Da haben Sie recht«, nickte Rost zustimmend. »Schon bei den Sängerknaben haben wir nur ganz selten Bach gesungen, und dies meist nur zu Übungszwecken – ja, wenn der Thomaskantor nicht evangelisch gewesen wäre, wäre das wohl etwas anderes.«

Auch seine Sprechstimme ähnelte der eines hohen Tenors, was Walz auf den häufigen Gebrauch der Kopfstimme zurückführte.

»Umso schöner war es, heute einmal auf diese Weise Bach zu hören, wie er es wahrscheinlich gemeint hatte, als er es komponierte«, replizierte Walz artig, »obwohl ich, offen gestanden, doch die heutigen Instrumente vorziehe.«

Hier mischte sich Elisabeth in das Gespräch ein.

»So etwas kann ich überhaupt nicht verstehen. Bach hätte sicherlich ganz anders komponiert, wenn er andere Instrumente gehabt hätte – und daher gebietet es der Respekt vor ihm, den Klang so wiederzugeben, wie er ihn selbst im Ohr gehabt hatte.«

Doch so leicht gab sich Walz nicht geschlagen, er wollte schließlich auch vor seinem Publikum brillieren.

»Das ist eine Seite, die andere ist die, dass die Unvollkommenheiten der alten Instrumente die notierte Musik einfach nur mangelhaft wiedergeben können, und Bach sicherlich froh gewesen wäre, hätte er über anständige Instrumente verfügt. Es gibt einen Bericht von ihm über eine Aufführung des zweiten Brandenburgischen Konzerts, wo er sich begeistert darüber zeigte, dass der Trompeter nur vierzig Mal gekiekst hatte.«

»Es hat Ihnen also nicht gefallen heute Abend?«, fragte Rost ganz unvermittelt und sah kurz von der Speisekarte auf.

»Das kann ich so nicht sagen«, wand sich Walz mit einem leichten Seitenblick auf Clara, die sich scheinbar konzentriert der Auflistung der dargebotenen Köstlichkeiten widmete.

»Was heißt das: so nicht sagen? Das ist eine batzweiche Erklärung, die eigentlich überhaupt nichts besagt …«, mit ärgerlicher Geste klappte der Sänger die Speisekarte zusammen und schaute Walz direkt ins Gesicht. »Wissen Sie was? Lassen Sie uns doch einfach über etwas anderes sprechen, ich bin solcher Diskussionen ohnehin längst überdrüssig. Außerdem will ich jetzt etwas essen.«

Entschlossen legte Rost die Karte beiseite und winkte dem Ober.

»Sagen wir es einmal so, es hätte mir wahrscheinlich sehr gut gefallen, wenn ich mit der Originalklangbewegung mehr anfangen könnte«, bemühte sich Walz um Schadensbegrenzung. »Ich bin eben noch in der Tradition Helmuth Rillings oder gar Karl Richters aufgewachsen. Als ich die Klassik für mich entdeckte, galten sie als das Maß aller Dinge. Und für mich ist das bis heute so geblieben. Und dennoch darf ich Ihnen das große Kompliment machen, dass mich Ihre Stimme streckenweise sehr berührt hat …«

»Jetzt essen wir erst einmal etwas«, mischte sich nun plötzlich Clara ein. »Gespräche über Politik und Kunst sollten nur mit vollem Magen geführt werden. Sonst beginnt man zu streiten. Du musst schrecklich hungrig sein, Florian!«

Unterdessen war der Ober auf einen erneuten Wink von Clara an den Tisch getreten, um die Bestellungen aufzunehmen.

Während Rost wie auch die Chilenin einen enormen Hunger zu haben schienen und beide neben der Rote-Rüben-Schaumsuppe, einen Tafelspitz und als Dessert ein Schokoladen-Fondue bestellten, entschied sich Elisabeth als erklärte »Vegetarierin« für Räucherlachsmousse und Zanderfilet. Als Anhänger der österreichischen Küche orderte Walz neben einem gedünsteten Tafelspitz einen Mohnauflauf.

Da sie sich nicht auf einen Wein einigen konnten, – Clara bestand auf einem Roten, während es Walz vorzog, beim Bier zu bleiben, – wurde dieser glasweise bestellt.

Nachdem der Kellner zufrieden abgezogen war, legte Clara sanft ihre Rechte auf Rosts Hand und fragte:

»Erzähl mir, Lieber, wo geht deine nächste Reise hin?«

Der Sänger nahm zuerst einen Schluck Wasser, den

er besonders lange im Mund behielt, bevor er antwortete:

»Nächste Woche fahre ich nach Karlsruhe, wo ich an den Proben zu der Uraufführung einer Oper von Michael Merkl mitwirken werde. Er hat eigens wegen mir, nachdem er mich als Orfeo in Heidelberg gehört hat, seine eigentlich schon fertige Oper umgeschrieben und eine Rolle für einen Countertenor eingefügt.«

»Das ist ja großartig – dann werden wir halt ins Badische fahren müssen, nicht wahr, Elisabeth?«

Diese nickte begeistert.

»Und danach geht es nach Innsbruck, wo ich bei den ›Tagen der Alten Musik‹ mitwirken werde.«

»Das liegt wenigstens näher. Fein, es freut mich, dass du so viel Erfolg hast.«

Selbstzufrieden reckte Rost seinen Kopf.

»Ja, langsam scheint man mich in der Klassikszene zu entdecken, was ja schließlich auch Zeit wird, nach den Erfolgen …«, sagte er feierlich.

Jetzt hatte Walz genug, ungeachtet des Eindrucks, den dies auf seine gerade in Entstehung begriffene Herzensdame machte. Dem selbstverliebten Gehabe dieses Schnösels musste ein Ende gemacht werden. Zudem hatte ihn die vorhergehende Zurechtweisung verärgert.

So sagte er in möglichst gleichmütigem Ton, indem er den Sänger direkt in die Augen blickte:

»Wenn Sie schon immer so erfolgreich waren, wie kommt es dann, dass Sie in Klassikkreisen, denen ich mich auch zurechne, noch so unbekannt sind?«

Erstaunt, als hätte er nicht recht gehört, legte Rost seinen Kopf schief.

»Na hören Sie mal«, posaunte er heraus, während er ungläubig zu seinen Jüngerinnen schielte. »Meinen künstlerischen Durchbruch hatte ich bereits mit elf Jahren, als ich meine erste CD als Knabensolist mit den Wiener Sängerknaben aufnahm. Immerhin kann ich insgesamt zwölf CDs vorweisen, auf denen ich als Solist zu hören bin. Es gibt wohl nicht viele Sänger weltweit, die in meinem Alter solch eine Anzahl von Aufnahmen veröffentlicht haben.«

Nach einem strafenden Blick, mit dem ihn Elisabeth und Clara musterten, beeilte sich Walz, rasch zurückzurudern.

»Das schon, ich wollte Sie ja in keiner Weise beleidigen, meine Frage war vielleicht etwas unglücklich formuliert. Dafür, dass Sie schon so lange im Geschäft sind, sind Sie doch wirklich noch recht unbekannt. Das ist ja nicht gegen Sie gerichtet, sondern gegen die Klassikszene an sich, die irgendeinen Tenor, wenn er sich nur gut vermarkten lässt, nach seinen ersten Auftritten zum Weltstar hochjubelt, während ein Sänger Ihrer Qualität erst zwölf CDs aufnehmen muss, um in der Musikwelt überhaupt wahrgenommen zu werden.«

Walz warf einen verstohlenen Blick zu den anwesenden Damen, deren Empörung sich nach seinem Beschwichtigungsversuch offenbar gelegt hatte. Auch Rost schien vorderhand versöhnt zu sein.

»Ich kann das auch nicht verstehen«, ergriff nun Elisabeth das Wort. »Aber so funktioniert nun einmal der Markt. Wenn Florian mit seinem Aussehen und seinen Fähigkeiten eine andere Stimmlage hätte, wäre er sicherlich schon längst ein Weltstar. Doch an den großen Häusern werden aus wirtschaftlichen Gründen immer dieselben Opern gespielt, und bei Mozart, Puccini und Verdi kommen eben keine Countertenöre vor.«

»Ich weiß, das klingt laienhaft«, wandte Walz nun ein, »aber warum sind Sie dann kein Tenor geworden, ihre Stimme verfügt doch sicherlich auch über eine bemerkenswerte Tenorlage?«

»Das kann tatsächlich nur ein blutiger Laie fragen. Das ist in etwa so, als würden Sie einen talentierten, aber nicht sehr erfolgreichen Geiger fragen, warum er es nicht auf dem Cello versucht, die Fingerfertigkeit und Musikalität sind ja auch bei dem tieferen Instrument vonnöten. Doch die Handhabung ist eine völlig andere. Bei der Stimme ist dieser Unterschied noch viel ausgeprägter, die sitzt ja in mir«, antwortete Rost, sich auf den Brustkorb klopfend.

Die Vorspeisen, die nun serviert wurden, wurden weitgehend schweigend eingenommen, was Walz, der ja kein hors d'oeuvre bestellt hatte, die Möglichkeit eröffnete, seinen Kontrahenten zu beobachten. Die Art und Weise, wie er aß, ähnelte der, wie er sang. ›Selbstverliebt‹ war das einzige Wort, das ihm dazu einfiel. Mit geschürzten Lippen führte er den Löffel zum Mund, wobei er jedes Mal mit gefurchter Stirn dem Geschmack mit einem kleinen Schmatzen nachspürte. Diese gespreizte Art der Nahrungsaufnahme erfüllte Walz mit einer solchen Aggressivität, dass er sich kurz entschuldigte und nach draußen ging, um die Damen nicht weiter zu verärgern.

Rost war gerade dabei, mit großer Geste irgendwelche mäßig amüsanten Anekdoten aus seinem Leben zum Besten zu geben, als Walz an den Tisch zurückkehrte.

Er fühlte mit einem Mal, dass er in dieser Gesellschaft völlig deplatziert war und auch von den anderen wahrscheinlich als Fremdkörper angesehen wurde.

Doch eine Übelkeit vorzuschützen und sich zurückzuziehen, das wollte er auch nicht, wie hätte er dann ein weiteres Treffen mit Clara arrangieren sollen? Angesichts dieser Vollfrau war sein bisheriges Interesse an Elisabeth mit einem Male völlig erloschen.

Sich diesem Umstand fügend, nahm er wieder Platz und beobachtete heimlich Clara, die aufmerksam den Ausführungen Rosts lauschte. Als die Chilenin dies bemerkte, lächelte sie ihn auf ein solch reizende Art an, dass Walz seinen ganzen Ärger hinunterschluckte und sich derweilen überlegte, wie er es wohl am besten anstellen könnte, dass sie mit ihm nach Beendigung dieses Essens noch auf einen Drink ins »Barfly's« ginge, das praktischerweise unweit seiner Wohnung gelegen war.

Solchermaßen in Gedanken versunken und nur zuweilen durch zufällige Berührungen den Körperkontakt Claras suchend, den sie ein- oder zweimal, wie es ihm schien, sogar erwiderte, interessierte er sich nicht weiter für den Verlauf des Gesprächs, das von Rost und den mit ihm zusammenhängenden Themen dominiert wurde.

Er genoss sein Essen und schwieg.

Nach dem Kaffee und der Rechnung, – trotz allgemeiner Proteste hatte Rost die Kosten übernommen, – fragte der Sänger, ob sie nicht noch irgendwohin gehen sollten, was jedoch beide Damen, und in deren Folge auch Walz, mit dem Verweis auf einen arbeitsreichen folgenden Tag ablehnten.

Da der Inspektor als einziger mit dem Auto gekommen war, dieses »leider« aber nur über zwei Sitze verfügte, konnte er lediglich eine Person nach Hause fahren. Es ergab sich geradezu von selbst, dass Clara die Auserwählte war, da Rost und Elisabeth in demselben Bezirk wohnten und daher ein gemeinsames Taxi benutzen konnten.

Als sie in Walzens Auto Platz genommen hatten, fragte er seine Begleiterin vorsichtig, ob sie nicht noch einen Absacker in einer Bar nehmen sollten, was Clara jedoch mit Verweis auf ihren morgigen Arbeitstag entschieden verneinte.

Die kurze Fahrt zu ihrer Wohnung verlief weitgehend schweigend, was eigentlich in Widerspruch zu der Atmosphäre stand, die zwischen ihnen während des Abendessens geherrscht hatte.

Es schien fast so, als wollte Walz die Vieldeutigkeit der Blicke nicht durch überflüssiges Gerede zerstören.

Und er tat gut daran, denn zum Abschied wurde er dafür mit einem kurzen Kuss und einer Visitenkarte belohnt.

6. KAPITEL (MITTWOCH)

Am nächsten Morgen waren unsere beiden Inspektoren ausgesprochen schlechter Laune.

Wenn auch aus völlig unterschiedlichen Gründen.

Da sich der Abend und insbesondere dessen Ausklang auf Walz ausgesprochen belebend ausgewirkt hatte, kam ihm der Stapel zu bügelnder Hemden gerade recht, deren Plättung ihm dabei half, die emotionale Achterbahnfahrt der vorangegangenen Stunden genussvoll Revue passieren zu lassen. Weil eine solch anstrengende Arbeit aber keinesfalls ohne geistigen Beistand vollbracht werden kann, musste eine Flasche des köstlichen südsteirischen *Sauvignon blanc* seines bevorzugten Winzers herhalten. Obwohl dieser Wein bei Walz üblicherweise keine schlimmen Folgen zeitigte, hatte seinem Organismus die Vermischung mit dem zuvor reichlich genossenen Bier nicht behagt.

Vogel hingegen kam deshalb zu spat ins Büro, weil seine Emily, kaum hatte er sie beim Morgenspaziergang von ihrer Leine befreit, davon gelaufen war. Die Suchaktion, und vor allem die damit verbundene Sorge um ihr Wohlergehen, hatten ihn doch ziemlich zermürbt. Nach mehr als einer halben Stunde hatte er sie endlich einige Straßen weiter in einem Vorgarten gefunden, wo sie gerade damit beschäftigt war, einen penibel gepflegten Rasen ein wenig natürlicher zu gestalten. Glücklicherweise war sie von niemandem dabei beobachtet worden, auf eine Konfrontation mit einem aufgebrachten Hauseigner wäre Vogel um diese Uhrzeit denkbar schlecht vorbereitet gewesen. Als er glücklich heimgekehrt war, konnte er sich noch die obligaten Vorwürfe seiner Frau anhören, dass Laura wegen seiner Säumigkeit nun zu spät zur Schule käme. So wundert es nicht, dass sein üblicher Tagesvorrat an Nervenstärke heute schon besonders früh aufgebraucht war.

Als er um Etliches zu spät in seinem Büro eintraf, blieb er zuerst einmal im Türrahmen stehen und betrachtete missgelaunt seinen Kollegen, der mit verquollenen Augen das sich auf dem Schreibtisch auftürmende Aktenkonvolut durchblätterte.

»Du bist ziemlich überfällig heute, wenn ich mir die Bemerkung erlauben darf«, begrüßte ihn Walz, ohne von seiner Arbeit aufzuschauen. »Vor Kurzem hätte ich noch gemutmaßt, dass es gestern wohl ziemlich spät geworden ist, und mir eine unterhaltsame Geschichte erwartet, doch ich denke, damit kannst du heute nicht dienen … hat's Hunderl vielleicht Verstopfung?«

»Bitte, lieber Walz, nicht du auch noch. Mir haben heute Morgen schon Hund, Frau und Tochter gereicht – wenn du jetzt auch noch anfängst, dann melde ich mich auf der Stelle krank. Mir ist eh schon schlecht«, antwortete Vogel wehleidig, während er seine Hand auf den Magen legte.

Müde schaute Walz seinen Kollegen an.

»Mir auch, wenn ich diesen Berg vor mir sehe. Zur Stimmungsaufhellung kann ich dir eine schwere Körperverletzung und einen bewaffneten Überfall anbieten, zudem eine Sammelanzeige gegen den Fiedler wegen Versicherungsbetrugs. Such dir was Passendes aus, das wird dich bestimmt auf andere Gedanken bringen.«

»Wenn ich dich so anschaue, könnte mich womöglich

der Gedanke streifen, dass wenigstens du eine ereignisreiche Nacht hinter dir hast, doch deine Laune belehrt mich eines Besseren. Das sieht mir mehr nach Frustsaufen aus.«

»Nicht wirklich, lieber Kajetan, allerdings haben sich die Konditionen am gestrigen Abend grundlegend verändert, und das musste erst einmal verarbeitet werden«, antwortete Walz schon ein wenig heiterer.

»Wie soll ich das verstehen? Bist du vielleicht zusammen mit Elisabeth ins Konzert gegangen, in dem dich die Stimme des Kastraten dermaßen begeisterte, dass du hernach mit ihm durchgebrannt bist? Muss ich mich jetzt auf ein spektakuläres Outing gefasst machen?«

»So arg ist es nicht, aber dennoch muss ich dir ein Geständnis machen. Gestern Abend habe ich mir erlaubt, einen Blick in dein ureigenstes Interessensgebiet zu werfen, und ich muss sagen, schwarzhaarig ist gar nicht schlecht …«

Überrascht musterte Vogel seinen Kollegen.

»Lange genug hast du gebraucht – dunkelbraune Brustwarzen etwa auch noch?«

»Ich nehme an, aber so weit bin ich noch nicht in die mir doch noch ungewohnte Materie vorgedrungen.«

»Jetzt einmal ganz langsam … Du bist also mit einer blonden …«

»… rotblonden«, verbesserte Walz.

»… also meinetwegen rotblonden Herzensdame namens Elisabeth ins Konzert gegangen und die hat sich während eines Konzerts in eine schwarzhaarige Nymphe mit dunkelbraunen Brustwarzen verwandelt? Spielen die das heute auch noch? Da muss ich hin!«

»So ähnlich ist es gewesen, nur, dass sie jetzt nicht

mehr Elisabeth heißt, sondern Clara und aus dem längsten Land der Erde kommt …«

»Du wirst dich doch nicht in eine Eskimofrau verliebt haben?«

Belehrend hob Walz den Finger.

»Also, politisch korrekt ausgedrückt, wäre sie dann eine Inuit. Da jedoch deine geographischen Kenntnisse derart mangelhaft sind, kann ich wohl nicht von dir erwarten, dass du das weißt. Ein weiterer Tipp: In welchem Staat der Erde haben die schwarzhaarigen Frauen zuweilen grüngelbe Augen?«

»Und dunkelbraune Brustwarzen? Im Garten Eden vielleicht? O du mein Walz, hast du etwa das legendäre Atlantis gefunden?«

Vogels Stimmung besserte sich zusehends.

»Lass dich überraschen … Wenn alles gut geht, wirst du sie auch einmal kennen lernen … Doch jetzt habe ich in erster Linie Kopfschmerzen …«

»Da bin ich ja wirklich gespannt. Gegen deine Kopfschmerzen habe ich allerdings etwas. Das beste Rezept gegen Übelkeiten solcher Art ist die Arbeit, pflegte meine unendlich weise Großmutter immer zu sagen …«

Walz räusperte sich kurz.

»Wie du ganz richtig bemerkt hast, bin ich heute eh nicht so gut drauf, also bitte ich dich um großzügigen Dispens von der täglichen Fron. Da dir in der Vernehmung widerspenstiger Delinquenten ohnehin niemand das Wasser reichen kann, habe ich mir gedacht, mich derweil ins Internet zu begeben, um nachzuschauen, ob unser profilierungssüchtiger Fotograf nicht auch dort seine Spuren hinterlassen hat. Zudem gelobe ich, den Fiedler vorladen zu lassen.«

»Das ist für sich gesehen eine sehr hübsche Idee, nur der Zeitpunkt deines Entschlusses bereitet mir Verdruss, weiß ich doch aus jahrelanger Zusammenarbeit mit dir, dass du dich eigentlich nur vor den Verhören drücken willst!«

Beschwichtigend legte Walz seine Rechte auf die Schulter Vogels.

»Ich bin doch eh' nebenan, wenn Du meine Hilfe brauchst, genügt ein Rufen, und schon bin ich bei Dir, aber ich glaube, dass in diesem Fall größter Handlungsbedarf besteht. Oder möchtest du dir Vorwürfe machen, wenn bald der nächste Unschuldige zum Opfer eines knipsenden Wahnsinnigen wird, und vielleicht gar sein Leben dabei verliert? Was mir übrigens noch eingefallen ist: Wer hat denn eigentlich beim Reif die Rettung alarmiert? Das wird doch nicht etwa unser von Reue getriebener Fotokünstler gewesen sein?«

Überrascht blickte ihn Vogel an.

»Na, ich nehme doch an, das haben unsere Kollegen aus dem schönen Hernals überprüft. Musst halt im Akt nachschauen. Wenn da nichts drinsteht, dann ruf' bei den verehrten Kollegen an, die werden es ja wissen.«

»Und wenn nicht …?«

»Dann gebührt dir womöglich der Ehrentitel des ›Polizisten des Tages‹ und dem Fotografen des ›Trottel des Jahres‹. Bleib schön bei den jugendfreien Seiten im Netz, hörst du? Ich glaub', ich werde mir als Aperitif den bewaffneten Überfall schmecken lassen … Jetzt lässt sich der schon wieder erwischen, der Wappler …«, murmelte er vor sich hin, während er den Akt überflog.

Als er zum Telefonhörer griff, beeilte sich Walz damit,

den Raum zu verlassen. Vogel hatte schon recht, nichts war ihm mehr zuwider als die Nähe eines Menschen, dessen Zustand der Verwahrlosung möglicherweise so weit fortgeschritten war, dass seine Ausdünstungen sogar den üblicherweise alles dominierenden Pfeifenduft seines Kollegen in den Hintergrund drängten. Daher seufzte er erleichtert auf, als er vor dem ans Internet angeschlossenen Computer Platz nahm, der sich in einem unweit ihres Büros gelegenen Raum befand.

Unterdessen nahm sich Vogel des ersten Falles an. Bei dem Täter handelte es sich um einen alten Bekannten, was den Hergang des Verhörs doch erheblich erleichterte.

Hereingeführt wurde ein etwa fünfzigjähriger Mann, der den Inspektor leutselig begrüßte.

»Habe die Ehre, Herr Chef«, posaunte er fröhlich heraus, während er sich leicht vor Vogel verbeugte.

»Servus, Franz«, antwortete dieser mit einem missmutigen Blick. »Was hast denn schon wieder angestellt? Einen Billig-Drogeriemarkt um neun Uhr morgens zu überfallen, das war nicht besonders gescheit von dir. Du kannst dir doch leicht vorstellen, dass um diese Zeit noch kein Geld in der Kassa ist …«

»Ich weiß, Chef, aber in der Früh' ist dafür auch kein Mensch im Geschäft«, antwortete der Räuber arglos, dessen rot unterlaufene Augen und von unzähligen feinen Äderchen durchzogene Haut von einer sehr intensiven Auseinandersetzung mit dem Alkohol Zeugnis ablegten.

»So wie du das Ganze angelegt hast, scheinst du unsere Gastfreundschaft während der letzten Monate vermisst zu haben. Mit einem Messer eine unschuldige

Verkäuferin zu bedrohen und dann mit ganzen 25 Euro abzuziehen, das macht keinen sehr professionellen Eindruck. Und an die seelischen Qualen der armen Frau hast dabei wohl nicht gedacht?«

»Ich hätt' ihr doch eh nichts getan«, sagte Zaml leise und ließ schuldbewusst seinen Kopf hängen.

»Das weiß ich und du weißt es auch, aber die arme Frau konnte das doch nicht ahnen. Der geht es jetzt wirklich schlecht. Die hat bei jedem Kunden, den sie nicht kennt, Angst, dass der sie wieder ausrauben könnte. Daran hast wohl gar nicht gedacht …«

Als Zaml nichts erwiderte, schloss Vogel seufzend den Akt.

»Mit deinem Vorstrafenregister wird das leicht für einige Jahre reichen. Immerhin musst nicht frieren im Winter.«

Nachdem der Räuber von einem Polizisten hinausgeleitet worden war, nahm sich Vogel des nächsten Falls, einer schweren Körperverletzung, an. Im Gegensatz zum vorhergehenden Fall war ihm diese Person völlig unbekannt.

Vogel indes staunte nicht schlecht, als eine ältere Dame hereingeführt wurde, die man ihrem Auftreten nach eher bei einem Nachmittagsplausch im Café Diglas als in einem Inspektorat vermutete. Der Akte nach hatte sie einen Polizisten attackiert, wodurch dieser offenbar eine Blessur erlitten hatte. Da aber jede noch so kleine Verletzung gegen einen Gesetzeshüter als »schwere Körperverletzung« geahndet wird, hatte sich Christiane Novak vor Vogel zu verantworten.

Nachdem sie Platz genommen hatte, schaute sie der Inspektor fragend an.

»Ja, gnädige Frau. Wie kam es denn dazu, dass Sie einen Kollegen mit einem Regenschirm angegriffen haben?«

Geschäftig stellte die Dame ihre Handtasche auf den Schoß und beugte sich Vogel entgegen.

»Jetzt stellen Sie sich das einmal vor«, sagte sie in einer Lautstärke, als würde sie ihm ein Geheimnis anvertrauen. »Ich geh' mit meinem Hunderl äußerln und plötzlich macht es ein Geschäft. Eh nur ein kleines Hauferl. Leider hab' ich kein Sackerl dabei g'habt, das hab' ich sonst immer mit. Aber heut' hab' ich einmal eine andere Handtasche dabei, und in der war leider kein Sackerl drin. Daher hab' ich's nicht wegmachen können. Kommt doch so ein Kieberer, Sie entschuldigen schon, daher und sagt, das kostet 36 Euro. Und da frag' ich ihn, wieso. Da hat er gesagt, das wäre eine neue Verordnung. Wegen so einem kleinen Trümmerl. Das war eh ganz im Eck, wo niemand hinkommt. Und da hab' ich geantwortet, von einer solchen Verordnung hab ich noch nie was g'hört und bin weggegangen. Da hat der Polizist sich mir doch glatt in den Weg gestellt und wollte das Geld einfordern, 36 Euro, das sind über 500 Schilling! Und ich hab' eh nur eine kleine Pension, als Witwe von einem Magistratsbeamten. Also, was soll ich Ihnen sagen, Herr Inspektor. Mein Hunderl war schon ganz nervös, das ist eh so ängstlich, und der Polizist stellt sich mir in den Weg. Da hat's ihn a bisserl gezwickt, aber nur ganz wenig, so ein Pinscher hat ja eh kane Zähnt. Und da hat er nach meinem Hunderl getreten. Stellen Sie sich das einmal vor. Tritt nach meinem Pinki. Da bin ich halt rabiat geworden und hab ihm mit dem Schirm eine drüber gegeben. Das war doch Notwehr!«

Seufzend lehnte sich Vogel zurück.

»Verehrte Frau Novak, Notwehr gibt es in diesem Falle nicht, schließlich war es der Kollege, der sich zur Wehr setzen musste.«

Entschieden schüttelte die Beschuldigte den Kopf.

»Wegen einem kleinen Zwickerl gleich so ein herziges Viecherl treten, das geht doch net!«

»Da muss ich Ihnen leider widersprechen. Mein Kollege war völlig im Recht, auch die 36 Euro gehen in Ordnung. Ich weiß das genau, weil ich auch einen Hund hab'. Und ich hab immer ein Sackerl dabei. Gehen's, zahlen's die 36 Euro und ich werde einmal mit dem Kollegen reden, wie schwer Sie ihn verletzt haben. Vielleicht ist es nicht so schlimm und er lässt die Anzeige fallen. Aber versprechen kann ich's Ihnen nicht. Wartens a bisserl vor der Tür. Ich werde versuchen, ihn zu erreichen.«

Schmollend sah sie ihn an.

»Na gut, zahl ich's halt, auch wenn's nur ein ganz kleines Würstel war. Aber recht ist das nicht, nach einem Hund zu treten …«

Sprach's und verließ den Raum, während Vogel nach dem Hörer griff.

Wie sich bei dem Gespräch herausstellte, hatte die resolute Dame so sehr zugeschlagen, dass der Polizist neben einem Kratzer am Bein, der durch den Hundebiss verursacht worden war, auch eine Beule am Kopf davongetragen hatte. Dank einiger beschwichtigender Worte Vogels ließ der Polizist schließlich die Anzeige fallen.

Als er Frau Novak die erfreuliche Nachricht mitgeteilt hatte, fühlte sich Vogel erheblich besser. Gerade als er lustvoll daran ging, seine bislang versäumte Morgenpfeife zu stopfen, stürzte Walz herein.

»Du wirst es nicht glauben, die Rettung wurde von einem Handy aus angerufen. Und da sich kein anderer Zeuge am Unfallort befunden hat, könnte es tatsächlich unser von Reue getriebener Fotokünstler gewesen sein. Zumal der Anrufer seinen Namen nicht nennen wollte, und auch seine Nummer am Display unterdrückt hat …«

»Siehst du, die Welt ist doch nicht ganz schlecht. Leider wird solches Gutmenschentum nicht immer belohnt. Wann bekommen wir die Nummer?«

»Wenn es kein Wertkartenhandy war, noch heute.«

»Und wenn es doch eins war?«

»Dann hat sich die gute Tat ausgezahlt und wir haben Pech gehabt.«

Ihr Gespräch wurde durch das Läuten des Telefons unterbrochen.

Am Apparat war Jessica Obermüller, die Freundin von Andreas Reif.

»Entschuldigen Sie bitte die Störung, Herr Inspektor«, begann sie etwas umständlich. »Ich hab' Ihre Visitenkarte auf Andreas' Nachtkastl gefunden, deshalb ruf' ich Sie gerade an. Ich weiß mir nämlich nicht anders zu helfen. Sie sind doch Bezirksinspektor Vogel?«

»Ja, der bin ich«, antwortete Vogel und drückte auf den Lautsprecherknopf, damit auch Walz dem Gespräch folgen konnte. »Ist Ihrem Freund vielleicht noch etwas eingefallen?«

»Ich glaube nicht«, stotterte sie, »ich meine, ich weiß es nicht.«

»Womit kann ich Ihnen also helfen?«, fragte Vogel geduldig.

»Ja, ich weiß nicht, wie ich Ihnen das erklären soll … Andreas ist so verändert in letzter Zeit … Gerade so, als würde er ständig auf Drogen sein.«

»Hat Ihr Freund diesbezügliche Erfahrungen?«

»Nein, soweit ich weiß, nicht. Außerdem glaube ich nicht, dass er was nehmen würde, dafür ist er viel zu vernünftig.«

»Ich bin kein Arzt und weiß daher natürlich nicht, ob Ihrem Freund nicht stimmungsaufhellende Substanzen verschrieben wurden. Vielleicht ist das in solchen Fällen üblich.«

»Das hab' ich mir auch schon gedacht, aber die Schwester, mit der ich geredet hab', hat gesagt, dass er so etwas nicht bekommt.«

»Es ist halt auch nicht so einfach für ihn. Und jeder Mensch verarbeitet das Schreckliche auf eine andre Art und Weise. Dafür sollten Sie Verständnis haben, Frau Obermüller. Schließlich ist es nicht gerade alltäglich, einen Fuß zu verlieren.«

»Nein, nein, das ist es nicht. Das ist mir ja auch klar. Nein, er ist jetzt ständig so aufgedreht, so komisch fröhlich. Ganz anders als direkt nach dem Unfall. Wenn ich einmal vernünftig mit ihm reden will, lacht er nur ständig. Das ist nicht mehr mein Andi. Früher war er immer so ernsthaft. Das hat mir gerade so gut an ihm gefallen. Aber jetzt …«, die Inspektoren hörten ein unterdrücktes Schluchzen.

»Jetzt einmal langsam, Jessica, wir helfen Ihnen ja, so gut wir können«, beschwichtigte Vogel, der weinende Frauen nur schwer aushielt, mit sanfter Stimme.

»Haben Sie mit einem seiner behandelnden Ärzte gesprochen?«

»Die reden ja nicht mit mir«, jammerte sie. »Wenn Visite ist, muss ich nach draußen gehen, und wenn ich dann den Arzt frage, antwortet er mir immer, es sei doch alles bestens, und geht davon.«

»Da Sie noch kein Familienmitglied sind, darf er ja nicht mit Ihnen über die Krankengeschichte reden, das müssen Sie verstehen. Haben Sie das Pflegepersonal schon darauf angesprochen? Da gibt es doch einen Krankenpfleger seines Vertrauens, wie heißt er doch?«

»Bojan Bilovic. Mit *dem* rede ich sicherlich nicht. Und wenn ich die anderen Schwestern frage, dann sagen die nur, dass es doch schön ist, wenn ein so junger Mann so fröhlich ist und ich darüber eigentlich glücklich sein müsste.«

»Und warum wollen Sie nicht mit Herrn Bilovic reden?«

»Weil ich glaube, dass gerade er dahinter steckt. Ständig ist er bei ihm. Seit der sich um den Andi kümmert, ist er so verändert. Selbst wenn ich bei ihm sitze und mit ihm allein sein will, kommt er immer wieder ins Zimmer. Und wenn er da ist, dann beachtet mich Andreas überhaupt nicht mehr. Dabei ist das alles auch für mich nicht einfach«, die letzten Worte wurden wieder von Schluchzen unterbrochen.

Vogel wartete, bis sich das Mädchen wieder beruhigt hatte.

»Und was sollen wir Ihrer Meinung nach tun?«

»Sie sind doch von der Polizei …« sagte sie hilflos.

»Auch wenn wir von der Polizei sind, können wir da nichts unternehmen. Haben Sie schon mit seinen

Eltern gesprochen? Gegenüber denen ist der Arzt auskunftspflichtig.«

»Ach, wissen Sie, Andis Eltern sind einfache Leute und nur entsetzt über das, was passiert ist. Sie sind natürlich glücklich, dass ihr Sohn trotz allem so fröhlich ist …«

Vogel ließ sich noch ihre Telefonnummer geben, bevor er auflegte, nicht ohne ihr das Versprechen gegeben zu haben, gegebenenfalls mit Reifs Arzt zu sprechen.

»Dank deines guten Riechers wolltest du dich doch eh bei der Fremdenpolizei nach dem Bilovic erkundigen«, wandte er sich nun an Walz. »Vielleicht findest was.«

»Langsam wird die Sache Reif etwas unübersichtlich, findest du nicht auch? Und selbst wenn der Bilovic die Rechte Hand vom Karadzic war, was ändert's? Er wird möglicherweise entlassen – und dann? Dann wird der Reif wieder depressiv, weil ihm sein Zustand bewusst wird. Nein, Kajetan, damit ist niemandem geholfen.«

Vogel zündete seine unterdessen erloschene Pfeife wieder an.

»Frag' ich halt selbst nach. Das dauert eh nur ein paar Minuten. Und dann gehen wir etwas essen. Wegen der Emily habe ich heute noch nicht einmal ein Frühstück bekommen …«

Bei diesen Worten nahm er den Telefonhörer ab und wählte nach einem kurzen Blick in seinen Notizkalender die Nummer seines Kollegen Jäger von der Fremdenpolizei.

»Grüß Gott, Bezirksinspektor Vogel von der Polizeiinspektion Alsergrund, könnte ich bitte mit Chefinspektor Hubert Jäger sprechen?«

»Der ist leider auf Fortbildung«, antwortete die Vermittlung.

»Dann verbinden Sie mich bitte mit einem anderen Herrn, der mit der Sache vertraut ist«, sagte Vogel ungeduldig.

»Um welche Angelegenheit handelt es sich, bitte?«, fragte die Dame.

»Ach so, Entschuldigung. Es geht um die Akte eines serbischen Staatsbürgers, über den ich eine Information bräuchte.«

»Einen Moment, bitte.«

Und schon ging es los – das Endlosband mit dem obligaten Text, der spätestens nach der dritten Wiederholung die Geduld des Anrufers unterhöhlt, da die versprochene Bemühung um eine »rasche Bearbeitung« nichts mehr ist als ein Wiener Euphemismus des »Schwäbischen Grußes«, den Goethe einst seinem Götz von Berlichingen in den Mund gelegt hatte.

Entnervt legte Vogel den Hörer beiseite und stellte den Lautsprecher an.

»Immer noch besser als ›Für Elise‹ auf dem Synthesizer«, meinte Walz schmunzelnd, während sein Kollege die Augen verdrehte.

Nach der zehnten Wiederholung der Mitteilung, dass man »noch ein wenig Geduld« haben sollte, knallte Vogel den Hörer auf die Gabel.

Gerade so, als würde der Apparat gegen seine unpflegliche Behandlung aufbegehren, läutete just in jenem Moment das Telefon.

Der Anruf kam von der Telefonüberwachung, die Vogel mitteilte, dass der Anruf, der nach Reifs Unfall die Rettung gerufen hatte, von dem Handy eines gewissen

Wolfgang Hödl geführt worden war, der in der Raaber-Bahn-Gasse im 10. Wiener Gemeindebezirk gemeldet war.

»Das kommt mir gerade recht«, meinte Vogel, »im zehnten Hieb kenn' ich einen großartigen Chinesen in der Humboldtgasse. Danach werden wir, wohl gesättigt und dadurch bestens gelaunt, den Herrn Hödl aufsuchen – was meinst?«

Walz verzog das Gesicht.

»Zum Chinesen? Willst du dort einmal probieren, was dein Hund so frisst?«

»O du mein Walz, sprich nicht so abschätzig von den Vertretern eines alten Kulturvolks. Dort gibt es Sichuan-Küche vom Feinsten, lass' dich überraschen!«

»Na gut, aber wenn es mir nicht schmeckt, zahlst du!«

Nach dem Essen, das den beiden derart mundete, dass Walz ohne Aufhebens die gesamte Zeche übernommen hatte, fuhren sie weiter zur Raaber-Bahn-Gasse.

»Warum ausgerechnet hier im tiefsten Favoriten eine Straße, die dazu noch eine Sackgasse ist, nach der Ostbahn benannt ist, wird wohl ewig ein Geheimnis der Stadtplaner bleiben«, murmelte Vogel, während er versuchte, seinen Dienst-Opel in eine etwas zu knapp bemessene Parklücke zu quetschen.

Da das Haus, direkt neben einer riesigen Peep-Show gelegen, über keine Gegensprechanlage verfügte, betraten die Kriminalisten den dunklen Hausflur des ziemlich heruntergekommenen Zinshauses. Im dritten Stock schließlich wurden sie fündig und entdeckten die auf dem Meldezettel angegebene Tür.

Nach nachdrücklichem Läuten von Vogel hörten die Kriminalisten eine unsichere weibliche Stimme, die durch die geschlossene Tür nach dem Begehren der unangekündigten Besucher fragte.

»Grüß Gott, könnten wir bitte Herrn Wolfgang Hödl sprechen?«

»Was wollen Sie denn von meinem Sohn?«

»Wir würden ihn gern etwas fragen.«

»Wer sind Sie denn überhaupt?«

»Wenn Sie es so genau wissen wollen, wir sind von der Kriminalpolizei …«

»Polizei?«, ihre Frage klang wie ein Schmerzensschrei. »Rudi, komm doch einmal her, da draußen steht die Polizei und will unseren Wolfi verhaften!«

Kopfschüttelnd sah Vogel seinen Kollegen an.

»Von Verhaften hat niemand etwas gesagt, wir wollen ihn lediglich etwas fragen.«

Da öffnete sich die mit einer Metallkette gesicherte Tür einen Spalt breit, durch den das unrasierte Gesicht eines etwa fünfzigjährigen Mannes schaute.

»Können Sie sich ausweisen?«, fragte er unfreundlich.

Nachdem beide ihren Dienstausweis gezeigt hatten, schloss sich die Türe wieder, um sich kurz darauf ganz zu öffnen. Im Eingang stand ein ziemlich übergewichtiger Mann in einem nicht mehr ganz sauberen Feinrippunterhemd, die graue Jogging-Hose steckte, die von schmutzigweißen Hosenträgern gehalten wurden. Seine Füße steckten in unvermeidlichen blauen Plastiksandalen, aus denen seine Zehen weit herausragten. Sein ungekämmtes Haar wie der Geruch, der von ihm ausging, deuteten darauf hin, dass er keinen Besuch erwartete.

»Also, was wollen Sie vom Wolfi?«, fragte er in einem

Ton, der den Kriminalisten signalisierte, dass sie einen sehr guten Grund bräuchten, um einer weiteren Antwort gewürdigt zu werden.

»Das würden wir ihm gerne selbst mitteilen«, antwortete Vogel kühl.

»Eines kann ich Ihnen sagen«, sagte Hödl, drohend seine Arme in die Hüften gestemmt, »wenn Sie dem Buben was anhängen wollen, haben Sie sich getäuscht. Das ist doch immer dasselbe bei euch: Wenn ich ein Reicher wär', kämt ihr nie auf die Idee, dass mein Sohn was ausgfressen haben könnte. Nur weil ich im Leben so viel Pech hatte und keine Arbeit mehr finde. Wer will denn heutzutage noch einen Fünfzigjährigen einstellen? Und als wäre das nicht schlimm genug, werden wir jetzt auch noch von der Polizei verfolgt. Wissen Sie, wie man das nennt? Sippenhaft ist das, jawohl, Sippenhaft! Gehen Sie doch einmal zu den Söhnen unserer Herren Politiker, da würden Sie sich wundern, was die alles anstellen. Aber die haben ja das Geld – zu denen kommen Sie natürlich nicht!«

»Darüber mit Ihnen zu diskutieren, dazu fehlt mir definitiv die Zeit«, sagte Vogel ungeduldig. »Daher, ein letztes Mal, könnten wir jetzt Ihren Sohn sprechen?«

»Er ist bei der Arbeit …«

»Und wo ist er beschäftigt?«

»Nebenan, in der Peep-Show«, antwortete Hödl mit dem Kinn in Richtung des Etablissements deutend. »Dort sitzt er an der Kassa.«

»Na also, geht doch. War doch gar net so schwer, oder?« sagte Vogel, während er sich zum Gehen wandte und mit der Rechten zum Abschied winkte.

Als sie die Räumlichkeiten des etwas heruntergekommenen Lusttempels betraten, schlug ihnen ohrenbetäubend laute Techno-Musik entgegen. Im rötlichen Halbdunkel gewahrten die beiden Kriminalisten eine mit einschlägigen Gerätschaften bestückte Verkaufstheke, hinter der gelangweilt ein etwa zwanzigjähriger Mann saß.

Vogel beugte sich ihm entgegen, worauf der Angesprochene erschrocken zurückwich. Davon unbeeindruckt nahm er ihn an der Schulter und schrie in sein Ohr.

»Sind Sie Herr Hödl?«

Der junge Mann nickte misstrauisch.

Vogel zückte seinen Ausweis und bedeutete dem jungen Mann mit einem Kopfnicken, nach draußen zu gehen.

Vor der Türe atmete der Inspektor erst einmal hörbar durch.

»Wie halten Sie das nur den ganzen Tag aus?«, fragte er Hödl, der einen ziemlich verstörten Eindruck machte.

»Ich bin hier nur Aushilfe«, antwortete er leise.

»Dann geht's ja noch … Ja, Herr Hödl, wir hätten einige Fragen an Sie. Ist eigentlich Ihr in der vorletzten Woche gestohlenes Handy wieder aufgetaucht?«

»Das muss eine Verwechslung sein«, sagte Hödl sichtlich erleichtert, »mir ist kein Handy gestohlen worden.«

»Dann waren also Sie es, der am Sonntag vorvergangener Woche um 5 Uhr 30 von Ihrem Apparat aus die Notrufnummer 112 gewählt haben, um einen schweren Motorradunfall zu melden?«

Hödl wurde puterrot.

»Ja«, stotterte er, »ich kam da gerade zufällig vorbei, als der Unfall passiert ist. Und da hab' ich die 112 angerufen, weil mir die Nummer der Rettung nicht gleich eingefallen ist.«

»Und von wo aus haben Sie den Unfall beobachtet?«

»Ich bin gerade mit dem Auto vorbeigekommen …«

»Waren Sie stadtauswärts oder stadteinwärts unterwegs?«

Nervös fuhr sich Hödl durchs Haar.

»Warten Sie … stadtauswärts, glaube ich …«

»Wissen Sie das nicht mehr?«, fragte Vogel ruhig.

»Wenn ich mir's genau überlege, war es doch stadteinwärts …«

»Also, waren Sie auf der Fahrbahnseite, wo der Unfall geschah, oder auf der Gegenfahrbahn?«

»Auf der Gegenfahrbahn …«

»Also stadteinwärts«, brummte Vogel. »Und wohin waren Sie um diese nachtschlafende Zeit unterwegs?«

»Ich konnte nicht schlafen und da bin ich halt so herumgefahren …«

»Waren Sie allein im Wagen?«

»Ja.«

»Gut. Also nochmals, Sie sind stadteinwärts gefahren, haben zufällig diesen Unfall beobachtet und dann die 112 angerufen.«

»Ja, genau so war es.«

»Dann haben Sie sicherlich auch das Auto gesehen, das den Motorradfahrer solcherart geschnitten hat, dass dieser zu Fall kam?«

Überrascht schaute Hödl den Kriminalisten an.

»Nein, nicht genau«, sagte er vorsichtig. »Wissen Sie, es ging alles so schnell und war so dunkel, dass ich nichts Genaues erkennen konnte.«

»Aber Sie müssen doch die Kollision gehört haben, es macht doch einen Riesenlärm, wenn ein Auto mit einem Motorrad zusammenstößt.«

»Nein. Ich habe laute Musik gehört, da hab' ich das nicht mitgekriegt …«, antwortete Hödl schnell. Er gewann offensichtlich an Selbstsicherheit.

»Aber das Auto haben Sie doch gesehen?«

»Das schon.«

»Haben Sie die Type des Fahrzeugs oder wenigstens die Farbe erkennen können?«

Bedauernd schüttelte Hödl den Kopf.

»Es könnte ein BMW gewesen sein … oder vielleicht auch ein Audi …«

»Und warum haben Sie nicht angehalten und Erste Hilfe geleistet?«

»Wissen Sie, ich bin so ungeschickt, und bevor ich irgendetwas falsch mache, hab' ich lieber gleich die Rettung gerufen.«

»Es wäre nett, wenn Sie uns begleiten würden, damit wir Ihre Aussage auf der Inspektion aufnehmen können.«

»Das ist unmöglich. Ich kann ja hier nicht weg, ich muss doch arbeiten.«

»Ist außer Ihnen noch jemand in dem Laden? Außer den Mädchen, meine ich …«

»Ja, der Luis …«

»Dann sagen Sie dem Luis bitte, dass Sie leider mit uns mitgehen müssen …«

Unwillig verzog Hödl das Gesicht.

»Und warum geht es nicht morgen? So wichtig ist doch meine Aussage nicht. Ich hab' doch eh nichts gesehen.«

»Lieber Herr Hödl«, sagte Vogel in unverändert freundlichem Tonfall. »Zwingen Sie uns nicht dazu, Sie wegen unterlassener Hilfeleistung in einem besonders schweren Fall zu verhaften. Wir wollen das Ganze doch gütlich regeln.«

Murrend ging Hödl hinein.

»Das mit dem Handy war ziemlich gut, Kajetanus meus«, sagte Walz anerkennend. »Auch die G'schicht' mit dem Auto hat mir ausnehmend gut gefallen. Chapeau. So, wie der gebaut ist, kriegen wir den in einer Stunde weich.«

»Schau mer mal«, murmelte Vogel selbstzufrieden.

Es dauerte nicht allzu lange, bis Hödl, mit einer Lederjacke angetan, zu den Polizisten zurückkehrte.

»Ich verstehe zwar immer noch nicht, warum ich jetzt unbedingt mitkommen soll …«

»Was haben Sie denn dem Luis gesagt?«, fragte Vogel beiläufig.

»Die Wahrheit. Dass ich eine Zeugenaussage machen muss …«

»Dann ist ja gut. Gehen wir.«

Kaum hatten sie im Wagen Platz genommen, sagte Vogel zu seinem Kollegen, der zusammen mit Hödl im Fond Platz genommen hatte:

»Also, diese Geschichte mit der Mimi und dem Leserfoto ist doch wirklich höchst mysteriös, findest du nicht? Macht da doch glatt einer ein Foto von dem Unfall und verkauft es an eine Zeitung.«

»Schrecklich!«, replizierte Walz artig. »Wenn das so weitergeht, werden die Burschen noch vorsätzlich ein Verbrechen begehen, nur um ein von ihnen gemachtes Bild von sich in der Zeitung zu haben. Ja, lieber Kajetan, wir sind ein Volk von Voyeuren geworden, die sich am Leiden der anderen weiden. Direkt widerwärtig ist das …«

»Aber warum machen die so etwas?«, sagte Vogel, während er im Rückspiegel Hödl fixierte. »Wegen dem bisschen Geld, das sie dafür bekommen? Oder aus Grausamkeit? Langeweile? Da muss doch noch irgendetwas anderes dahinterstecken.«

»Vielleicht gibt es eine Art Ehrencodex unter diesen so genannten Fotografen … Wessen Bild veröffentlicht wird, dessen Ansehen steigt in der Gruppe. Früher haben sie den bewundert, der den größten Regenwurm gegessen hat, heute wird der gefeiert, der den schrecklichsten Unfall inszeniert und davon ein Foto macht.«

»Haben Sie übrigens gewusst, Herr Hödl, dass von diesem Motorradunfall, dessen Zeuge Sie gewesen sind, auch eine Aufnahme gemacht und an eine Zeitung verkauft wurde?«

Nervös schaute Hödl von Vogel zu Walz, bevor er versuchte, mit einer schnellen Bewegung die Tür aufzustoßen. Als sie sich nicht gleich öffnete, warf er sich verzweifelt dagegen.

Allerdings vergeblich, die Türe gab nicht nach.

Panisch blickte er den völlig gelassenen Walz an, der den Blick milde lächelnd erwiderte.

»Noch nie etwas von einer Kindersicherung gehört?«

7. KAPITEL (MITTWOCH)

Nachdem Walz Hödl im Dienstzimmer mit einem Glas Wasser versorgt hatte, woraufhin sich dieser nach einiger Zeit leidlich beruhigte, unterrichtete Vogel den Verdächtigen über seine Rechte, schaltete das Aufnahmegerät ein und sagte ruhig:

»Es wirkt ziemlich unglaubwürdig, wenn Sie uns jetzt erzählen, dass es allein an diesen ominösen 100 Euro gelegen hat, die Ihnen ja nicht einmal sicher waren … Also, was steckt da in Wahrheit dahinter?«

Wortlos schaute Hödl zu Boden.

»Aus Ihrer Reaktion kann ich nur schließen, dass Sie nicht einmal wissen, warum Sie bei Ihrer Fototour den Tod eines Menschen in Kauf genommen hätten«, fuhr Vogel nach einer angemessenen Weile fort. »Das dürfte sich, wie ich unsere verehrten Richter einschätze, sicherlich erschwerend auf Ihr zu erwartendes Strafmaß auswirken. Ein Tötungsversuch aus purer Langeweile, das hört niemand gern …«

Doch Hödl schwieg beharrlich weiter. Die dadurch entstandene Pause nutzte Vogel dazu, sich umständlich eine Pfeife zu stopfen. Gerade als er in den Taschen seines Gilets nach den Zündern kramte, blickte er endlich auf.

»Die Idee dazu hatten wir im Chatroom …«, begann Hödl stockend.

»Und wo befindet sich dieser Chatroom?«, fragte Vogel ruhig.

»Im Internet, im ›facebook‹. Dort treffen wir uns regelmäßig. Und als wir dort wieder einmal so rumgehangen sind, kam halt einer irgendwann auf die Idee, dass wir einfach einmal was Cooles machen sollten. Er hätte von einer anderen Clique gehört, die einen Wettbewerb gemacht hat, wo es darum ging, ein Foto zu machen, das dann in die Zeitung kommt. Von Promis, Haustieren und so. Und dann hat einer gefragt, ob wir nicht auch einmal so was Ähnliches machen sollen – nur härter.«

»Wann war das?«

»So ungefähr vor zwei Wochen.«

»Und dann hatten Sie die Idee mit dem Öl?«

»Nicht direkt. Einer hat dann von der U-Bahn-Zeitung erzählt, die Leserfotos von Polizeieinsätzen und Unfällen sucht. Das ist doch viel cooler als die öden Bilder von Haustieren, hat der gemeint. Und als wir dann weitergeblödelt haben, hat einer die Idee gehabt, wer es als Erster von uns in die U-Bahn-Zeitung schafft, hat gewonnen.«

»Und wie hoch war der Gewinn?«

»Na ja, der hat halt einfach gewonnen«, antwortete Hödl etwas ratlos. »Man kriegt ja eh 100 Euro, und wenn man es auf die Titelseite schafft, sogar 1.000.«

Vogel nickte wortlos, während er seine Pfeife anrauchte. Nachdem er sie nachgestopft und ein zweites Mal entzündet hatte, fuhr er, in dicke Rauchschwaden gehüllt, mit der Befragung fort.

»Waren Sie eigentlich alleine am Unfallort?«

»Nein, ein Kumpel war bei mir, es musste schließlich ein Zeuge dabei sein. Sonst hätte ich ja einfach vor den anderen behaupten können, ich hätte das Foto gemacht, wenn es in der Zeitung erscheint.«

»Stand dieser Kumpel bei Ihnen, als der Unfall passierte?«

»Nein, er hat in seinem Auto gesessen und zugeschaut.«

»Dürften wir den Namen Ihres Freundes erfahren?«

Entschieden schüttelte Hödl den Kopf.

»Keine Chance!«

»Und was haben Sie jetzt von Ihrem Gewinn?«

Hödl antwortete nichts mehr, sondern fuhr sich verzweifelt durchs Haar. Was hätte er auch antworten sollen?

»Nachdem Sie gesehen haben, was Sie angerichtet haben mit Ihrem Öl, haben Sie die Panik bekommen und die Rettung angerufen«, mischte sich nun Walz in das Gespräch.

»Ich hab' ja niemals gedacht, dass da ein Motorradfahrer daherkommt, um diese Jahreszeit«, antwortete Hödl mit weinerlicher Stimme. »Das Ganze war ja eigentlich für ein Auto geplant. Das wäre dann vielleicht ein Blechschaden geworden. Mehr wäre da sicher nicht passiert ... Aber als der Motorradfahrer so daherkam, hab' ich schon einen Riesenschreck gekriegt. Und als der dann durch die Luft geflogen ist, bekam ich die Krise und habe schnell die 112 angerufen.«

»Aber so panisch waren Sie nicht, dass Sie nicht vorher die Rufnummer unterdrückt haben?«

Kopfschüttelnd sah Hödl nun auf.

»Da hätt' ich mich ja gleich mit Namen melden können.«

»Wie Sie sehen, hat Ihnen das auch nichts genützt ... Ich hätte da noch eine Frage an Sie. Hat noch ein anderes Mitglied Ihrer Clique an diesem Wettbewerb teilgenommen?«

»Versucht haben sie es vielleicht, aber mein Foto

wurde als Erstes veröffentlicht!«, sagte Hödl, in dessen Stimme plötzlich ein wenig Stolz mitschwang.

»Wir gratulieren«, sagte Vogel trocken, während er den Hörer zur Hand nahm und nach einem Beamten telefonierte, der den Verdächtigen abführen sollte.

»Nach dem heutigen Tag voll der Erfolge könnten wir eigentlich früher Schluss machen und getrost nach Hause gehen …«, sagte Vogel, während er sich genüsslich streckte.

»Was ist jetzt eigentlich mit dem Wohnhausbrand?«, fragte Walz, der diesen verlockenden Vorschlag scheinbar überhört hatte. »Und dem Unfall von der Mimi? Hätten wir da nicht noch nachfragen sollen?«

»Morgen ist auch noch ein Tag«, antwortete Vogel herzhaft gähnend, »lassen wir den Hödl erst einmal brutzeln. Wenn der unsere bewährte Gastfreundschaft kennen gelernt hat, wird er sicherlich gesprächiger. Außerdem glaube ich kaum, dass der was mit den anderen Bildern zu tun hat. Der hat für sein Erfolgserlebnis doch nur ein Foto gebraucht. Für einen fremdenfeindlichen Anschlag ist der auch nicht abgebrüht genug. Der würd' sich dabei doch glatt ins Hoserl machen. Wir können unsere verehrten Kollegen aus Hernals ja darum bitten, sich einmal im ›facebook‹ umzuschauen, schließlich haben wir noch was gut bei denen. Und den Fotografen von Mimi brauchen wir eh nicht mehr. Wenn die anderen Unfallopfer alle das Gleiche aussagen, dann ist der Fiedler eh geliefert. Apropos, wann kommt der eigentlich her?«

»Das muss die Mimi wissen, die hat ja ein vitales Interesse daran, den Bösewicht zur Strecke zu bringen.«

Ein Anruf mit Hawranek brachte die Gewissheit, dass Fiedlers Einvernahme für den folgenden Morgen geplant war.

»Dann lassen wir es doch für heute gut sein«, sagte Vogel aufgeräumt, während er sich erhob. »Hiermit erkläre ich die heutige Sitzung für geschlossen!«

Doch Walz zeigte sich davon unbeeindruckt und blieb ruhig an seinem Platz.

»Auch wenn es mir widerstrebt, möchte ich doch noch einmal ins Johann-Spital fahren und dem Reif erzählen, dass wir den Fotokünstler gefasst haben. Das haben wir ihm schließlich versprochen. In dem Zusammenhang kann ich mir den Bilovic noch einmal genauer ansehen …«, mit einem Kopfschütteln über seine Vergesslichkeit nahm Walz den Hörer und ließ sich mit der Fremdenpolizei verbinden, während Vogel sich seufzend wieder hinsetzte.

Nach einigen Minuten des heroischen Erduldens der Warteschleife wurde er endlich mit einem zuständigen Beamten verbunden. Um die Nerven seines Kollegen zu schonen, schaltete er erst auf Raumklang, als sich der Fremdenpolizist persönlich meldete.

»Bojan Bilovic? Ja, hier ist er. Doktor der Medizin, sagt er. Behauptet, Chirurg in Belgrad gewesen zu sein. Papiere gibt es keine.«

»Kommt so etwas häufiger vor?«, fragte Walz.

»Immer wieder. Manchmal nehmen Bürgerkriegsflüchtlinge sogar den Namen eines Toten an, im äußersten Fall haben sie den deshalb umgebracht, und ersuchen mit dessen Vita um Asyl an. Theoretisch könnte dieser Bilovic auch Malic oder so ähnlich heißen und Fleischer am Belgrader Schlachthof gewesen sein. Wenn dann die Papiere des Bojan Bilovic eines Tages auftauchen, dann darf dieser Malic auch bei uns als Chirurg arbeiten. Macht ja eh nicht so einen großen Unterschied, ob er an Viechern oder an uns Menschen herumschnippelt.«

»Moment, das heißt, er hat gar keine Papiere eingereicht? Uns hat er erzählt, er würde nur auf deren Nostrifizierung warten, um dann als Arzt arbeiten zu können«, sagte Walz, während er Vogel einen vielsagenden Blick zuwarf.

»Das erzählt er also?«, fragte der Beamte interessiert. »Bei uns liegt nichts. Die richten sich's halt, wie sie's brauchen. Na, irgendeine medizinische Ausbildung wird er schon haben. Vielleicht war er dort drüben OP-Helfer oder Krankenpfleger. Als Krankenpfleger arbeitet er ohnehin schon ziemlich lange. Inzwischen wird er's ja gelernt haben. Warum interessiert ihr euch überhaupt für ihn? Hat er was ausg'fressen?«

»Nicht direkt, es gibt nur ein paar Geschichten über ihn, die uns nicht ganz koscher erscheinen. Nichts Handfestes. Wisst ihr vielleicht etwas Näheres über ihn?«

»Ja, da war was. Am Anfang, als er gerade hergekommen ist, gab es einmal einen Asylanten aus Kroatien, der ihn denunziert hat. Der hat behauptet, er hätte ihn in einem serbischen Folterlager getroffen, wo er als Arzt tätig war. Aber dann hat sich herausgestellt, dass der selbst so viel Dreck am Stecken hatte, dass er kein Asyl bekam und ausgewiesen wurde – und damit fiel auch die Beschuldigung in sich zusammen ...«

»Jetzt hast du einen Grund mehr, dem Johann-Spital

einen Besuch abzustatten«, sagte Vogel, nachdem Walz das Gespräch beendet hatte.

»Kommst nicht mit?«

»Wenn es nicht sein muss – du weißt schon, der Hund. Ich mache mir ein bisschen Sorgen, weil die Martina mit der Emily noch nicht zurechtkommt. Mit dem Reif kann eh nur einer reden. Und du mit deiner Vertrauen einflößenden Physiognomie hast bestimmt einen viel besseren Zugang zum Bilovic als ich. Außerdem habe ich noch etwas gut bei dir, denk nur an den heutigen Morgen.«

Als Walz das Krankenzimmer betrat, hielt Reif die Augen geschlossen. Gerade als der Inspektor wieder leise gehen wollte, sprach ihn der Verletzte an.

»Was wollen Sie?«, fragte er fast unhörbar.

»Ich wollte Ihnen nur mitteilen, dass wir denjenigen, der den Anschlag auf Sie verübt hat, verhaftet haben. Er ist völlig geständig.«

Müde hob Reif seinen Kopf.

»Und was hilft mir das? Gibt er mir auch meinen Fuß zurück?«

Walz lächelte gequält.

»Natürlich nicht. Ich dachte nur, das würde Sie vielleicht interessieren.«

»Und warum hat er das gemacht?«

Er redete so undeutlich, dass Walz unwillkürlich näher an sein Bett trat.

»Wie wir angenommen haben: wegen des Fotos, das er von Ihrem Unfall machte.«

»So ein Schwein!«, fluchte Reif leise.

»Und wie ist er?«, fuhr er nach einer längeren Pause

fort. »Ist er jung oder alt? Österreicher? Ausländer? Hat er Familie?«

Mit Ausnahme seiner Identität erzählte Walz ihm alles, was er über dessen Peiniger wusste.

»Danke, Herr Inspektor. Entschuldigen Sie bitte, aber ich bin heute überhaupt nicht gut drauf.«

»Ist Herr Bilovic nicht da?«, fragte Walz, der sich sogleich der Unangebrachtheit seiner Frage bewusst wurde.

»Nein, Bojan ist anscheinend krank oder so etwas. Eigentlich müsste er heute da sein. Gestern noch hat er gesagt, er käme heute vorbei.«

Nach einer Pause des Schweigens, deren Länge Walz schon peinlich zu werden begann, verabschiedete er sich schließlich.

Draußen ging er zum Schwesternzimmer, wo eine ältere Krankenpflegerin, deren Namensschild sie als »Schwester Helga« auswies, ihm auf sein Klopfen hin öffnete.

Nachdem er seinen Dienstausweis gezeigt hatte, fragte er sie nach dem Verbleib des Krankenpflegers.

»Herr Bilovic hätte heute eigentlich Dienst gehabt, aber er ist bis jetzt nicht gekommen. Er hat sich auch nicht krank gemeldet und geht auch nicht ans Telefon. Ziemlich merkwürdig das Ganze. Ist etwas passiert?«

»Was soll passiert sein?«, fragte Walz verständnislos.

»Na, Sie sind doch von der Polizei …«

»Ach so, nein, ich bin nur wegen Andreas Reif hier.«

»Schreckliche Geschichte. Der leidet übrigens am meisten darunter, dass Bojan heute nicht da ist. Da hat sich ein richtiges Vater-Sohn-Verhältnis aufgebaut. Andreas ist völlig anders, wenn er hier ist. Bojan kümmert sich aber auch ganz besonders um ihn.«

»Kam das schon öfter vor, dass Herr Bilovic unentschuldigt fehlte?«

»Nein, eigentlich ist er ein sehr zuverlässiger Kollege. Vor allem hochqualifiziert, na ja, eigentlich überqualifiziert, wenn Sie mich fragen«, unvermittelt senkte die resche Person ihre Stimme. »Wie man so hört, soll er in seiner Heimat Medizin studiert und sogar praktiziert haben. Da kursieren ja die seltsamsten Geschichten über ihn.«

»Ach so?«, fragte Walz interessiert. »Wenn Sie einen Moment Zeit für mich haben, könnten wir uns ja drunten in der Cafeteria unterhalten, ich bräuchte eh einen Kaffee …«

»Nein, das geht leider nicht. Es ist uns nicht erlaubt, während der Dienstzeit die Station zu verlassen. Wir können aber ins Sprechzimmer gehen, dort sind wir ungestört und einen Kaffee kann ich uns aus der Teeküche holen.«

»Gerne«, antwortete Walz, auch wenn ihn die Aussicht auf einen Filterkaffee nicht gerade begeisterte.

»Also, was erzählt man sich denn so über Herrn Bilovic?«, fragte Walz endlich, nachdem sie in einem kleinen und mit Ausnahme einiger willkürlich an den Wänden drapierten Kinderzeichnungen kahlen Raum neben dem Schwesternzimmer an einem weißen Resopaltisch Platz genommen hatten.

»Warum interessiert sich die Polizei denn überhaupt für ihn? Hat er was angestellt?«, fragte Schwester Helga neugierig, während sie Kaffee aus einer Thermoskanne in die mitgebrachten Tassen goss.

»Das wissen wir noch nicht«, sagte Walz kryptisch. »Wir gehen lediglich einigen Behauptungen nach …«

»Na ja, wenn von den Gerüchten, die über ihn kursieren, auch nur die Hälfte stimmt, haben Sie auch allen Grund dazu …«

»Erzählen Sie«, flüsterte Walz, sich zur ihr hinüberbeugend.

»Aber nur, wenn Sie mich nicht verraten«, gab sie mit Verschwörermiene zurück.

»Da können Sie ganz beruhigt sein«, sagte der Inspektor mit seinem schönsten Schwiegersohn-Lächeln, »Informanten von Gerüchten werden niemals in den Zeugenstand gerufen.«

»Steht es schon so schlimm um ihn?«, fragte Helga mit sensationslüsterner Miene. »Hängt vielleicht auch sein heutiges Fehlen damit zusammen?«

»Das könnte schon sein … Also, was brodelt in der Gerüchteküche?«

»Wie Ihnen Bojan vielleicht erzählt hat«, sagte sie eifrig, während sie sich zum ihm herüberbeugte, »daraus macht er ja wirklich kein Geheimnis, hat er sich schon in Serbien einen Namen als virtuoser Chirurg gemacht. Man behauptet sogar, dass er mit den damaligen Machthabern unter einer Decke steckte und ihnen auch heute noch gelegentlich zu Diensten ist.«

»Wie soll das gehen?«, fragte Walz irritiert.

»Angeblich kommen immer wieder Vertreter des ehemaligen serbischen Regimes zu Bojan, um sich von ihm das Gesicht operieren zu lassen ... Na, damit sie nicht mehr erkannt werden«, sagte sie nachdrücklich. Scheinbar hatte sie Walz angesehen, dass der überhaupt nichts verstand.

Das konnte er nicht auf sich sitzen lassen.

»Ja, so weit sind wir bei unseren Untersuchungen auch schon gediehen«, log er.

Nach einem zufriedenen Grunzen fuhr Schwester Helga eifrig fort.

»Seitdem der Karadzic festgenommen worden ist, können sich die anderen Kriegsverbrecher in ihrer Heimat auch nicht mehr sicher fühlen. Man kann sich ja schwerlich in einer herkömmlichen Klinik anmelden, wenn man mit internationalem Haftbefehl gesucht wird. Also gehen sie zum Bojan und lassen sich zum Beispiel eine neue Kinnpartie machen.«

»Das wissen wir ja schon alles«, sagte der Inspektor, der aus dem Staunen nicht herauskam. »Was wir noch nicht erfahren haben: Wo konnte er denn ungestört operieren, er ist ja nicht einmal approbiert hier?«

Schwester Helga bedeutete ihm mit gekrümmtem Zeigefinger, näher zu kommen.

»Man erzählt sich, dass er über seiner Wohnung ein kleines Appartement besitzt, das er zu einem Operationsraum umgestaltet hat«, flüsterte sie. »Warum, glauben Sie wohl, verdingt sich ein Spitzenchirurg wie er hier als Krankenpfleger? Eine perfektere Tarnung gibt es doch nicht. Hier hat er zu all den Mitteln Zugang und kann sich das gefahrlos beschaffen, was er braucht.«

»Sie glauben also, dass er hier die nötigen Medikamente fladert, mit denen er dann zu Hause Operationen durchführt?«, fragte Walz erstaunt. »Und das ist niemandem aufgefallen?«

»Natürlich gibt es einige hier, die davon wissen. Schließlich kann er nicht alles alleine machen. Allerdings hält er diesen Kreis überschaubar. Wobei es ja auch im eigenen Interesse dieser Leute liegt, den Mund zu halten«, fügte sie hinzu, den Zeigefinger und den Daumen aneinander reibend. »Ich gehöre übrigens nicht dazu«, setzte sie in einem Tonfall hinzu, in dem ein wenig Bedauern mitzuschwingen schien.

»Aber Sie wissen, wer mit ihm zusammenarbeitet?«

»Ich habe so meine Vermutungen …, aber die Namen kann ich Ihnen wirklich nicht sagen, es sind immerhin Kollegen … außerdem sind das alles nur Gerüchte …«

»Es sind also Schwestern von Sankt Johann?«

»Ja, aber bitte keine Namen …«

»Hat die Klinikleitung nichts von seinen Umtrieben bemerkt?«

»Ganz sicher nicht«, antwortete Helga. »Ein Diebstahl in so großem Ausmaß würde doch zur sofortigen Kündigung führen. Sie können sich ja gar nicht vorstellen, wie viele Dinge in einer Klinik täglich abhanden kommen …«

»Operiert er eigentlich nur Kriegsverbrecher? Oder verdient er sich auch anderwärts noch was dazu?«

»Wie man hört, gilt er in einigen Kreisen der Wiener Gesellschaft inzwischen geradezu als Geheimtipp. Er muss ja auch seine Wohnung in der Führichgasse finanzieren. Erster Bezirk, beste Lage. Die soll ja auch prachtvoll ausgestattet sein. Und so etwas muss erst einmal bezahlt werden. Sein Krankenpflegergehalt reicht vielleicht gerade einmal für die Miete, wenn überhaupt.«

»Was passiert eigentlich, wenn bei einer solchen Operation etwas schiefgeht?«, fragte Walz.

»Schauen Sie, auch bei einem zugelassenen Schönheitschirurgen haben Sie kaum eine rechtliche Handhabe, wenn einmal Komplikationen auftreten. Wir sind ja nicht in Amerika.«

»Und wissen Sie vielleicht, ob dabei schon einmal etwas passiert ist?«

»Bitte, auch das bleibt unter uns. Ich habe gehört, dass vor Kurzem eine ziemlich bekannte Dame der Gesellschaft nach einer Korrektur der Nasenscheidewand nicht mehr aufgewacht ist«, flüsterte sie. »Der Arzt, der den Totenschein ausgestellt hat, hat aber nichts bemerkt und einen plötzlichen Herztod diagnostiziert.«

»Hatte der seinen Blindenhund dabei? Wenn eine Frau frisch operiert ist, sieht man das doch«, protestierte Walz.

»Nun ja, nach einem solchen Eingriff sieht man äußerlich wirklich wenig davon. Wenn er nicht direkt in die Nase reinschaut, kann dies einem oberflächlichen Beschauer verborgen bleiben. Vielleicht hat der Arzt ja auch eine kleine Aufwandsentschädigung erhalten.«

Fassungslos schüttelte Walz den Kopf.

»Und wohin hat er die Leiche nach der Operation geschafft? Er hat sie ja wohl kaum in seinem privaten OP liegen lassen …«

»Nein, natürlich nicht. Er hat sie einfach in das Bett

des Gästezimmers seiner Wohnung gelegt, die ja nur ein Stockwerk tiefer liegt.«

»Und das gab keinen Skandal? Eine Frau von hohem gesellschaftlichem Rang wird tot im Schlafzimmer eines Krankenpflegers aufgefunden, der sich eine Wohnung inmitten der teuersten Gegend leisten kann. Eine bessere Geschichte gibt es doch gar nicht. Von so einer Story träumt so mancher Reporter sein Leben lang.«

»Ja, das habe ich auch nicht verstanden. Er wird halt seine Beziehungen haben. Vielleicht hat er ja der Frau des Polizeipräsidenten einen neuen Busen gemacht oder so etwas Ähnliches …«

Walz, der die Frau von Heider kannte, schauderte es. Die wäre für Bilovic tatsächlich ein reiches Betätigungsfeld.

»Und wissen Sie zufällig auch, um wen es sich bei der Toten gehandelt hat?«

»Nein«, sagte sie bedauernd, »aber ich könnte mich ein wenig umhören.«

»Das wäre ganz reizend von Ihnen, Helga«, antwortete Walz lächelnd, während er ihr seine Karte gab. »Sie haben uns sehr geholfen. Eine persönliche Frage hätte ich noch. Ist Herr Bilovic eigentlich ein beliebter Kollege?«

»Was heißt beliebt? Er ist manchmal halt ein wenig arrogant und hält sich von uns eher fern. Außer mit Schwester Sabine pflegte er eigentlich mit niemandem von unserer Station näheren Kontakt, aber das scheint auch aus zu sein. Er ist ja allerdings in einer seltsamen Lage. Von dem Pflegepersonal wird er als Arzt angesehen, von den Ärzten hingegen wie ein Pfleger behandelt.«

»Die Freundin von Reif hat uns gegenüber die

Vermutung geäußert, dass Andreas möglicherweise Medikamente bekommt, die sich verändernd auf sein Bewusstsein auswirken. Bekommt er denn von Ihnen stimmungsaufhellende Mittel verabreicht?«

»Nein, sicherlich nicht. Unser Primar, Herr Dr. Spitz, lehnt solche Mittel grundsätzlich ab, da sie auf lange Sicht mehr Schaden anrichten als nützen.«

»Sie erwähnten eine Schwester Sabine, die Herrn Bilovic näher kennt. Könnte ich auch einmal mit ihr sprechen?«

»Die ist heute leider auch krank. Unsere Abteilung läuft derzeit nur auf Notbetrieb, deshalb muss ich jetzt wieder zur Arbeit. Hat mich gefreut, Herr Inspektor. Aber bitte, kein Wort von unserer Unterredung! Meine Kollegen würden mich umbringen …«

»Da dies keineswegs in unser beider Interesse liegt, können Sie sich auf mich verlassen«, sagte Walz lächelnd.

»Sie haben ja gar keinen Kaffee getrunken«, sagte Helga sichtlich bestürzt, als sie die Tassen wegräumte, »und jetzt ist er kalt. Wollen Sie nicht noch einen frischen? In der Thermoskanne hab' ich noch welchen …«

»Nein, nein, haben Sie vielen Dank dafür, aber auch meine Arbeit ruft.«

Nachdem Helga ihm noch die Telefonnummer und Adresse der Schwester Sabine und von Bilovic gegeben hatte, rief er nach einem vergeblichen Telefonat bei dem Krankenpfleger vom Auto aus seinen Kollegen an, um ihn von den überraschenden Wendungen in diesem Fall zu unterrichten. Da Vogel gerade seinen Hund spazieren führte, war er gehörig außer Atem. Dennoch fand er immerhin noch genug Luft, bei jedem neuen Aspekt der Erzählung einen Überraschungslaut über den vermeintlichen »Damenschneider«, wie Vogel den Schönheitschirurgen launig nannte, auszustoßen.

Um sich selbst ein Bild von Bilovic zu machen, beschlossen die Kriminalisten, den Arzt noch an diesem Abend in seiner Wohnung in der Führichgasse aufzusuchen.

In der Hoffnung, den Krankenpfleger dort anzutreffen und damit doch einen freien Abend genießen zu können, beschloss Vogel kurzerhand, der unweit des Spitals wohnenden Schwester Sabine einen Überraschungsbesuch abzustatten.

Nach einem kurzen Spaziergang stand er vor der Haustüre eines typischen Betonklotzes aus den Achtzigerjahren.

Erst nach wiederholtem Läuten meldete sich Sabine Schaub mit schwacher Stimme und ließ Walz schließlich mit dem Verweis auf das Stockwerk, auf dem sich ihr Appartement befand, herein.

In der Wohnungstüre erwartete ihn eine relativ kleingewachsene Person mit kurzen, dunklen Haaren, denen man ansah, dass sie nur notdürftig gekämmt waren. Doch daran lag es nicht, schließlich war sie krank gemeldet und offensichtlich gerade aus dem Bett gekommen, dass sie auf Walz einen ausgesprochen verhärmten Eindruck machte. Es waren vielmehr ihre Augen, die dem aufmerksamen Beobachter, und dazu gehörte Walz, den Eindruck vermittelten, dass ihr vor nicht allzu langer Zeit großes Leid widerfahren war.

»Es tut mir leid, Sie zu stören«, sagte Walz mit dem

Ausdruck tiefen Bedauerns, während er seine Dienstmarke zückte, »aber wir interessieren uns für Ihren Kollegen Bilovic und hätten gerne einige Informationen von Ihnen.«

Ihr ohnedies leidendes Gesicht verzerrte sich schmerzhaft.

»Ja, bitte kommen Sie doch weiter«, sagte sie leise, und führte den Inspektor in ihr Wohnzimmer. Durch die zugezogenen Vorhänge drang nur mehr wenig von dem ohnehin schwachen Tageslicht herein.

»Wenn Sie erlauben, mache ich kein Licht, ich habe fürchterliche Migräne«, flüsterte sie und bot ihm einen Platz auf einem weißen Rohrsessel an, der zu einer gleich gestalteten Sitzgruppe gehörte.

»Das tut mir leid. Ich will Sie auch gar nicht lange behelligen und habe nur ein paar Fragen an Sie. Wir hätten dazu lieber Herrn Bilovic persönlich befragt, aber der ist heute nicht im Dienst erschienen und ist auch telefonisch nicht zu erreichen. Wissen Sie vielleicht, wo er ist?«

Verstört schaute sie ihn an.

»Bojan? Nein, keine Ahnung.«

»Aber nach unserem Kenntnisstand unterhalten sie doch eine enge Beziehung zu ihm.«

»Nein, nein«, sagte sie leise, »das ist schon lange vorbei …«

Angesichts des Zustands seines Gegenübers und der Gefahr, dass Bilovic dann möglicherweise vorgewarnt würde, beschloss Walz kurzfristig, ihr keine Fragen bezüglich der Nebentätigkeit ihres ehemaligen Liebhabers zu stellen.

So schaute sie nicht wenig verwundert, als sich Walz

nach dieser dürren Auskunft sogleich wieder verabschiedete.

Seine Hoffnung auf einen freien Abend hatte sich damit zerschlagen.

Als Vogel etwas verspätet am vereinbarten Treffpunkt eintraf, war Walz nicht wenig erstaunt, denn sein Kollege kam nicht alleine.

»Lässt du dich jetzt zum Hundeführer ausbilden?«, fragte er, während er sich der heftigen Begrüßung von Emily zu erwehren suchte.

»Hast du die aktuelle Verordnung bezüglich der Hundestaffel noch nicht gelesen? Die Tiere sind seit Neuestem in erster Linie nach ihrer Schnelligkeit auszusuchen, alle anderen Eigenschaften, wie Gehorsam, Schussfestigkeit und Wachsamkeit, sind dem unterzuordnen«, antwortete Vogel gut gelaunt, während er vergeblich versuchte, seinen Hund davon abzubringen, den Freund überschwänglich zu begrüßen.

Nachdem sich das Tier etwas beruhigt hatte, schaute Walz seinen Kollegen fragend an.

»Sie ist wirklich ein schönes Tier«, sagte er, während er dem Windhund zärtlich über den Kopf fuhr, »aber wie stellst du dir das jetzt vor? Wir gehen hinauf zum Bilovic und konfrontieren ihn mit den wüstesten Anschuldigungen, während deine Emily ihm gleichsam zum Trost die Hand schleckt … Kannst sie nicht wenigstens im Auto lassen?«

»Das geht leider auch nicht. Sie hat fürchterliche Angst, wenn sie alleine bleibt, und tobt dann wie eine Verrückte. Ich glaube, das hält meine Lederpolsterung nicht aus.«

»Na gut, dann gehe ich halt alleine zu ihm rein, du bleibst aber in Rufweite im Stiegenhaus.«

Nachdem sie sich dahingehend geeinigt hatten, drückten sie an der Eingangstüre den Klingelknopf, an dem lediglich die Türnummer, aber kein Name angegeben war.

Als sich auch nach abermaligem Läuten nichts rührte und die beiden gerade weggehen wollten, gesellte sich plötzlich eine attraktive Dame jüngeren Alters zu ihnen, der die Herrn bereitwillig Platz machten, da sie mit gezücktem Schlüssel gerade Anstalten dazu machte, das Haustor aufzuschließen.

Ihr zuerst an den Tag gelegtes Misstrauen wich sogleich, als Emily sie stürmisch begrüßte. Nach einem typischen Wortwechsel unter Hundefreunden nach Alter, Geschlecht und Rasse, ließ sie die Herren freundlich eintreten.

Trotz der höflichen Einladung lehnten die Inspektoren eine Mitfahrt in dem altertümlichen Lift ab. Weder Vogel noch Walz, von Emily ganz zu schweigen, verspürten allzu große Lust, die Zuverlässigkeit der viel beschworenen österreichischen Ingenieurskunst aus der Kaiserzeit einem Belastungstest auszusetzen.

Leider befand sich die gesuchte Wohnung im obersten Stockwerk, das zwar namentlich das vierte war, jedoch durch das so genannte »Hochparterre« und »Mezzanin« eigentlich die sechste Etage darstellte.

Der Einzige, der Freude an dieser Bewegung hatte, war naturgemäß der Windhund. Als sie jedoch vor der Wohnungstüre angekommen waren, veränderte sich das Verhalten des Tieres schlagartig. Emily, die ihrem freundlichen Naturell folgend ständig mit dem Schwanz gewedelt hatte, erstarrte mit einem Mal und stellte ängstlich piensend ihre Rückenhaare auf.

»Wenigstens hat sie Menschenkenntnis«, murmelte

Walz, der durch das ungewohnte Stiegensteigen völlig außer Atem war. »Geh doch noch die Treppe zum Dachgeschoss hinauf, damit die Töle wenigstens aus der Schussbahn ist.«

Doch Emily weigerte sich. Sie ging trotz der Bemühungen Vogels keinen Schritt weiter.

Erst als er entnervt die entgegengesetzte Richtung einschlug, übernahm sie heftig ziehend die Führung und verließ fluchtartig den Ort, so schnell sie konnte, so dass ihr Herr große Mühe hatte, das zitternde Tier wenigstens ein Stockwerk tiefer festzuhalten.

Als Walz an der Türe läutete, verging eine geraume Zeit, bis ihm zu seiner Überraschung eben jene Dame öffnete, die sie gerade in das Haus gelassen hatte.

»Ah, Sie wollten zu Herrn Bilovic?«, sagte sie sichtlich überrascht. »Ich weiß allerdings nicht, ob er da ist. Vielleicht schläft er auch. Ich habe noch nicht nachgeschaut. Werden Sie erwartet?«

»Nicht direkt«, antwortete Walz, seinen Dienstausweis zückend.

Die eben noch freundlichen Gesichtszüge der Dame erstarrten.

»Warten Sie bitte hier draußen – ich schaue erst einmal nach, ob er überhaupt da ist«, sagte sie knapp.

Als Zeichen ihrer völligen Ablehnung ließ sie die Türe hörbar ins Schloss fallen.

Walz lauschte am Türspalt, konnte aber nichts Bemerkenswertes hören, nur das Schlagen einer Zimmertüre war deutlich vernehmbar. Nach einiger Zeit ließ das Geräusch sich rasch nähernder Schritte keinen Zweifel daran aufkommen, dass sich die Dame des Hauses in höchster Aufregung befand.

»Können Sie bitte rasch hereinkommen?«, rief sie atemlos, während sie durch eine Zimmerflucht vorauslief, an deren Ende sich offensichtlich das Schlafgemach befand.

Auf einem mächtigen Futon-Bett waren im Halbdunkel die Konturen einer männlichen Gestalt auszumachen, die ruhig zu schlafen schien. Walz zog die obligatorischen Gummihandschuhe an, bevor er den Lichtschalter betätigte. Die plötzliche Helligkeit, die durch die überall angebrachten Spiegel vervielfacht wurde, tat seinen Augen weh. Der eben noch so friedlich scheinende Eindruck des Raumes war mit einem Mal verschwunden. Seine blasse Haut und die Regungslosigkeit des im Übrigen nackten Körpers ließen keinen Zweifel daran aufkommen, dass Bilovic tot war.

Angesichts der Tatsache, dass für Vogel und vor allem dessen vierbeinige Begleitung an diesem Ort nun kein Bedarf mehr vorlag, entließ Walz seinen Kollegen in den wohl verdienten Feierabend.

Die Spurensicherung war bald da.

Walz hatte sich unterdessen mit der Freundin des Toten in das riesige Wohnzimmer zurückgezogen, das mit der Opulenz eingerichtet war, die dem ausschweifenden Leben, das Bilovic offensichtlich geführt hatte, entsprach.

Nachdem er ihre Personalien aufgenommen hatte, wie ihre Vorgängerin arbeitete Esther Neuhold als Schwester im St. Johann-Spital, wenn auch in einer anderen Abteilung, schenkte er ihr aus der reich bestückten Bar des Arztes einen erlesenen Cognac ein und begann mit der Befragung.

»Wann haben Sie den Toten zum letzten Mal gesehen?«

»Vorgestern Abend habe ich ihn noch besucht«, schluchzte sie, »wir hatten so einen schönen Abend miteinander.«

»Ob Herr Bilovic, wie es momentan den Anschein hat, eines natürlichen Todes gestorben ist, wird die Gerichtsmedizin klären. Deshalb muss ich Sie als Erstes fragen, ob er gesundheitliche Probleme hatte.«

Neuhold nickte unmerklich.

»Ja, in letzter Zeit machte er einen matteren Eindruck als sonst. Als ich ihn darauf ansprach, gab er zu, dass ihn gelegentlich sein Herz schmerzte.«

»Trotz ihres verständlichen Schocks muss ich jetzt leider etwas Unangenehmes ansprechen. Wir wissen um die nicht ganz legale Nebentätigkeit des Herrn Bilovic, und wir nehmen auch an, dass Sie davon wissen. Haben Sie einen Schlüssel zum OP im Dachgeschoss?«

Sogleich hielt Neuhold in ihrem beständigen Schluchzen inne und schaute Walz überrascht an.

»Woher wissen Sie das?«

»Das spielt jetzt keine Rolle«, sagte er in hartem Tonfall. »Also, haben Sie einen Schlüssel?«

»Nein«, flüsterte sie, »er war der Einzige, der ihn hatte. Einem anderen hätte er ihn niemals gegeben, dazu war er viel zu misstrauisch. Er muss an seinem Schlüsselbund sein, den er immer bei sich trug.«

Walz entschuldigte sich kurz und wies seine Kollegen von der Spurensicherung an, nach einem solchen im Schlafzimmer zu suchen, nicht ohne ihnen mitzuteilen, dass ihre Untersuchung ein Stockwerk höher fortgesetzt werden müsse, was mit einem unfreundlichen Murren quittiert wurde.

Gerade als er zu Neuhold zurückkehren wollte, erreichte ihn eine SMS von Schwester Helga, in der sie ihm den Namen der an der Operation verstorbenen Frau mitteilte.

Ihr Name war Irmgard Rost, und es dauerte einige Zeit, bis Walz realisierte, dass es sich bei der Toten um die Mutter des Countertenors Florian Rost handelte.

Nachdem er wieder im Wohnzimmer Platz genommen hatte, beschloss er, sein neu erworbenes Wissen sogleich zu nutzen.

»Wir haben auch allen Grund zur Annahme, dass Sie Herrn Bilovic bei seinen Operationen assistiert haben«, sagte er ruhig. »Waren Sie eigentlich auch bei der Operation dabei, als sich der Todesfall von Frau Rost ereignete?«

Ihre Reaktion war überraschend.

Zuerst schaute sie ihren Peiniger entsetzt an, hielt sich die Ohren zu, um dann einen so markerschütternd lauten Schrei auszustoßen, dass seine Kollegen ins Zimmer stürmten. Nach einer beschwichtigenden Handbewegung von Walz zogen sich diese jedoch sogleich wieder zurück. Neuholds Schreien, offensichtlich das Ergebnis eines Nervenzusammenbruchs, hatte sich unterdessen in einen verzweifelten Weinkrampf verwandelt.

Das Ganze war definitiv zu viel für sie.

Und Walz hatte ein schlechtes Gewissen.

Nach einiger Zeit, während der er das zitternde Wesen zu trösten versuchte und beständig auf sie einredete, ja, ihr zuletzt sogar übers Haar fuhr, hatte sie sich immerhin so weit beruhigt, dass er sie in ein Taxi setzen konnte. Einen von dem Inspektor vorgeschlagenen ärztlichen Beistand hatte sie strikt abgelehnt.

Da Walz ohnehin den ganzen Tag nach einem sachlichen Grund für einen Telefonanruf mit Clara gesucht hatte, kam ihm die plötzliche Wendung des Geschehens gar nicht ungelegen.

Allerdings verlief das Gespräch etwas anders, als er es sich eigentlich erhofft hatte. Erst nachdem er ihr die Wichtigkeit eines Treffens nachdrücklich klar gemacht hatte, schlug sie schließlich »Kruger's American Bar« in der Inneren Stadt vor. Ihre zögerliche Zusage begründete sie im Übrigen mit ihrer »großen Müdigkeit«, die sie nach einem langen Arbeitstag befallen hätte.

Da er sich noch einen Eindruck von dem Operationssaal machen wollte, der Schlüssel war unterdessen gefunden worden, schlug er ihr vor, sie etwa eine Stunde später, also um 21 Uhr 30, dort zu treffen.

Dem Raum, zu dem er einen Kollegen der Spurensicherung mitgenommen hatte, merkte man an, dass hier nicht die Sauberkeit herrschte, die man von einem OP erwartete. Offensichtlich war er nach dem letzten Eingriff nur oberflächlich gereinigt worden. Zudem herrschte hier ein Gestank nach Fäkalien und Erbrochenem, der einem fast den Atem raubte.

»Und nach was sollen wir in diesem Durcheinander deiner Meinung nach suchen?«, fragte der Beamte mit von Ekel verzogener Miene.

»Wenn ich das wüsste …«, sagte Walz ratlos. »Also

gut, wir versiegeln die Tür und warten erst einmal den Bericht vom Nekro ab.«

»Wird gemacht, Chef«, sagte der Kollege freudig überrascht, »in der Sauerei hier findest du Tausende Spuren, und wenn du nicht weißt, nach was du suchen sollst, wirst wahnsinnig«, fügte er erklärend hinzu. »Außerdem wären wir dann bis morgen früh beschäftigt. Aber wir kommen wieder!«, schloss er schwungvoll und zog sichtlich erleichtert von dannen.

Angesichts der unvermutet gewonnenen Zeit beschloss Walz, dem das Ganze auf den Magen geschlagen war, vor dem Besuch der stilvollen Bar, die sich in der unmittelbaren Umgebung befand, noch einen kleinen Umweg über den Würstelstand hinter der Oper zu machen, um sich zuvor mit einer Käsekrainer zu stärken.

Schon bald darauf betrat er dann die wohl schönste Bar, die in Wien zu finden ist.

Nachdem er seinen Mantel in der Garderobe abgegeben hatte und feststellen musste, dass Clara noch nicht da war, versenkte er sich in einen der bequemen Ledersessel und erholte sich unter Zuhilfenahme eines zwölfjährigen »Macallans« von den jüngsten Geschehnissen.

Denn Walz gehörte keineswegs zu den hartgesottenen Polizisten, die die Begegnung mit einem Toten und seinen Hinterbliebenen unberührt lässt. Zudem war er noch nicht allzu oft mit Mordgeschichten konfrontiert gewesen, da er bis zur kürzlich erfolgten Polizeireform in der Hauptsache mit der Bearbeitung leichterer Verbrechen beschäftigt gewesen war.

Er bestellte sich gerade seinen zweiten Whisky, als

Clara die Bar betrat. Da sie ihn nicht gleich entdeckte, der tiefe Sessel schirmte ihn vor ihren Blicken ab, konnte er sie in aller Ruhe betrachten. Es gehört ja zu den menschlichen Phänomenen, dass man sich die Gesichtszüge einer Person, der man sich gerade emotional genähert hat, nur schwer ins Bewusstsein rufen kann. Auch Walz hatte im Laufe des heutigen Tages mehrmals versucht, sich ein Abbild von seiner Clara zu machen – es war ihm kein einziges Mal gelungen.

Nun stand sie also da und blickte suchend umher.

Sie war nicht allzu groß. Trotzdem wirkte sie auf ihn aufregend weiblich, was durch ihre gerade Körperhaltung, die sie fast majestätisch wirken ließ, unterstrichen wurde. Nachdem Walz sich einige Sekunden an ihrem Anblick geweidet hatte, gab er sich schließlich winkend zu erkennen.

Mit einem fragenden Gesichtsausdruck kam sie auf ihn zu:

»Was um aller Welt ist denn so dringend, dass du mich jetzt noch unbedingt sprechen musst?«

Walz befand sich nun in einer ausgesprochen blöden Situation.

In der großen Hektik hatte er es völlig verabsäumt, sich darüber Gedanken zu machen, auf welche Weise er Clara denn eigentlich begegnen solle. Nach einem kurzen Überschlag der Möglichkeiten erschien ihm der obligate Händedruck zu steif, ein Wangenkuss zu unverbindlich und ein Kuss auf ihre herrlichen Lippen zu verwegen. In seiner Verzweiflung, innerlich verfluchte er sich für seine Gedankenlosigkeit, beließ er es bei einer förmlichen und sogar auf ihn selbst linkisch wirkenden Verbeugung.

Auch sie schien zuerst gehemmt, drückte ihm aber dann, bevor sie sich niederließ, einen herzhaften Kuss auf die Wange, was die Situation sogleich entspannte.

Nachdem sie in dem gegenüber stehenden Lederfauteuil versunken war, schaute sie ihn erwartungsvoll an.

»Ja, liebe Clara, ich habe heute Abend tatsächlich etwas erfahren, was dich interessieren dürfte«, begann Walz mit einem verlegenen Lächeln. »und möglicherweise benötige ich in diesem Fall sogar deine Hilfe. Bevor ich jedoch den Schleier dieses Geheimnisses lüfte, habe ich zuerst einige Fragen an dich. Kennst du vielleicht einen Herrn namens Bojan Bilovic?«

Clara nickte mehrere Male.

»Ja, ich hab ihn öfter in Zusammenhang mit Irmgard getroffen. Die beiden waren ja seit vielen Jahren eng befreundet. Was ist mit ihm?«

Beschwichtigend hob Walz die Hände.

»Du erleichterst uns beiden das Gespräch, wenn vorerst ich die Fragen stelle. Nachher kannst dann du fragen ... Hast du gewusst, dass Bilovic Arzt war?«

»War ... Ist er tot?«, fragte sie erschrocken. »Woran ist er denn gestorben?«

Mit schief gelegtem Kopf schaute Walz sie freundlich an.

»Nochmals, hast du das gewusst?«

»Ja«, sagte sie fahrig, »er muss sogar ein ganz hervorragender Chirurg gewesen sein. Irmgard hat sich einige Male von ihm operieren lassen.«

»Du hast also gewusst, dass er als Chirurg arbeitete?«

»Sicherlich, er war doch im Sankt Johann ...«

»Das schon, aber wusstest du, dass er dort nur als Krankenpfleger angestellt war?«

»Nein!«, rief sie überrascht aus. »Das ist ja entsetzlich. Ich denke, er war ein ausgebildeter Chirurg. Warum hat sich Irmgard dann von ihm operieren lassen? Ist sie daran gestorben?«

Ruhig erklärte ihr Walz die Geschehnisse des heutigen Abends und was er über Bilovics Tätigkeit wusste.

»Deine Freundin ist an einer Komplikation während einer Schönheitsoperation verstorben«, fuhr er fort. »Da diese OP aber unter illegalen Umständen erfolgt ist, wurde das Ganze dann vertuscht. Hast du davon gewusst, dass sie sich einer solchen Prozedur unterzogen hatte?«

»Unter Frauen bespricht man manchmal schon solche Themen. Und Irmgard hatte echte Probleme mit dem Älterwerden. In dieser Hinsicht hab' ich sie überhaupt nicht verstanden. Als wäre das Alter eine Krankheit … Sie wollte halt immer jung und schön aussehen. Allerdings muss ich zugeben, dass Bojan ein echter Meister seines Fachs war. Wenn man es nicht wusste, hätte man nie angenommen, dass Irmgard ihrer Schönheit nachgeholfen hat.«

»Du weißt doch, dass Elisabeth stets bezweifelt hat, dass eure Freundin einem plötzlichen Herztod erlegen ist. Deshalb wollte sie ja auch so dringend, dass eine Autopsie durchgeführt wird. Wusste Elisabeth vielleicht davon, dass sich Irmgard Rost vor ihrem Tod einer solchen Operation unterzogen hat?«

»Das glaube ich nicht«, antwortete sie nach einer kurzen Pause. »Gegenüber jungen Leuten verschweigt man solche Dinge lieber. Irgendwie will man ja zur Jugend gehören – und dazu passt es gar nicht, ihr zu erzählen, dass man sein erstaunliches Aussehen eigentlich nur chirurgischen Kunstgriffen zu verdanken hat.«

»Weißt du, ob Elisabeth Bilovic überhaupt gekannt hat?«

Clara runzelte die Stirn, während sie ihren Zeigefinger an die Nase legte.

»Ja, wenn ich mich recht erinnere, habe ich die beiden beim letzten Geburtstagsfest von Irmgard einander vorgestellt. Soweit ich das beobachten konnte, hat sie sich dann eine Weile ganz gut mit ihm unterhalten.«

»Hat sie danach mit dir über ihn gesprochen?«

»Ja, sie hat mich ein bisschen über ihn ausgefragt. Ich hatte den Eindruck, er hat ihr ganz gut gefallen.«

»Was wollte sie denn über ihn wissen?«

»Eher allgemeine Sachen. Wie er denn so sei, ob er ein guter Arzt ist – das, was man eine Freundin halt fragt, wenn man an einem Mann interessiert ist.«

»Du hattest also den Eindruck, sie war an ihm interessiert?«

»Als Mann, meinst du? Das glaube ich eigentlich weniger, die Elisabeth ist ja so ein ›Blümchen-rühr'-mich-nicht-an‹-Typ. Außerdem steht sie, glaub' ich, nicht auf ältere Männer, das dürfte ja auch dir nicht entgangen sein«, setzte sie augenzwinkernd hinzu.

»Nun ja«, protestierte Walz, der durch ihren letzten Zusatz ausgesprochen unangenehm berührt war. »Das kannst du doch nicht vergleichen. Er war doch erheblich älter als ich.«

»Für eine Mittzwanzigerin ihres Formats fällt leider auch schon deine Altersklasse in die des netten Onkels, mit dem man ganz gerne ausgeht und die Fährnisse des

Lebens bespricht. Die Probleme ausleben tut sie dann mit Jüngeren. Du kannst schon froh sein, wenn sie dich nicht in Liebesdingen um Rat gefragt hat …«

Als Walz nichts erwiderte und eine schmollende Miene aufgesetzt hatte, fügte sie fröhlich hinzu.

»Bei mir ist das natürlich etwas ganz anderes. Erstens bin ich doch um etliches älter als sie, außerdem mag ich graue Schläfen.«

Zärtlich fuhr sie ihm mit der Hand über den Kopf.

»Und jetzt möchte ich endlich etwas trinken!«

8. KAPITEL (DONNERSTAG)

Am Ende dieses ereignisreichen Tags war Walz nach einigen Drinks mit Clara todmüde nach Hause gefahren und wie ein Stein ins Bett gefallen, nicht ohne sie zuvor an ihrer Wohnung abgesetzt zu haben. Übereinstimmend hatten sie die Meinung geäußert, ihr erstes gemeinsames inniges Beisammensein auf einen späteren Zeitpunkt zu verschieben – denn für eine »Halbschlafnummer«, wie es Clara formulierte, »war sie einfach schon zu alt«. Walz, nunmehr jeglicher Pflicht zum Beweis seiner Männlichkeit enthoben, war's recht.

So war es kein Wunder, dass er anderntags pünktlich um acht Uhr in seinem Büro eintraf – und erstaunt feststellen musste, nicht der einzige Frühaufsteher in der Exekutive zu sein. Tatsächlich fand er auf seinem Schreibtisch eine Nachricht des Polizeipräsidenten vor, der ihn dringend um einen Rückruf ersuchte.

Missmutig wählte der Inspektor die angegebene Nummer.

Es sollte einige Male läuten, und Walzens Hoffnung nähren, nur mit der Mailbox verbunden zu werden, als sich Hofrat Heider in Person meldete.

»Ja, Walz, gut, dass Sie anrufen«, deklamierte er in gewohnt deutlicher Aussprache. Schon um diese Uhrzeit kam jede Silbe kristallklar. »Ich wollte Ihnen nur mitteilen, dass die Geschichte mit dem mysteriösen Tod dieses serbischen Krankenpflegers höchste Priorität genießt. Sie haben alle Vollmachten und können meiner vollen Rückendeckung sicher sein. Nehmen Sie sich so viele Leute, wie Sie zur schnellstmöglichen Lösung dieses Falles benötigen. Alle anderen Fälle, die in Ihre Zuständigkeit fallen, werden unterdessen an Ihre Kollegen übergeben.«

»Dürfte ich mir eine Frage erlauben?«, sagte Walz erstaunt. »Warum diese Dringlichkeit?«

»Wenn Sie heute schon die Tageszeitungen gelesen hätten, würden Sie nicht fragen ... Sagen Sie auch Ihrem Kollegen Vogel Bescheid – ich verlasse mich auf Sie, und denken Sie daran, Sie beide kommen langsam in das Alter, wo es sich ganz gut macht, Chefinspektor zu sein. Und keine Interviews! Alles an mich weiterleiten. Haben wir uns verstanden?«

Zwar schmeichelte es ihm, mit einem so offensichtlich wichtigen Fall betraut zu werden, aber dass er schon wieder auf sein Alter angesprochen wurde, erfüllte Walz mit Unbehagen.

Seufzend wies er Mimi Hawranek telefonisch an, ihm alle Tageszeitungen zu besorgen.

Nach etwa zehn Minuten, während deren Walz über die Neuordnung seines Lebens grübelte, betrat Hawranek das Zimmer.

»Hallo, Mimi. Danke für die schnelle Erledigung.«

»Was willst denn mit dem vielen Papier?«, fragte sie verwundert, während sie einen Stapel Zeitungen auf den Schreibtisch legte. »Sucht ihr nach weiteren Fototätern?«

»Nein, Befehl von ganz oben. Hast du heute schon Zeitung gelesen?«

»Nur die von der U-Bahn. Ich hab' sie dir dazu gelegt. Hast du schon von der Geschichte mit dem serbischen Krankenpfleger gehört? Was es alles gibt ...«

»Genau deshalb brauche ich ja die Zeitungen. Ich war es, der ihn gestern gefunden hat!«

»Du?«, fragte sie überrascht. »Erzähl doch!«

»Keine Zeit«, sagte Walz ungeduldig. »Der Heider persönlich hat mich angerufen, dass wir den Fall übernehmen müssen.«

»Na, dann viel Spaß! Bei dem Rummel könnt ihr berühmt werden. Schau nur«, sagte Mimi, während sie die U-Bahn-Zeitung vom Stapel nahm und von der Titelseite ablas. »Betrügerischer Krankenpfleger beim Liebesspiel ermordet!«

»Na, so genau wollte ich es eigentlich gar nicht wissen«, brummte Walz, während er nach dem Stapel griff. »Hoffentlich gibt es nicht auch noch ein Leserfoto von der G'schicht ...«

Als er in einer der wenigen seriösen Tageszeitungen las, dass »die Gesundheitsstadträtin angesichts dieses Skandals, wenn sie nur einen Funken Anstand besäße, sofort zurücktreten« müsste, wurde ihm klar, dass es nicht alleine am Busen seiner Frau lag, dass Heider dem Fall eine so hohe Priorität einräumte, war doch die Politikerin eine Parteifreundin des höchsten Polizisten.

Unterdessen war auch schon Vogel eingetroffen, der auf diese Nachricht geradezu euphorisch reagierte.

»Das ist doch wundervoll, Alfons. Keine tägliche Fron mit den Kleinkriminellen mehr, sondern etwas wirklich Essentielles. Wir werden berühmt, o du mein Walz – und Chefinspektor noch dazu. Was dazu wohl meine Martina sagen wird ...«, fügte er schwärmerisch hinzu.

»Für einen kurzen Moment habe ich doch tatsächlich geglaubt, du meinst es ernst«, sagte Walz kopfschüttelnd, »also, wie verwerten wir diese Chance unseres Lebens am klügsten?«

»Das Zielführendste wäre wohl die nähere Inspizierung des uns bekannten nahen Umfelds unseres Verblichenen«, antwortete Vogel eifrig. »Da wäre einmal Schwester Sabine, verlassen und dadurch an chronischer Migräne leidend, Schwester Esther, nicht verlassen, aber überraschend quasi verwitwet, dein Ex-Schwarm Elisabeth Marthaler – und, so leid es mir auch tut, deine aktuelle Lieblingsfrau Clara und natürlich noch der singende Sohn der Dahingegangenen. Wenn wir die abgearbeitet haben und zu keinem Ergebnis gekommen sind, was Gott verhüten mag, müssen wir uns wohl in die Untiefen des alten Kronlandes Serbien begeben. Von dort kamen ja auch schon ganz andere Mörder.«

»Wer sagt eigentlich, dass es überhaupt ein Mord war? Das behauptet bislang nur unser U-Bahn-Blatt. Als ich ihn gefunden habe, lag er jedenfalls ganz friedlich in seinem Bett. Das einzig Merkwürdige daran ist, dass die Spurensicherung Schleifspuren im Stiegenhaus gefunden hat, die darauf hinweisen, dass er nicht am Fundort, sondern im OP gestorben ist. Vielleicht hat er ja bei dem einen oder anderen Doktorspielchen sein Herz überfordert, ist im schönsten Augenblick entseelt gleich im Garten der Lüste geblieben. Und die Frau, wenn es denn eine war, hat sich nach allzu gründlicher Arbeit aus verständlichen Gründen davon gemacht. Auch das gibt's.«

»Mit Verlaub, o du mein Walz, und nachdem er glücklich sein Leben ausgehaucht hatte, hat die Frau, oder von mir aus auch der Mann, den Verblichenen unter die Arme gefasst, ihn in sein Bettchen getragen, ihn schön zugedeckt, damit er nicht friert, und ist dann in den OP zurückgegangen und hat ein bisserl sauber gemacht? Aber nicht zu viel, weil die Putzfrau ja eh bald kommt. Also bitte, *so* werden wir niemals berühmt … Hören wir uns doch einfach einmal an, was unser geschätzter Nekro inzwischen herausgefunden hat«, sagte Vogel, während er den Telefonhörer abnahm.

Der Gerichtsmediziner hatte seine Arbeit schon abgeschlossen und war zu dem eindeutigen Ergebnis gekommen, dass Bilovic in der Nacht zum Mittwoch an einer akuten Vergiftung verstorben war. Welcher Art diese war, konnte er noch nicht mit Bestimmtheit sagen, wahrscheinlich handelte es sich aber um eine Infektion durch Staphylokokken. Die Dosierung des Giftes war allerdings so hoch gewesen, dass eine natürliche Ursache »mit an Sicherheit grenzender Wahrscheinlichkeit« ausgeschlossen werden könne, so der Gerichtsmediziner.

Nach dem Abschluss des Gesprächs schaute Vogel seinen Kollegen fragend an.

»Hat doch die U-Bahn-Zeitung tatsächlich recht gehabt. Zwar haben die Redakteure dort keine Manieren, aber das Blatt ist gar nicht so schlecht. Nun, da du mit den Zeugen in engerem Kontakt stehst als ich, überlasse ich dir die Entscheidung. Wen nehmen wir zuerst in die Mangel?«

»Da fällt die Wahl tatsächlich schwer«, sagte Walz bekümmert. »Die Erfahrung sagt uns, dass man sich am frühen Morgen seine Gesprächspartner sorgfältig aussuchen sollte, ist doch dies entscheidend für den Verlauf des restlichen Tages. Also, von diesem Gesichtspunkt wäre Clara zwar die erste Wahl, doch der habe ich schon gestern Abend auf den Zahn gefühlt, da ist, glaube ich, nicht viel zu holen. Da ich die famosen Schwestern wegen ihres Zustands ganz nach hinten reihen würde, bleiben somit nur noch zwei übrig. Den Rost würde ich eigentlich lieber nach der Elisabeth befragen, schließlich war sie die Erste, die einen natürlichen Tod ihrer Freundin bezweifelt hat.«

»Die Marthaler also. Die wollte ich eh einmal kennen lernen mit ihren roten Haaren. Denn wie sagt doch der Volksmund so treffend: ›rostiges Dachl – feuchter Keller‹.«

»Zuweilen irrt auch des Volkes Stimme, was man ja bei jeder Wahl feststellen kann. Außerdem ist Elisabeth rotblond, und daher leider nicht dieser ebenso seltenen wie erfreulichen Spezies zugehörig.«

Da es gerade einmal neun Uhr war, hatte Walz keine Schwierigkeiten, Elisabeth in ihrem Büro zu erreichen und sie von der Notwendigkeit eines gemeinsamen Frühstücks zu überzeugen. Als Treffpunkt vereinbarten sie das traditionelle »Café Drechsler« am Naschmarkt, das sich unweit ihrer Firma befand.

Eine halbe Stunde später trafen unsere Inspektoren in dem Kaffeehaus ein, das nach dem Rückzug der Eigentümerfamilie zu einem schmucken »Café des 21. Jahrhunderts« umgebaut worden war. Obwohl die gegenüber dem Naschmarkt gelegene gastliche Stätte nicht mehr das dunkle anheimelnde Gewölbe mit seinen nikotingeschwängerten Tapeten beherbergte, das seit seiner Eröffnung im Jahre 1914 während der nächsten 90 Jahre fast unverändert geblieben war, sagte ihnen auch das neue Ambiente durchaus zu. Gleichwohl es mit der herkömmlichen Vorstellung eines Wiener Kaffeehauses nicht mehr viel gemein hatte und, zumindest im hinteren Teil, eher einer trendigen Lounge entsprach. Die Besonderheit, die das »Drechsler« seit jeher ausgemacht hatte, war trotz des Umbaus glücklicherweise beibehalten worden: Es hatte fast durchgehend geöffnet, nämlich von drei Uhr früh bis zwei Uhr morgens. Neben einer reichhaltigen Speisekarte, die sich trotz aller äußerlichen Modernität durchaus bodenständig gab, konnte man hier auch jederzeit frühstücken. So bleibt es nicht aus, dass an diesem Ort späte Müßiggänger auf arbeitende Frühaufsteher treffen, Gruppen also, die sich, so sie einmal miteinander in Kontakt kommen, üblicherweise nur auf der Straße oder bestenfalls am Würstelstand mit Argwohn betrachten. Wobei die gerade erst Aufgestandenen klar im Vorteil sind, denn bis sechs Uhr morgens werden alkoholische Getränke mit einem Nachtzuschlag belegt (Bier ist davon übrigens ausgenommen – offensichtlich wird dieses Getränk im katholischen Österreich bis heute als Nahrungsmittel betrachtet).

Schon bald, nachdem sich Vogel und Walz in einer Ecke des hinteren Raumes niedergelassen hatten, traf auch Elisabeth Marthaler dort ein.

Sie gehörte jenem Typ Frau an, die, ungeachtet der herrschenden Temperaturen, stets eine erfrischende Kühle ausstrahlen. Eine echte Morgenschönheit eben.

Vogel, der sie ja bislang nur aus Erzählungen kannte, stand sofort auf, als sie an ihren Tisch trat, um sie formvollendet zu begrüßen. Tatsächlich, das fand selbst der unterdessen ernüchterte Walz, sah Elisabeth an diesem Morgen besonders appetitlich aus. Mit ihrer herben Schönheit stellte sie wohl genau das Gegenteil des Klischees des »süßen Wiener Mädels« dar.

Überhaupt war sie von eher knochiger Gestalt, wobei sie diesen Mangel an offensichtlicher Weiblichkeit mit ihrem androgynen Kleidungsstil noch unterstrich. In ihrer gesteppten Reiterjacke, die sie über dem ebenfalls schwarzen Rollkragenpullover aus Kaschmir trug, und den eng geschnittenen Jeans hätte man sie, sieht man von ihrem zu einem Zopf geflochtenen Haar ab, auch für einen feminin aussehenden Jungen halten können.

Obwohl Elisabeth neugierig auf eine Begründung für das frühe Treffen drängte, wurden bis zur Bestellung eines »Wiener Frühstücks«, für das sich die Inspektoren der Einfachheit halber entschieden hatten, nur Plattitüden ausgetauscht, wobei Vogel alle Register seines reichhaltigen Charmerepertoires zog.

Erst als die auffallend junge Serviererin gegangen war, richtete Vogel das Wort an die unterdessen schon ungeduldige Frau, die trotz seiner redlichen Bemühungen beständig auf ihre Armbanduhr schaute.

»Liebe Frau Marthaler, haben Sie heute eigentlich schon Zeitung gelesen?«

»Nein«, sagte sie verwundert, »dazu komme ich üblicherweise erst in der Mittagspause.«

»Dann haben Sie ja wohl noch nichts von dem bedauernswerten Tod dieses Herrn erfahren«, sagte Vogel, während er die Titelseite der U-Bahn-Zeitung in die Höhe hielt.

»Nein, sollte ich das? Ich kenne keinen Krankenpfleger …«, sagte sie verständnislos.

»Aber einen Herrn Bojan Bilovic kennen Sie schon?«, fragte er ruhig, während er ihr tief in die Augen blickte.

Doch Vogel wurde enttäuscht, ihre Miene blieb unbewegt.

»Ja, den kenne ich schon, allerdings nur flüchtig. Aber was hat der mit diesem Krankenpfleger zu tun? War das ein Untergebener von ihm?«

»Nein, nein, bei Herrn Bilovic handelt es sich um eben jenen Krankenpfleger …«, antwortete Vogel, sie nach wie vor genau beobachtend.

»Was? Der war gar kein Arzt?«, rief sie aus. »Das ist ja schrecklich!«

Nachdenklich schaute sie durch das Fenster.

»Wie kann das sein, dass ein Krankenpfleger jahrelang seine Umgebung täuscht? Jeder, den ich kenne, darunter auch Mitglieder der höchsten Gesellschaftskreise, sprach ihn mit ›Herr Doktor‹ an …«, sagte sie geistesabwesend.

»Wie gut kannten Sie Herrn Bilovic?«

»Wie ich Ihnen schon sagte, nur flüchtig«, wandte sie sich wieder Vogel zu. »Ich wurde mit ihm einmal auf einer Gesellschaft bekannt gemacht. Natürlich wurde er mir als Arzt vorgestellt. Sogar als ›Wunderchirurgen‹ hatte man ihn bezeichnet. Wie kann so etwas sein?«

In aller Kürze schilderte Vogel nun seine Kenntnisse von Bilovics Leben.

»Und welchen Eindruck hatten Sie von ihm, als Sie ihn trafen?«

»Was für eine Frage«, sagte sie mit einem Anflug von Ungeduld. »Wie kann man einen Menschen beurteilen, den man nur einmal im Leben getroffen hat? Er war ein durchaus charmanter Unterhalter, ja, das war er. Wir haben allerdings nicht allzu lange miteinander geplaudert. Ist es tatsächlich wahr, was da steht? Ist er wirklich ermordet worden?«

»Sie kennen ja die üblichen journalistischen Übertreibungen ... Allerdings sieht es ganz danach aus. Genaueres lässt sich natürlich erst nach Beendigung der gerichtsmedizinischen Untersuchung sagen«, sagte Vogel vorsichtig.

Für einige Sekunden starrte sie ins Leere, um sich dann in überraschend geschäftsmäßigem Ton wieder an Vogel zu wenden.

»Und warum wollten Sie mich so dringend sprechen?«

»Was veranlasste Sie eigentlich zu der Vermutung, dass Frau Rost nicht eines natürlichen Todes gestorben sei?«

»Ah, daher weht der Wind ...«, antwortete sie unfreundlich. »Das kommt davon, wenn man sich mit der Polizei einlässt. Jetzt fehlt nur noch, dass ich von Ihnen auch noch verdächtigt werde.«

»Nein, das natürlich nicht«, mischte sich nun Walz ein. »Aber du musst verstehen, dass wir in diesem rätselhaften Fall für jeden Hinweis dankbar sind ...«

»Also, wie kamen Sie zu der Vermutung?«, wiederholte Vogel.

»Irmgard schien noch so jugendlich und lebensfroh – so fernab des Todes. Wir waren ein paar Male zusammen laufen, und glauben Sie mir, herzkrank war die nicht, so wie sie gerannt ist.«

»Und was vermuten Sie dann als Ursache ihres Todes?«

»Ich habe so meine Theorien, deshalb wollte ich ja, dass sie vor ihrem Begräbnis noch einmal untersucht wird.«

»Dürften wir vielleicht an diesen Theorien teilhaben?«

»Na ja, ich hatte erfahren, dass sie sich an dem Tage ihres Todes einer Operation unterziehen wollte«, sagte sie, während sie wieder aus dem Fenster schaute.

»Hat Frau Rost Ihnen das persönlich erzählt?«

»Nein, über solche Dinge sprach sie nicht mit mir, ihr Sohn hatte es mir gesagt.«

»Und wissen Sie, von wem er das wusste? Seine Mutter wird ihm wohl kaum erzählt haben, dass sie zum Schönheitschirurgen geht ...«

»Nein, das ganz sicher nicht«, sagte sie nach einiger Zeit des Nachdenkens, wobei sie dekorativ ihre Stirn runzelte. Noch immer schaute sie zum Fenster hinaus. »Er wusste es auch nicht so genau, glaube ich mich zu erinnern, er nahm es eher an. Mir hatte sie übrigens von einem Auslandsaufenthalt erzählt, sich aber nicht näher darüber geäußert.«

»Und ihrem Sohn hat sie das auch erzählt?«

»Das kann doch ich nicht wissen«, sagte sie ungeduldig, während sie sich wieder dem Inspektor zuwandte. »Da müssen Sie Florian schon selbst fragen.«

»Das haben wir auch vor, aber da Sie nun einmal hier sind und Sie auf einer Obduktion bestanden haben, haben wir gehofft, bei Ihnen eine Begründung für Ihr damaliges Misstrauen zu finden.«

»Die habe ich Ihnen nun ja hoffentlich hinreichend geliefert ...«, sagte sie schnippisch, bevor sie erste Anstalten zum Aufbruch machte.

»Das schon, aber trotzdem wäre ich noch einmal gerne auf Ihr Treffen mit Bilovic zurückgekommen ...«, wandte Vogel ein, während er mit seiner Rechten andeutete, dass sie sitzen bleiben möge.

»Sie glauben doch nicht im Ernst, dass ich etwas mit

dem Tod dieses Herrn zu tun habe?«, fragte sie entrüstet mit bedrohlich erhobener Stimme. »Wenn das der Grund unseres Treffens ist, verwehre ich mich entschieden dagegen und sage kein Wort mehr ohne meinen Anwalt.«

Wie ein kleines Kind verschränkte sie trotzig die Arme und bebte geradezu vor Entrüstung. Als äußeres Zeichen ihrer Fassungslosigkeit schüttelte sie beständig den Kopf, während sie stoßweise schnaubend ausatmete. Das Einzige, was an ihr nicht nach Empörung aussah, war ihr Zopf, der bei jeder Kopfbewegung lustig hin und her baumelte.

Hilfe suchend blickte Vogel zu seinem Kollegen.

»Davon kann überhaupt keine Rede sein, Elisabeth«, sagte Walz, während er seine Hand beschwichtigend auf ihren linken Arm legte. »Wir versuchen doch nur, möglichst viele Informationen über Herrn Bilovic zu erhalten, um seinen Tod besser verstehen zu können. Das ist wie bei einem Puzzle – und du bist eben unser erster Stein … Jetzt frühstücken wir erst einmal, und dann erzählst du uns, was du weißt. Mehr wollen wir ja gar nicht von dir.«

Ungeachtet dieser Beruhigungsversuche schaute Elisabeth mit trotziger Miene wieder aus dem Fenster, während die Inspektoren verstohlene Blicke wechselten.

Endlich kam die Bedienung mit dem Frühstück, das von den Inspektoren anfangs schweigend eingenommen wurde.

Nachdem er herzhaft in seine Buttersemmel gebissen hatte, nahm Walz das Gespräch wieder auf.

»Für den Abend der Tat kann ich der Elisabeth ohnehin ein lupenreines Alibi geben«, sagte er zu seinem Kollegen, nachdem er seinen Bissen mit einem Schluck Kaffee hinuntergespült hatte.

»Da waren wir zusammen im Konzert von Florian Rost. Und danach waren wir essen.«

»Ja, wenn das so ist, dann haben Sie ja überhaupt nichts zu befürchten, Frau Marthaler«, sagte Vogel scheinbar überrascht. »Und brauchen demnach auch keinen Anwalt. Wenn ich Sie also richtig verstehe: Sie wollten, dass die Leiche Ihrer Freundin obduziert wird, weil Sie angenommen hatten, dass sie einem Kunstfehler zum Opfer gefallen ist. Daran ist ja nichts Ehrenrühriges. Im Gegenteil. Eines verstehe ich dabei allerdings nicht ganz: Warum haben Sie das nicht einfach der Polizei gesagt?«

»Weil ich Angst hatte«, sagte sie leise, während sie Vogel offen ins Gesicht sah.

»Angst – wovor?«

Nervös schaute sie auf ihre Armbanduhr.

»Diese Antwort noch und dann muss ich wirklich gehen. Nun ja, Bilovic hatte als Promi-Arzt genügend einflussreiche Freunde in der Gesellschaft und der Politik, das habe ich ja auf dem Empfang gesehen, wo er regelrecht hofiert wurde. Sogar Ihr Chef, der Herr Polizeipräsident, war da und unterhielt sich eingehend mit ihm. Und denen wäre es sicherlich ein Leichtes gewesen, mich als unglaubwürdig darzustellen und möglicherweise meine Existenz zu vernichten. Und so sicher war ich mir auch nicht, es war ja letztlich nichts anderes als eine Vermutung von mir.«

»Haben Sie denn etwas zu befürchten? Sie sind doch, soweit mir bekannt ist, als gut bestallte Geschäftsführerin in einer Software-Firma tätig …«

»… die aber gerade im Begriff ist, sich selbständig zu machen, und da machen sich einflussreiche Feinde nicht so gut. Wenn Sie jemals versucht hätten, in Österreich eine Firma zu gründen, wüssten Sie, was ich meine … Jetzt muss ich aber wirklich gehen, ich habe einen dringenden Termin«, und nach einem weiteren Blick auf ihre Uhr, »ich komme eh schon zu spät.«

Nachdem Elisabeth Marthaler mit einem kurzen Gruß davongeeilt war, griff Vogel wortlos zum Mobiltelefon.

»Sag einmal, Nekro, hast du schon den genauen Zeitpunkt des Todes vom Bilovic? – Danke, ich rühr' mich später wieder.«

Lässig steckte er sein Handy weg.

»Der Bilovic hat zwischen ein und zwei Uhr morgens das Zeitliche gesegnet. So lange werdet ihr wohl kaum getafelt haben.«

»Wir haben uns etwa um Mitternacht getrennt. Dann wollte sie sich zusammen mit dem Florian Rost ein Taxi nehmen.«

»Hast du gesehen, ob sie das tatsächlich auch gemacht haben?«

»Nein, das nicht, ich war gerade mit wichtigeren Dingen beschäftigt«, sagte Walz schmunzelnd, um dann langsam fortzufahren. »Die Elisabeth hätte also Zeit genug gehabt, den Rost aus dem Taxi zu schmeißen und dann noch einmal Richtung Innere Stadt aufzubrechen. Oder was hältst du von der Theorie, dass sie zusammen hingegangen sind …?«

Vogel schüttelte entschieden den Kopf.

»Negativ. Wären die zusammen bei dem Bilovic aufgetaucht, so mitten in der Nacht, hätte er sie wohl kaum zu sich hineingelassen und in seinen OP gebeten.«

»Na ja, der Rost ist mir diesbezüglich nicht ganz geheuer, vielleicht gab es auch einen flotten Dreier mit tödlichem Ausgang, dann wäre immerhin auch das Transportproblem von der Leiche gelöst.«

»Sei mir nicht böse, Alfons, aber das klingt mir doch zu sehr nach Schundroman … Der Fall ist auch so schon kompliziert genug … aber hübsch ist sie wirklich. A bisserl herb vielleicht.«

»Da hast du leider recht«, brummte Walz. »Trotzdem sollten wir sie fürs Erste einmal in Betracht ziehen, solange wir nichts Besseres haben … Allerdings sehe ich beim Motiv noch eine Schwachstelle. Hast du da eine Idee?«

»Nicht wirklich. Der Tod ihrer Freundin wird sie wohl nicht so sehr bedrückt haben … Allerdings wirkte sie erstaunlich gelassen, als sie mit der Nachricht von Bilovics Ermordung konfrontiert wurde.«

»Ich bin mir gar nicht sicher, ob sie nicht schon davon gewusst hat. Dass sie die Zeitung erst zu Mittag liest wie eine kleine Sekretärin, halte ich doch für sehr zweifelhaft. Als Geschäftsführerin überfliegt sie doch zumindest die Schlagzeilen und studiert die Wirtschaftsseiten, und so wie die Geschichte aufgemacht ist, wird sie die wohl kaum übersehen haben.«

Mit ratlosem Gesichtsausdruck hob Vogel die Schultern.

»Und welche Beweggründe hat sie dann, uns anzulügen?«

»Auch zu einem solchen Umstand hatte unser begnadeter Frauenhasser Karl Kraus etwas Erhellendes beizutragen«, sagte Walz nach kurzem Nachdenken. »›Eine Notlüge ist immer verzeihlich. Wer aber ohne Zwang die Wahrheit sagt, verdient keine Nachsicht.‹«

Grunzend stopfte Vogel seine Pfeife.

»Na, dann verzeihen wir ihr eben. Wem sollen wir als Nächstes auf den Zahn fühlen? Rost, Schwester Esther oder Schwester Sabine?«

»Da fällt die Wahl schwer. Ich würde vorschlagen, dass wir uns erst einmal diesen selbstverliebten Stutzer vornehmen, der hätte wenigstens ein Motiv.«

»Deiner Beschreibung nach zu schließen, wird wohl wieder mir die undankbare Aufgabe des Wortführers zufallen …«

»Glaub mir, lieber Kajetan, das ist auch besser so, ich kann diesen Typen nicht ausstehen.«

Nach einem kurzen Anruf bei Clara, von der Walz die Telefonnummer des Sängers erfragte, verabredete er sich mit einem offensichtlich verwunderten Rost praktischerweise ebenfalls im Café Drechsler, wo dieser innerhalb einer Stunde eintreffen wollte. Als Begründung für das Treffen gab er einige Fragen an, die im Zusammenhang mit dem Tod seiner Mutter aufgetaucht seien.

»Eigentlich sollten wir uns das zur Gewohnheit machen, hier ist es eh viel schöner als im Büro«, sagte Vogel aufgeräumt, während er genießerisch an seiner Pfeife zog. »Was meinst, gehen wir so lang noch ein bisserl auf dem Naschmarkt strawanzen, wo es doch so schön ist heute.«

Tatsächlich hatte sich der im November allgegenwärtige Hochnebel verzogen und einem wolkenlosen Himmel Platz gemacht.

»Ich würde eigentlich lieber hier drin bleiben und

bequem Zeitung lesen, bis der Rost kommt«, sagt Walz verwundert. »Aber seit wann gehst du freiwillig an die frische Luft, wo wir doch hier gemütlich Kaffee trinken könnten?«

»Ja, weißt, so ein Hund erzieht eben zum Spazierengehen. Außerdem will ich einmal schauen, ob ich dort nicht irgendwo Hühnerherzen auftreibe, die hat die Emily so gerne.«

Nach etwa einer halben Stunde kehrte Vogel mit zwei weißen Plastiksackerln beladen ins »Drechsler« zurück.

»Schau mal, wie viel Hühnerherzen der gehabt hat«, sagte er glücklich, auf seine Beute deutend. »Das sind fast vier Kilo! Das reicht für fünf Tage!«

Langsam sah Walz von seiner Lektüre auf.

»Und wie willst du dic kühl halten bis heute Abend?«

Schuldbewusst schaute Vogel an sich herab.

»Diese Frage, o du mein Walz, hätte in ihrer Vernunft ebenso von meinem Weibe formuliert werden können – und dies missfällt mir zutiefst, da ich, offen gestanden, keine Antwort darauf weiß.«

»Ich schon, die ist allerdings mit einigen Unbequemlichkeiten verbunden. Bis der Rost kommt, haben wir noch ein wenig Zeit. Geh' einfach zurück zu deinem Hendlmann und bitte ihn, es für dich bis heute Abend kalt zu stellen. Und nach Dienstschluss fährst du dann über den Naschmarkt nach Hause. Aber tummel dich bitte! Auf ein launiges Gespräch mit dem Sängerknaben bin ich nicht sehr erpicht.«

Vogel tat wie ihm geheißen, während sich Walz wieder seufzend dem Lösen des Rätsels der gerade erschienenen »Zeit« widmete.

Doch zu seiner großen Verärgerung sollte ihm an diesem Morgen die gänzliche Auflösung dieses diesmal besonders kniffligen Denkspiels nicht vergönnt sein, da sich Rost ungebührlich früh im »Drechsler« einfand, wo er den angestrengt nachdenkenden Kriminalisten nach kurzer Suche entdeckte, sich vor ihm aufbaute und zackig salutierte.

»Da ist er ja, der Herr Inspektor«, rief er in einer Lautstärke, dass sich die wenigen anderen Gäste nach dem konsternierten Kriminalisten umdrehten und ihn interessiert musterten.

»Guten Morgen, Herr Rost«, antwortete dieser betont leise, während er auf einen Sessel deutete. »Danke, dass Sie so rasch gekommen sind.«

Nachdem er Platz genommen hatte, winkte Rost sogleich der Kellnerin zu und rief ihr schon die Bestellung zu, bevor sie an den Tisch getreten war.

Walz sah sich in seiner Meinung, die er sich bei ihrem ersten Treffen über ihn gebildet hatte, mehr als bestätigt.

»Was also war mit meiner Mutter?«, fragte Rost, während er die Arme vor seiner Brust verschränkte.

Trotz seines polternden Auftritts bemerkte Walz die Nervosität des Sängers, und verspürte daher wenig Lust zur Darlegung des neuen Sachverhalts.

Zu sehr fürchtete er seine hysterische Reaktion und das damit verbundene öffentliche Aufsehen.

»Mein Kollege Vogel, der die Ermittlungen führt und gleich hier sein wird, hätte diesbezüglich einige Fragen an Sie …«, antwortete Walz kryptisch.

Eigentlich hätte er sich viel lieber mit der weiteren Lösung des Rätsels beschäftigt, besann sich aber rechtzeitig seiner guten Erziehung und legte widerwillig die Zeitung beiseite.

»Ich dachte, der Tod meiner Mutter sei geklärt – immerhin hat der Arzt doch ein Herzversagen festgestellt – oder gibt es jetzt doch Zweifel?«, fragte Rost weiter.

»Hat Sie Elisabeth noch nicht angerufen?«, fragte Walz in der Hoffnung, dadurch der Pflicht entbunden zu sein, dem Sänger die unliebsamen Neuigkeiten mitzuteilen.

»Nein, wir haben heute noch nicht miteinander gesprochen«, antwortete Rost, während er fragend seinen Kopf schief hielt.

»Ich verstehe ja Ihre Neugierde, aber ich will meinem Kollegen nicht vorgreifen, er wird sicherlich gleich hier sein … Was ich Sie schon die ganze Zeit fragen wollte: Haben Sie eigentlich schon einmal im Theater an der Wien gesungen? Die machen doch jetzt eine ganze Menge Barockopern, was ich übrigens höchst begrüßenswert finde.«

»Nein, leider ist man da noch nicht an mich herangetreten«, antwortete Rost zögernd, während er geistesabwesend den bestellten Kaffee entgegennahm, »aber wie Sie ja wissen, gilt gerade in Österreich der Prophet im eigenen Lande nichts. Daher müssen die Wiener halt warten, bis meine Auslandskarriere richtig auf Touren gekommen ist. Und dann werden die Direktoren auch wieder jammern, weil sie nicht früher zugegriffen haben.«

Erwartungsvoll schaute Rost nun den Inspektor an, der die Hoffnungen des Countertenors nur allzu gerne erfüllte und ihn nach dem Grund dieser Aussage fragte.

»Weil ich dann natürlich ganz andere Preise verlangen werde. Und wissen Sie, was davon die Folge sein wird?«

»Na …«, heuchelte Walz größtes Interesse, während er sich im Stillen dazu gratulierte, ein Thema gefunden zu haben, das den Sänger noch mehr beschäftigte als der Tod seiner Mutter.

»Dann kommen die Neidkampagnen. Dann sagen die Leute, wir haben den in Wien groß gemacht, haben ihm eine Ausbildung bei den Sängerknaben ermöglicht, und jetzt verlangt er diese Gagen. Wir leben in einem Land der Hausmeister, Herr Inspektor!«, rief er theatralisch aus.

Da sich Walz mit diesem durchaus nützlichen, aber leider in Wien schon fast ausgestorbenen Berufsstand nicht in einen Topf werfen lassen wollte, weil er in diesem Falle durchaus dessen Meinung teilte, sagte er lieber nichts.

Glücklicherweise betrat in diesem Moment sein Kollege das Lokal, wodurch Walz seiner Pflicht vorläufig enthoben war.

Nachdem er die beiden miteinander bekannt gemacht hatte, und auf Vogels dezent fragenden Blick wortlos den Kopf schüttelte, ergriff nun dieser das Wort.

»Haben Sie heute eigentlich schon in die Zeitung geschaut, Herr Rost?«, fragte er, während er mit der Rechten die U-Bahn-Zeitung in die Höhe hielt.

Verwundert betrachtete der Sänger die Schlagzeile.

»Nein, tut mir leid, ich habe heute zwar alle Tageszeitungen gekauft, um die Kritiken über meinen Kantatenabend zu lesen, die anderen Meldungen habe ich mir aber noch nicht angeschaut … Was hat dieser ermordete Krankenpfleger mit meiner Mutter zu tun?«

»Dieser Krankenpfleger hat Ihre Mutter immerhin mehrfach operiert …«, antwortete Vogel.

»Ach so, Sie meinen den Bojan«, lachte Rost kurz auf. Doch sogleich veränderte sich seine Miene. »Ist er wirklich ermordet worden?«, fragte er plötzlich ernst.

Der Wechsel seines Gesichtsausdrucks erfolgte in Bruchteilen einer Sekunde – er war halt eine echte Bühnenbegabung.

»Es sieht ganz danach aus«, antwortete Vogel trocken.

Die Reaktion Rosts verlief überraschend, denn der Sänger sagte nur ein Wort:

»Schade!«

Nicht mehr und nicht weniger.

»Schade? Nur schade?«, fragte Vogel verblüfft.

»Ja, schade«, Rost sah die Inspektoren herausfordernd an.

»Kannten Sie Bilovic nicht?«, fragte Vogel vorsichtig.

»Natürlich kannte ich ihn«, antwortete Rost ruhig, »aber, wenn Sie es genau wissen wollen, ich mochte ihn nicht. Daher hält sich meine Trauer in Grenzen.«

»Und warum mochten Sie ihn nicht, wenn ich das fragen darf?«

»Wenn Sie ihn gekannt hätten, würden Sie das verstehen … Er war im Grunde ein brutaler Karrierist, der für seine Interessen über Leichen ging. Dies alles versteckte er hinter der Fassade eines charmanten Plauderers. Nein, ich konnte ihn wirklich nicht leiden!«

»Seit wann kannten Sie, beziehungsweise Ihre Mutter, Herrn Bilovic?«

»Warten Sie, ich war noch bei den Sängerknaben, als ich ihn zum ersten Male traf«, antwortete er langsam, während er geziert den kleinen Finger seiner Linken spreizte, »das wird vor etwa zehn, elf Jahren gewesen sein. Er war gerade nach Österreich gekommen.«

»Wie gut kannten Sie ihn? Kann man sagen, dass er ein Freund der Familie war?«

»Freund der Familie wäre, glaube ich, zu hoch gegriffen … Guter Bekannter träfe es wohl besser. Allerdings kann ich das nicht mit Gewissheit sagen, da ich ja nicht zu Hause wohnte. Das ist quasi die offizielle Version. Ich selbst legte keinen allzu großen Wert darauf, ihn näher kennen zu lernen.«

»Halten Sie es für möglich, dass Ihre Mutter mit ihm ein näheres Verhältnis pflegte?«

»Sie meinen, ob sie intim miteinander waren?«, rief Rost erneut allzu laut aus, worauf die anderen Gäste sich wieder interessiert nach ihm umwandten. »Darüber habe ich mir eigentlich nie Gedanken gemacht. Die Sexualität der Eltern ist ja immer so ein Thema, über das man eigentlich nicht nachdenken will.«

»Und wissen Sie vielleicht, wie Ihre Mutter und er sich kennen gelernt haben?«

»Ja, das weiß ich zufällig ganz genau. Sie hatte damals einen Autounfall, von dem sie einige hässliche Schnittwunden am Oberarm davontrug, und wegen ihrer Verletzungen im Sankt-Johann-Spital lag. Und er war schon damals dort als Krankenpfleger tätig. Der plastische Chirurg im Krankenhaus hatte das Ganze damals ziemlich verpfuscht und sie hat sich bei Bojan darüber beschwert. Der hat ihr dann geantwortet, er könne ihr helfen und garantiere ihr, dass er ihre Haut wieder so herstellen würde, dass sie im nächsten Sommer ungeniert mit einer kurzärmligen Bluse gehen könnte. Und so war es auch. Er war, trotz allem, ein grandioser Chirurg.«

»Diese Aussage scheint mir doch ein wenig gewagt«, wand Vogel ein, »angesichts der Tatsache, dass er Ihre Mama letzten Endes dabei zu Tode gebracht hat. Denn sie ist nicht einem Herzversagen erlegen, sondern in Folge einer Schönheitsoperation von Bilovic.«

»Was ändert das an der Tatsache ihres Todes?«, antwortete Rost ruhig.

Nach einem kurzen Blickwechsel mit seinem Kollegen fuhr Vogel mit der Befragung fort.

»Das stimmt allerdings ... Und Sie wussten auch, dass er als Krankenpfleger und nicht als Arzt tätig war?«

Rost nickte wortlos.

»Wenn Sie von der Operation wussten, warum haben Sie eigentlich einer Obduktion nicht zugestimmt? Frau Marthaler hat Sie doch bestimmt darum gebeten. Und mit Ihrer Einwilligung wäre das ja auch geschehen.«

»Ja, wissen Sie, ich vermutete ja nur, dass sie operiert worden war. Sicher war ich mir keineswegs, sie hat es mir ja nicht erzählt. Sie sagte mir nur, dass sie eine Woche weg wäre, und als ich sie danach fragte, wohin sie denn führe, antwortete sie nichts. Außerdem hatten wir kein so enges Verhältnis ...«

»Den Anschein hat es ... Sie erzählten mir, Sie seien nach dem Essen zusammen mit Frau Marthaler im Taxi nach Hause gefahren. Wie verlief denn der weitere Abend?«

»Ganz normal halt. Ich habe sie vor ihrer Wohnung

abgesetzt und bin dann weiter zu mir gefahren. Zu Hause bin ich gleich schlafen gegangen. Wissen Sie, nach einem solchen Konzert ist man so erschöpft, dass man nur noch ins Bett will.«

Nachdem der Sänger gegangen war und sich die Kriminalisten ausgiebig über die erstaunliche Reaktion Rosts ausgelassen hatten, rief Vogel nochmals bei der Gerichtsmedizin an und erfuhr, dass die Spurensicherung in Bilovics Schlafzimmer eine Menge DNS-Spuren gefunden hatte, die jedoch, abgesehen von seiner eigenen, von mindestens fünf verschiedenen Menschen stammten.

»Anscheinend hat er es ziemlich lustig gehabt, unser Doktor …«, sagte Walz.

»Oder eine schlampige Putzfrau … Hast du das Wasserglas von der Elisabeth aufgehoben?«, fragte er, während er seinerseits das Glas von Rost vorsichtig in einer Plastiktüte verstaute.

»Ich bin ja nicht auf der Nudelsuppn dahergeschwommen«, antwortete Walz, während er lässig das in Kunststoff gepackte Gefäß in die Höhe hob.

»Bravo, o du mein Walz. Nach diesem Schock fehlen uns nur noch die fidelen Schwestern, dann haben wir unser Vormittagspensum erfüllt«, murmelte Vogel, während er die Nummer von Schwester Sabine aus seinem Handy heraussuchte.

Er erreichte jedoch nur ihre Mailbox, auf der er die Nachricht hinterließ, dass sie ihn alsbald zurückrufen möge.

Gerade hatte Vogel die Rechnung bezahlt, als sein Mobiltelefon läutete.

Mit gebrochener Stimme meldete sich Schwester Sabine, die angab, noch immer an Migräne zu leiden und daher nicht ans Telefon gegangen zu sein. Nach der Anfrage, ob es denn eine Möglichkeit gäbe, sie trotzdem zu sehen, da es sehr dringend wäre, fragte sie den Inspektor, ob sie seine Fragen nicht auch telefonisch beantworten könne. Vogel willigte ein und sagte ihr, sie nochmals in fünf Minuten anzurufen.

»So wie die klingt, war die es bestimmt nicht«, meinte Vogel, während er sein Telefon zuklappte. »Gehen wir ins Auto und lassen es über die Freisprechanlage laufen, da hast du auch etwas davon.«

Als sie im Auto saßen, rief er sie nochmals an.

»Ja, Frau Schaub, wie Sie sich ja denken können, haben wir einige Fragen wegen des Todes von Herrn Bilovic. Sie haben ja bestimmt von dem schrecklichen Ereignis gehört.«

»Ja«, antwortete sie mit tränenerstickter Stimme, »eine Freundin hat mich angerufen und es mir erzählt, gerade als ich in den Dienst gehen wollte. Da ist die Migräne gleich zurückgekommen. Wissen Sie schon etwas über den Täter?«

»Zuerst müssen wir Sie etwas fragen. Wir haben in Erfahrung gebracht, dass Ihre Kollegin Esther Neuhold Herrn Bilovic bei seinen illegalen Operationen assistiert hatte. Was sie übrigens auch schon zugegeben hat. Und daher nehmen wir an, dass auch Sie, die ihm ja sehr nahe gestanden sind, in seine Tätigkeit eingeweiht waren und ihm ebenfalls dabei geholfen haben.«

Nach einer geraumen Zeit, während der nur ein leises Schluchzen darauf hinwies, dass Schaub noch in der Leitung war, insistierte Vogel:

»Trifft es also zu, dass auch Sie Herrn Bilovic bei seinen Operationen assistiert haben?«

Ihr geflüstertes »Ja« war kaum vernehmlich.

»Gut, das hätten wir also geklärt«, sagte Vogel zufrieden. »Liebe Frau Schaub, Sie wissen ja dann sicherlich auch, ob Herrn Bilovic neben Frau Neuhold und Ihnen auch noch andere dienstbare Geister bei seinen Operationen beigestanden sind.«

Nachdem sich Schwester Sabine geräuschvoll die Nase geputzt hatte, antwortete sie mit überraschend klarer Stimme:

»Nein, in den letzten Jahren waren es nur wir beide ...«

»Da Sie dem Toten ja sehr nahe gestanden sind, würde ich Sie gerne fragen, ob Sie vielleicht eine Vermutung haben, wer hinter einer solchen Tat stecken könnte. Hatte er Feinde, denen Sie so etwas zutrauen würden?«

»Es kamen immer wieder irgendwelche dunklen Gestalten zu ihm, darunter waren sicherlich einige, die zu so etwas fähig wären.«

»Kam es in Ihrer Anwesenheit einmal zu einem offenen Streit mit einer solchen Person oder hat Ihnen Bilovic etwas darüber erzählt, dass er sich bedroht fühlte?«

»Na ja, über diese Leute hat er eigentlich nie gesprochen. Als ich ihn einmal wegen so eines Mannes befragte, hat er mir nur geantwortet, dass er darüber nichts sagen kann. Es wäre zu meiner eigenen Sicherheit. Richtig ungehalten ist er geworden! Da hab' ich darüber nie wieder ein Wort verloren.«

»Ist ihm in Ihrer Anwesenheit einmal eine Operation an einem solchen Patienten misslungen?«

»Nein, Bojan war auf seinem Gebiet ein echter Könner, da gab es keinen Pfusch.«

»Wenn man so erfolgreich ist, und dies auch außerhalb der Legalität geschieht, wie es ja bei Herrn Bilovic der Fall war, macht man sich natürlich auch bei den eingesessenen Kollegen Feinde. Kam es im Spital niemals zu Streitigkeiten über seine Nebentätigkeiten?«

»Natürlich gab es immer wieder Gerüchte, ich bin auch ein paar Mal darauf angesprochen worden, habe aber nichts dazu gesagt. Sie dürfen ja nicht vergessen, dass Bojan, wenn er wütend wurde, einem richtiggehend Angst machen konnte. Da ist man lieber nicht angestreift …«

»Na, was meinst du dazu?«, fragte Vogel, nachdem er das Gespräch beendet hatte.

»Sehr viel war das nicht. Eine DNS-Probe brauchen wir von der auch nicht, die hat bestimmt genügend Spuren in Bilovics Schlafzimmer hinterlassen. Von mir aus kann man vorläufig auf eine persönliche Einvernahme verzichten.«

»Das ist auch meine Meinung. Aber eines kann ich dir jetzt schon sagen: Mit dem serbischen Geheimdienst lege ich mich nicht an, so viel steht fest. Da kann der Heider machen, was er will. Immerhin haben wir noch die Schwester Esther, die musst allerdings du anrufen, ich kenne die ja überhaupt nicht …«

Seufzend nahm Walz sein Mobiltelefon. Nach einigen Sekunden hinterließ er ihr eine Nachricht, dass sie ihn doch bitte baldmöglichst anrufen möge.

»So, jetzt sind wir am Ende unserer Weisheit angelangt oder fällt dir sonst noch etwas dazu ein?«

»Was hältst du von einem persönlichen Besuch bei der Neuhold?«

»Als seine Geliebte hat sie sicherlich genügend DNS-Spuren in Bilovics Schlafzimmer hinterlassen, und so, wie die beisammen war, als ich sie angetroffen habe, kann ich mir eigentlich nicht vorstellen, dass sie etwas Erhellendes zu diesem Fall beitragen kann. Das Geschrei, das war nicht ohne … Also, auf zum Nekro!«

»Bevor wir ihn aufsuchen, könnten wir doch, wo wir gerade am Naschmarkt sind, zu dem kleinen Japaner da vorn gehen, auf eine köstliche Nudelsuppe …«

9. KAPITEL (DONNERSTAG)

Als Vogel und Walz das Labor von Erwin Necker betraten, saß er gerade über sein Mikroskop gebeugt. Im ersten Moment sah er geradezu verärgert drein, seine Miene hellte sich jedoch sofort auf, als er seine Brille auf die Nase setzte und die Besucher erkannte.

»Ah, habe die Ehre, meine geschätztesten Vertreter der Exekutive«, rief er ihnen gut gelaunt zu, was stets der Fall war, wenn er mit einem besonders ausgeklügelten Fall beschäftigt war. »Ich bin eh gerade mit dem Ableben von eurem Wunderdoktor zugange. War eine ziemlich harte Nuss. Muss ein raffinierter Mörder gewesen sein, doch dem Nekro bleibt nichts verborgen. Glaub' ich jedenfalls. Mit ziemlicher Sicherheit ist unser verehrter Doktor einer SEB erlegen.«

Erwartungsvoll schaute er die Kriminalisten an.

»Ah ja«, sagte Vogel in gedehntem Tonfall, »diese Möglichkeit hab' ich auch schon in Betracht gezogen. Aber vielleicht solltest Du meinem nicht ganz so firmen Kollegen erklären, was genau SEB bedeutet.«

Bedeutungsvoll nahm Nekro seine Brille ab und ließ seinen Blick in die Ferne schweifen.

»Das Staphylokokken-Enterotoxin B kennen wir als hochwirksames Gift, das üblicherweise bei Lebensmittelvergiftungen auftritt. Wissenschaftlich ausgedrückt handelt es sich um ein bakterielles Gift von toxin-produzierenden Staphylokokkus aureus-Stämmen. Schon geringe Mengen sind, oral aufgenommen, von spürbarer Wirkung, um aber den Tod herbeizuführen, braucht man schon eine ganz ordentliche Dosis. Bei einer Infizierung über die Atemwege benötigt man sogar noch mehr. Die prämortalen Ausscheidungen über Mund und Darm, von denen ich noch Spuren gefunden habe, deuten in diesem Falle darauf hin, dass es mit ziemlicher Sicherheit zusammen mit einem starken Barbiturat verabreicht wurde. Das war deshalb notwendig, damit der Bursche nicht gleich die Rettung ruft, wenn er die Vergiftung wahrnimmt. Denn die Auswirkungen des Giftes sind ziemlich massiv. Der Körper wehrt sich mit Übelkeit, Erbrechen und Durchfall, das Immunsystem wird überaktiviert und bricht schließlich zusammen. Kein schöner Tod, wenn man ihn bewusst erlebt, aber ich nehme ja an, dass unser Medizinmann davon nicht viel mitbekommen hat. Zu wünschen wäre es ihm. Dazu kommen Spuren von Talkum an den Hand- und Fußgelenken, was darauf hinweist, dass die Personen, die ihn zum Fundort getragen haben, Gummihandschuhe getragen haben dürften.«

»Gibt es keine Spuren von Gewaltanwendung?«

»Nein, absolut nichts. Keine frischen Einstiche, nichts. Er muss das Mittel geschluckt haben. Wahrscheinlich in einem stark aromatisierten Getränk, und mit einem Barbiturat vermischt, das er zu sich genommen hat. Die Spurensicherung sollte noch auf eventuell herumstehende Gläser achten.«

»Was mich verwundert, ist die Tatsache, dass das Ganze in seinem OP passiert ist. Warum nimmt er dort Getränke zu sich? Hat er dort vielleicht eine Orgie gefeiert, die aus dem Ruder gelaufen ist?«, rätselte Vogel. »Kannst du sehen, ob er kurz vor seinem Tod Sex hatte?«

»Nein, nicht wirklich. Einen Orgasmus hatte er jedenfalls nicht.«

»Äußerst mysteriös, das Ganze – und einen Unfall, bei dem er das Gift versehentlich eingenommen haben könnte, schließt du auch aus?«

»Absolut, in der Konzentration und der Menge …«

»Und wie kommt man an dieses Zeug?«

»Das ist gar nicht so schwer, im Internet erhält man diesen Stoff auf Bestellung, wenn auch unter finanziellen Opfern«, antwortete Nekro sachlich. »Außerdem wird er in der Lebensmittelforschung angewendet. Auf jeden Fall muss sich der Täter in der Materie ausgekannt haben, denn in der richtigen Konzentration gibt es kein problemlos erhältliches Gift, das so schnell wirkt.«

»Der Idealtäter müsste also ein serbischer Lebensmittelforscher sein, der mit dem Bilovic ein Trinkgelage auf die gemeinsame Heimat in seinem OP abgehalten hat. Klingt irgendwie skurril. Ist es auch möglich, dass ein medizinischer Laie dieses Gift verabreicht haben könnte?«

»Neben krimineller Energie und gründlicher Recherche der Gifte und ihrer Auswirkungen bedarf es außer einer gewissen Handfertigkeit in solchen Dingen keiner anderen wesentlichen Talente. Eines darf jedoch als sicher gelten: Der Täter wollte nicht viel Zeit vergeuden. Da das Opfer Arzt war, hätte Bilovic bei jeder langsamer einsetzenden Vergiftungserscheinung sicherlich Verdacht geschöpft.«

Vogel schaute seine Kollegen etwas ratlos an.

»Sag' einmal, lieber Nekro, ganz inoffiziell, hättest du wohl etwas dagegen, wenn du deinen Würfel dazu befragen würdest – so rein aus statistischen Gründen?«

Sogleich veränderte sich die Miene des Gerichtsmediziners. Lüstern kräuselten sich seine vollen Lippen, gerade so, als ob er kurz davor stand, in eine zwar verbotene, aber köstliche Frucht zu beißen.

»Du weißt doch, dass ich mein Orakel niemals für berufliche Zwecke missbrauche«, antwortete er wenig überzeugend, wobei man ihm ansah, wie sehr ihn die Sache reizte.

»Na komm, für uns kannst du es doch einmal machen, wir verraten es auch niemandem …«, drängte Vogel.

»… und machen bestimmt auch keinen Gebrauch davon, wir sind doch nur neugierig«, assistierte ihm Walz.

»Na schön, weil ihr es seid«, lenkte er ein, während er aus der Innentasche seines Sakkos einen Block, aus seiner rechten Hosentasche einen silbernen Bleistift und aus der linken Hosentasche seinen silbernen Würfel angelte. »Aber sagt um Gottes Willen niemandem etwas davon, sonst bin ich meinen Job los …«

»… und wir auch«, sagte Walz.

»Wer sind also die Verdächtigen? Ich brauche sechs Möglichkeiten.«

»Das sind also Sabine Schaub, seine Ex-Geliebte, Motiv gekränkte Eitelkeit, Esther Neuhold, seine derzeitige Geliebte, Motiv unbekannt, Florian Rost, der Sohn von Irmgard Rost, Motiv Sohnesliebe, Elisabeth Marthaler, die jugendliche Freundin von Irmgard Rost, Motiv unbekannt, und Clara Montero, die andere Freundin von Irmgard Rost, Motiv unbekannt«, zählte Vogel an seinen Fingern auf.

»Doch nicht Clara«, protestierte Walz.

»Wir haben niemanden anderen, schließlich hat ein Würfel sechs Seiten«, beschwichtigte Vogel.

»Das sind aber nur fünf, ich brauche noch eine weitere Person«, wand Necker ein, nachdem er die Namen seiner Gewohnheit gemäß von unten nach oben notiert hatte.

»Wie wäre es mit dem serbischen Geheimdienst?«, schlug Walz vor.

»Und wenn es ein Lebensmitteltechniker war, dessen Frau er einen zu kleinen Busen gemacht hat? Körbchengröße 75C anstelle der gewünschten 75D?«, wand Vogel ein. »Sag, Nekro, kann man bei dem verbleibenden Punkt nicht einfach eine ›andere Person‹ hinschreiben? Theoretisch könnte es sich auch um eine leitende Person aus dem Spital handeln, die Bilovic damit erpresst hat, alles auffliegen zu lassen, wenn er sich nicht seinem Willen beugt.«

Bevor der Gerichtsmediziner antworten konnte, läutete Vogels Mobiltelefon.

Nachdem er kurz auf das Display geschaut hatte, das ihm lediglich verriet, dass ein »Anonymer Anrufer« ihn zu sprechen wünschte, vernahm er Heiders schnarrende Stimme.

»Nun, Vogel, wie weit sind Sie schon gekommen? Gibt es bereits Verdachtsmomente?«

»Nichts wirklich Zwingendes bis jetzt, Herr Hofrat, wir haben den ganzen Morgen damit verbracht, alle für uns in Frage kommenden Personen zu vernehmen. Es hat sich aber noch nichts herauskristallisiert, sonst hätte ich Sie eh schon angerufen. Derzeit sind wir bei Herrn Doktor Necker, dem Gerichtsmediziner, der uns gerade über die Art der Todesursache unterrichtet.«

»Und die wäre?«

»Vergiftung durch SEB …«

»Gut«, sagte Heider in einem Tonfall, dem man anhörte, dass er nicht ganz davon überzeugt war, ob es seiner Autorität gut anstünde, wenn er die Bedeutung dieses Kürzels nachfragte. »Richten Sie Herrn Doktor Necker aus, ich erwarte seinen genauen Bericht in der nächsten Stunde … Und wie werden Sie nun weiter vorgehen?«

»Wir werden jetzt zuerst einmal ins Spital fahren, und dem ärztlichen Leiter einen Besuch abstatten.«

»Aber gehen Sie bitte behutsam vor, Vogel, Professor Meister ist ein äußerst verdienter und einflussreicher Mann. Wie ich ihn einschätze, wird er Ihnen nicht viel sagen können. Und bitte, keine Vorhaltungen wegen der Vernachlässigung seiner Aufsichtspflicht, damit haben Sie nichts zu tun. Ihre Aufgabe besteht lediglich darin, den Mord an Bilovic aufzuklären. Danach erwarte ich Ihren sofortigen Anruf. Was ist eigentlich mit dieser Marthaler, die damals die Obduktion der Leiche von Frau Rost beantragt hatte? Weiß man schon, warum sie das getan hat?«

Nachdem Vogel seinen Vorgesetzten von ihrer Aussage unterrichtet hatte, erwähnte er noch, dass er sie, obwohl ein Motiv bislang nicht ersichtlich sei, durchaus dem Kreis der Verdächtigen zurechne, und deshalb auch das von ihr benutzte Wasserglas ins Labor gebracht habe.

»Sehr gut, Vogel. Ich brauche Ihnen ja nicht zu sagen, wie wichtig es ist, dass die ganze Sache baldmöglichst aufgeklärt wird. Auch für Sie persönlich …«, setzte er in warnendem Tonfall hinzu, bevor er auflegte.

»Ihr habt mir was mitgebracht?«, fragte Necker.

»Das hätten wir ja fast vergessen«, sagte Vogel, während er die in Plastikfolie verpackten Gläser aus seiner braunen Schirmtasche holte. »Wie lange brauchst du dazu?«

»Bis heute Abend müsste ich es herausgefunden haben.«

»Vorher will der Heider aber noch einen Bericht über die Vergiftung haben. Außerdem muss ich noch die Spurensicherung anrufen. Wir wissen ja jetzt, wonach die suchen sollen. Nach Gläsern und den körperlichen Ausscheidungen vom Bilovic. Na, Mahlzeit. Was ist jetzt, würfeln wir oder nicht? Einen sechsten Namen hätten wir ja jetzt immerhin, Professor Meister.«

»Ich würde vorschlagen, ihr befragt erst einmal die Klinikleitung«, sagte Necker entschieden, während er seine Utensilien wieder einsteckte. »Mit den Würfeln ist nicht zu spaßen, sag' ich euch. Ich habe damit schon Dinge erlebt, die glaubt ihr nicht.«

Theatralisch hob Vogel beide Hände.

»Das kannst du uns ein andermal erzählen. Wir fahren jetzt erst einmal ins Spital und statten dem Herrn Primar einen Besuch ab ... Auf geht's, Walz, in die Höhle des Löwen.«

Professor Johannes Meister war eine imposante Erscheinung.

Nicht nur, dass er blendend aussah, er hätte mühelos jedes Casting um die Besetzung der Rolle eines Chefarztes gewonnen, auch auf seinem Fachgebiet, der Gynäkologie, galt er als ausgesprochene Kapazität, weshalb ihm auch vor zwei Jahren die Stelle eines ärztlichen

Direktors des Sankt-Johann-Spitals angeboten worden war. Warum er diese Position angenommen hatte, die eigentlich mehr organisatorische als medizinische Kenntnisse erforderte, war selbst seinen engsten Freunden rätselhaft gewesen, doch eine kostspielige Scheidung sowie das Renommee, das mit einer solchen Stellung verbunden ist, hatten ihn letztlich zu diesem Schritt veranlasst. Zudem war der aussichtsreichste Mitbewerber um diese Stellung ein alter Gegenspieler von Meister gewesen, der ihm das Leben als Primar sicherlich schwer gemacht hätte. So war seine Motivation zur Annahme dieser leitenden Position sicherlich auch in dem Triumph begründet, diesen unliebsamen Konkurrenten aus dem Feld geschlagen zu haben.

Immerhin hatte er seine florierende Privatpraxis behalten.

Außerdem war Meister eitel.

Auch aus diesem Grunde war es ihm gar nicht recht, seinen Namen, der bislang allenfalls die Gesellschaftsspalten der Tageszeitungen mit einer gewissen Regelmäßigkeit gefüllt hatte, nun auf der Titelseite eben jener Magazine in einem ganz anderen Zusammenhang wiederzufinden.

So verwundert es nicht, dass er unsere Kriminalisten mit einer gewissen Ungeduld erwartete, versprach er sich doch von einem klärenden Gespräch seine völlige Entlastung. Denn er war sich keines Fehlverhaltens bewusst, das ihm gerade im Zusammenhang mit dem Fall Bilovic von den Zeitungen, und damit von der öffentlichen Meinung, unterstellt wurde.

Als Vogel und Walz sich anmeldeten, wurden sie folgerichtig sofort in Meisters Büro gebeten, das einen herrlichen Ausblick in den dem Krankenhaus angeschlossenen Park mit seinen alten Bäumen bot.

»Grüß Gott, meine Herren«, begrüßte er sie geradezu herzlich, »bitte, nehmen Sie doch Platz. Sie können sich ja vorstellen, dass ich das größte Interesse daran habe, diesen unsäglichen Fall sofort aufgeklärt zu sehen, geht es hierbei doch um den Ruf unseres Spitals.«

Die Kriminalisten waren nicht wenig erstaunt, anstatt des erwarteten älteren Herrn in einem weißen Kittel, von einem äußerst sportlich wirkenden Mittfünfziger im Maßanzug begrüßt zu werden.

Nachdem sie sich vorgestellt und Platz genommen hatten, eröffnete Vogel das eigentliche Gespräch.

»Es geht uns bei dieser Befragung weniger um die Tatsache, dass sich in Ihrem Spital ein Krankenpfleger jahrelang an medizinischen Hilfsmitteln vergriff, wir sind lediglich mit der Aufklärung des Mordes an Herrn Bilovic beauftragt.«

»Ach so, ja, ich helfe Ihnen dabei natürlich, wo ich kann«, sagte er sichtlich enttäuscht.

»Ist Ihnen bekannt, ob Herr Bilovic Feinde hatte? Etwa unter Ihren Kollegen, die ihm seine Erfolge als Operateur neideten?«

»Ich möchte voranstellen, dass ich überhaupt keine Kenntnis von diesen Vorgängen hatte, und auch nicht glaube, dass meine Kollegen der Ärzteschaft irgendetwas davon wussten. Dieses ganze Geschehen spielte sich auf der unteren Stufe der Hierarchie ab. Daher kann ich diese Annahme völlig ausschließen. Auch die Oberschwester, der ja die Verantwortung über das Pflegepersonal obliegt, glaubt nicht, dass sein Tod in Zusammenhang mit dem Personal des Spitals steht.«

»Könnten wir die Oberschwester vielleicht persönlich darüber befragen?«

Bedauernd schüttelte Meister seinen Kopf.

»Schwester Rosemarie ist leider gerade auf Fortbildung in Salzburg und wird erst nächste Woche wieder hier sein. Aber sie sagte mir am Telefon, dass sie sich nicht vorstellen kann, dass jemand aus seinem Kollegenkreis zu solch einer Tat fähig wäre. Auch die Ärzte, die mit ihm zu tun hatten, als Krankenpfleger, versteht sich, waren, nach meinem Kenntnisstand, mit seiner Arbeit sehr zufrieden. Darüber hinaus gibt es keinen Kollegen an diesem Haus, dem ich eine solche Tat zutrauen würde.«

»Sie haben ja auch eine Abteilung für plastische Chirurgie. Und in deren Garten hat Herr Bilovic ja gewildert, wenn ich es einmal so ausdrücken darf. Und sicherlich verfügt Ihr Oberarzt auch über eine Privatordination. Wenigstens ihm kann es doch nicht verborgen geblieben sein, dass sich Herr Bilovic im Laufe der Jahre zu einem Geheimtipp der schönheitsbedürftigen Frauen entwickelt hat.«

»Ich kann Ihnen den Herrn Dr. Schönfelder, im Übrigen einen sehr verdienten Arzt, gleich anpiepsen lassen, wenn Sie wollen. Da können Sie ihn ja selbst fragen.«

»Ja, bitte tun Sie das. Bis er kommt, würde ich gerne noch wissen, ob Sie vielleicht davon Kenntnis haben, ob Herr Dr. Schönfelder einmal mit Herrn Bilovic aneinandergeraten ist. Das wäre ja naheliegend.«

Meister verzog sein Gesicht und schaute zur Decke des Büros.

»Natürlich kommt es hin und wieder zu Konflikten zwischen der Ärzteschaft und dem Pflegepersonal.

Das ist ja bei einem solch großen Betrieb unvermeidlich. Schließlich geht es hier um Menschenleben. Aber da Herr Bilovic nicht in der Abteilung der plastischen Chirurgie tätig war, hatten die beiden, zumindest an diesem Spital, keine unmittelbaren Berührungspunkte.«

»Gab es von anderen Ärzten Beschwerden über Herrn Bilovic?«

»Herr Dr. Spitz, sein unmittelbarer Vorgesetzter, war mit seiner Arbeit sehr zufrieden, ich habe ihn natürlich heute darüber eingehend befragt. Allerdings gab es unter den Schwestern einige Beschwerden, unter denen eine besonders hervorstach. Da es sich aber bei ihr um die Folgen einer persönlichen Kränkung handelte, – die beiden hatten offensichtlich ein Verhältnis gehabt, das von ihm anscheinend recht unsanft beendet worden war, – ging Herr Dr. Spitz nicht näher auf deren Vorhaltungen ein – was ein zwar durchaus verständlicher, aber leider auch fataler Fehler war, wie sich nun herausstellt.«

Ihr Gespräch wurde durch ein Klopfen an der Tür unterbrochen.

»Ja, das ist Herr Dr. Schönfelder, meine Herren«, sagte Meister, nachdem er ihn hereingebeten hatte. »Benutzen Sie ruhig mein Büro, ich habe noch einiges im Hause zu erledigen. Wenn Sie mich noch brauchen sollten, ich bin in etwa einer halben Stunde wieder hier.«

Schüchtern, fast ein wenig ungelenk, stellte sich Markus Schönfelder den Kriminalisten vor.

Seine große Gestalt wirkte ebenso drahtig wie die seines Vorgesetzten, wenn er auch ein wenig älter als dieser zu sein schien. Sein ehemals dunkelbraunes Haar war von zahlreichen grauen Strähnen durchzogen und an der Stirne stark gelichtet. Mit seiner langen Nase und den schmalen, etwas verkniffen wirkenden Lippen, machte er auf die Inspektoren einen ausgesprochen griesgrämigen Eindruck.

»Wie lange sind Sie schon an diesem Hause tätig, Herr Doktor?«, fragte Vogel, während sich Walz, wie stets, im Hintergrund hielt.

»Seit über zwanzig Jahren«, antwortete er, schlug die Beine übereinander und begann sofort mit dem linken Fuß zu wippen.

»Vor etwa zehn Jahren war Frau Irmgard Rost nach einem Autounfall in diesem Spital und unterzog sich einer plastischen Operation am Oberarm. Können Sie sich erinnern, ob Sie diese Operation damals durchgeführt haben?«

Erstaunt hörte Schönfelder mit dem Wippen auf.

»Nein«, sagte er mit verwundertem Lächeln, »beim besten Willen nicht. Ich habe zwar üblicherweise ein gutes Gedächtnis, aber das ist doch zu lange her. Da müsste ich nachschauen, wenn es überhaupt noch Unterlagen darüber gibt.«

»Das ist verständlich«, sagte Vogel, »aber es hätte ja sein können, dass Sie sich daran erinnern. Gab es an diesem Hause damals noch andere Ärzte, die solche Operationen durchführten?«

»Da es sich bei einem solchen Eingriff um nichts wirklich Kompliziertes handelt, könnte dies durchaus von einem Assistenzarzt gemacht worden sein – und davon gab es einige, wie Sie sich vorstellen können.«

»Und in welcher Position waren Sie damals tätig?«

»Lassen Sie mich nachdenken«, antwortete er langsam, während er wieder eifrig mit seinem Bein wippte.

»Oberarzt wurde ich vor neun Jahren – ja, auch ich war damals gerade noch Assistenzarzt.«

»Also wäre es möglich, dass Sie diesen Eingriff durchgeführt haben«, sagte Vogel in geschäftsmäßigem Ton. »Kannten Sie eigentlich Herrn Bilovic persönlich?«

»Vom Sehen her sicherlich, so groß ist das Spital ja nicht. Persönlichen Kontakt hatten wir allerdings nicht.«

»Und es ist Ihnen tatsächlich über all die Jahre entgangen, dass sich Herr Bilovic auf Ihrem Spezialgebiet verdingte?«

»Schauen Sie, meine hauptsächliche Arbeit liegt nicht auf dem Gebiet der kosmetischen Chirurgie. Die so genannten Schönheitsoperationen, auf die sich dieser Herr offensichtlich spezialisiert hatte, führe ich üblicherweise nicht durch. Ich behandle die Menschen, die durch einen Unfall oder eine Operation entstellt wurden. Also als plastischer Chirurg. Das ist ein völlig anderes Gebiet.«

»Zum Abschluss hätte ich noch eine Frage: Sagt Ihnen eigentlich das Kürzel SEB etwas?«

»Ich bin zwar kein Toxikologe, aber ich weiß, dass es sich hierbei um die Staphylokokken handelt, die üblicherweise bei Lebensmittelvergiftungen auftreten und äußerst gefährlich werden können. Ist er damit umgebracht worden?«

Vogel nickte nur.

»Schauen Sie«, sagte Schönfelder mit süffisantem Lächeln, »ein plastischer Chirurg hätte sicherlich ›Clostridium botulinum‹ benutzt, das ist genauso wirksam und für ihn ganz einfach zu beschaffen. Wenn Sie mich jetzt entschuldigen würden, ich habe heute leider sehr viel zu tun.«

Nachdem Schönfelder den Raum verlassen hatte, schaute Vogel seinen Kollegen mit gerunzelter Stirn an.

»Jetzt warten wir auf den Meister und fragen ihn nach den Operationsunterlagen von der Rost. Wenn der Schönfelder das damals verhunzt hat, wäre das doch ein Motiv.«

»Es ist halt schon ein bisserl lang her – dein Motiv …«

»Vielleicht kamen solche Sachen ja öfters vor – und irgendwann ist dem Schönfelder dann der Kragen geplatzt. Dieser Bursche gefällt mir nicht. Bei der Kernfrage, ob er vom Treiben des Bilovic gewusst hat, ist er ausgewichen. Ich sage dir, der ist der sechste Name für den Würfel vom Nekro. Außerdem macht mich diese ewige Beinwipperei nervös.«

Geistesabwesend stopfte sich Vogel eine frische Pfeife, als der ärztliche Direktor wieder sein Zimmer betrat.

»Ah, die Herren sind noch hier«, sagte er freundlich, »kann ich Ihnen irgendwie behilflich sein?«

»Ja, das können Sie«, antwortete Vogel, während er die gestopfte Pfeife rasch in die Tasche seines Sakkos gleiten ließ, »gibt es noch Unterlagen von den Operationen, die vor etwa zehn Jahren hier durchgeführt wurden?«

»Wenn Sie den Namen von dem Patienten kennen, dafür haben wir eine Kartei.«

Es dauerte nicht lange, bis Meister die Seite in seinem Computer gefunden hatte, zu dem die neugierigen Kriminalisten inzwischen getreten waren.

Der durchführende Chirurg war tatsächlich Schönfelder gewesen.

Als Vogel den ärztlichen Direktor über die Hintergründe seiner Frage aufklärte, zeigte sich dieser äußerst erstaunt.

»Könnte es vielleicht sein, dass Schönfelders Karriere durch einen solchen Kunstfehler behindert worden ist?«, fragte nun Walz den Arzt.

»Warten Sie, wir können ja in seine Personalakte schauen, ich bitte Sie nur, ein wenig vom Computer zurückzutreten, da diese dem Datenschutz unterliegt.«

Nachdem sich die beiden wieder hingesetzt hatten, informierte sie Meister, dass keinerlei Auffälligkeiten oder diesbezügliche Einträge vorhanden seien.

»Wir Ärzte sind halt auch nur Menschen und Formschwankungen unterworfen. Ob jetzt die Haut eines operierten Armes in ihrer ursprünglichen Schönheit erstrahlt oder eine auffällige Narbe zurückbleibt, beeinträchtigt keine ärztliche Laufbahn. Bei einem Beruf, wo es täglich um Leben oder Tod geht, sind solche bedauernswerten Lappalien, und um eine solche handelt es sich hier schließlich, vernachlässigbar. Ich weiß nur, dass Kollege Schönfelder ein ausgezeichneter plastischer Chirurg ist.«

»Sie halten es also für ausgeschlossen, dass der Täter aus den Reihen Ihres Personals stammen könnte?«

Meister lehnte sich in seinem Sessel zurück, faltete die Hände, bevor er feierlich sagte:

»Man steckt natürlich in keinem Menschen drin, und wir selbst erwischen uns manchmal bei Dingen, die wir uns nie zugetraut hätten. Das wird bei Ihnen nicht anders sein, meine Herren. Aber für meine Ärzte lege ich die Hand ins Feuer. Nach meinem Dafürhalten ist es völlig ausgeschlossen, dass irgendeiner meiner Kollegen damit etwas zu tun hat.«

»Gilt dies auch für das Pflegepersonal?«

»Das fällt, wie schon erwähnt, in den Bereich von Schwester Rosemarie. Ich selbst kann nur für die Ärzteschaft sprechen. Aber auch die Oberschwester, die ich natürlich danach fragte, kann es sich nicht vorstellen, wenn sie auch einschränkte, dass es ihr unmöglich sei, für jeden Einzelnen von ihnen zu bürgen. Dazu sind es einfach zu viele.«

»Heißt das, sie äußerte möglicherweise einen Verdacht?«, fragte Vogel interessiert.

»Das heißt, dass sie eine solche Tat bei dem Pflegepersonal nicht ausschließen kann, weil sie nicht in jeden von ihnen hineinschauen kann, dazu sind es einfach zu viele. Mehr nicht. Wenn Sie mich jetzt bitte entschuldigen würden.«

Nachdem die beiden aus dem Ausgang herausgetreten waren, atmete Walz hörbar durch.

»Heißt ein Krankenhaus eigentlich so, weil man darin krank wird? Ich weiß nicht, ich fühl' mich schon ganz elend«, rief er aus, während Vogel die Pfeife aus der Tasche seines Sakkos angelte. »Ich sage dir, aus denen kriegen wir nichts raus, die halten eisern zusammen.«

»Ist ja auch verständlich, bei uns ist das ja ganz genauso – oder würdest du mich anzeigen, wenn ich etwas Unerlaubtes tun würde?«

Walz sah seinen Freund von der Seite an und grinste diabolisch.

»Sicherlich nicht, denn wie sagte doch einst unser vortrefflicher Karl Kraus: *Ein Polizist nimmt es meistens übel, wenn man ihn in eine Amtshandlung einmengt.* Eines allerdings irritiert mich an der ganzen Sache. Wenn die den Bilovic hätten loswerden wollen, dann hätte es doch genügt, ihm ganz einfach zu kündigen und vielleicht noch damit zu drohen, ihn wegen Amtsanmaßung anzuzeigen. Das hätte möglicherweise für einen Aufruhr gesorgt, aber mit den Beziehungen, die der Meister hat, wäre das alles doch eher auf Altösterreichisch im Stillen vonstatten gegangen. Bestenfalls hätte es vielleicht eine interne Untersuchung gegeben. Die Schlagzeilen, die dieser Mord jetzt aufwirft, kann doch eigentlich niemandem in der Ärzteschaft gelegen kommen.«

»Das stimmt schon«, sagte Vogel, während er eine mächtige Rauchwolke ausstieß. »Und wenn einer dem Meister ein Ei legen wollte?«

»Und dafür jemanden umbringt? Ich weiß nicht so recht … Das hätte er auch einfacher haben können. Ein gezielter Tipp an unsere U-Bahn-Zeitung über die Zustände in Sankt Johann, und schon wäre des Volkes Zorn über unseren Feschak hereingebrochen. Dankbar über einen neuen Quotenbringer hätten sich dann auch die anderen Zeitungen auf ihn gestürzt und über die dunklen Seiten seiner Seele berichtet … Das wäre dann ein richtiger Rachefeldzug geworden. Also, ich glaube, dass wir die Ärzteschaft ausklammern können … Viel eher sollten wir uns noch einmal in dem näheren Umfeld von Irmgard Rost umhören. Die seltsame Reaktion der Elisabeth, die gleich mit dem Anwalt drohte … Und vor allem, warum wollte sie unbedingt die Obduktion? Ihre Begründung erschien mir doch recht lahm.«

»Auch unseren Sängerknaben sollten wir nicht ganz

vergessen … Vielleicht war die zur Schau gestellte Gleichgültigkeit nur eine große Show, er ist ja schließlich Schauspieler, wenn auch ein singender. Im Geheimen weint er den ganzen Tag um sein armes Mutterl … Wir warten jetzt einfach auf den Befund vom Nekro, und nachdem wir erfahren haben, wessen Spuren sich in der Wohnung vom Bilovic finden, werden wir demjenigen einen Besuch abstatten. Da wir heute Abend eh genug zu tun haben werden, fahre ich jetzt zum Naschmarkt, hole die Hühnerherzen für die Emily ab und fahre damit nach Hause. Dann geh ich mit ihr anständig äußerln, und kann mich dann ruhigen Gewissens wieder mit dir treffen, wenn der Nekro uns seinen Befund liefert.«

Walz widersprach nicht.

Zu sehr reizte ihn doch die Möglichkeit eines Treffens mit Clara, die er sogleich anzurufen beschloss.

10. KAPITEL (DONNERSTAG)

In der Wohnung von Clara Montero herrschte ein heilloses Durcheinander.

Obwohl sie mit ihren 90 Quadratmetern nicht gerade klein zu nennen war und man eigentlich meinen sollte, dass sie für eine einzelne Person ausreichenden Platz böte, gestattete sie dem Besucher doch nur eine sehr eingeschränkte Bewegungsfreiheit.

Es war einfach alles zugestellt.

Das Vorzimmer ihrer Altbauwohnung wurde von einer mächtigen Thonet-Garderobe dominiert, deren Funktionalität ihrer Schönheit weit untergeordnet war und an die Zeiten erinnerte, als der durchschnittliche Bürger noch mit einem Mantel pro Jahreszeit auskam. Der Vielzahl an Überkleidern der modebewussten Clara zeigte sie sich jedoch nicht einmal ansatzweise gewachsen, so dass einige etwas planlos herumstehende Sessel, die mit zahlreichen Überziehern und Capes beladen waren, den Weg zum Wohnbereich erheblich einschränkten. Zu allem Überfluss befand sich an der der Garderobe gegenüberliegenden Wand noch ein riesiges, von Büchern und Magazinen überquellendes Regal von beträchtlicher Tiefe, so dass nur mehr ein schmaler Weg frei blieb, der zu den durch zwei Türen vom Vorraum getrennten Wohnräumen führte.

Im Salon, hinter der linken Türe und gegenüber der kleinen Küche, sah es um nichts besser aus. Der eigentlich große Raum wurde rechterhand von einem alten braunen Flügel dominiert, dessen Länge fast die

Hälfte des Zimmers ausfüllte. Unzählige Bücher und Noten, die darauf platziert waren, deuteten darf hin, dass das Instrument schon längere Zeit seine eigentliche Bestimmung verloren hatte und nur mehr als Ablage diente. Den restlichen Teil des Zimmers teilten sich eine ebenfalls von Thonet stammende Sitzgruppe sowie ein alter Bücherschrank, durch dessen gläserne Türe unschwer zu erkennen war, dass in ihm all das Platz fand, was nirgendwo anders verstaut werden konnte. Den verbliebenen Raum füllte ein CD-Regal von enormem Ausmaß, wo neben unzähligen Tonträgern auch eine exklusive Audioanlage ihren Platz hatte. Seltsamerweise schien darin eine geradezu penible Ordnung zu herrschen.

»Ja, bei mir schaut es immer ziemlich aus, da kann ich machen, was ich will. Am besten wäre es wohl, jedes Jahr umzuziehen. Da hätte ich eine Motivation, endlich einmal auszumisten. Aber ich bringe es einfach nicht fertig, Dinge wegzuwerfen, so nutzlos sie auch sein mögen. Alles hier hat irgendwie seinen Erinnerungswert«, erläuterte Clara leichthin, als sie die etwas ratlose Miene unseres doch so ordentlichen Walz sah.

»Du brauchst dir keine Sorgen zu machen, ich bin nicht zu dir gekommen, um aufzuräumen …«, sagte Walz heiter, während er Clara leicht zu sich heranzog.

»Nicht? Da bin ich aber beruhigt«, gurrte sie leise und gab seinem Drängen bereitwillig nach, so dass er ihre üppigen Formen, von denen er sich bislang nur per Augenschein überzeugt hatte, endlich auch körperlich erfahren durfte. Walz, dessen Schönheitsideal sich bislang stets an sehr schlanken Damen orientiert hatte, war im ersten Moment völlig überrascht von der weichen

Anschmiegsamkeit, mit der er es hier zu tun hatte. Hier stieß man sich an keinen harten Knochen, bei denen man Gefahr lief, bei zu stürmischer Inanspruchnahme blaue Flecken davonzutragen. Bei Clara war es vielmehr die warme Fülle des Fleisches, die ihn zuerst empfing und dann umgab, und mit einem Mal begriff er, warum sein neben Karl Kraus zweiter Hausgott Heimito von Doderer in seinem Buch »Die Dämonen«, das nach den Intentionen des Autors ursprünglich eigentlich »Dicke Damen« heißen sollte, so sehr von diesen schwärmte.

Aufgrund dieser für ihn völlig neuen Erkenntnis war die Entscheidung gefallen.

Er musste mit ihr ins Bett – und zwar sofort!

Die sonst stets vorhandene Vernunft, entstanden durch jahrelange schmerzvolle Erfahrung, blieb diesmal außen vor. Sie war in der puren Sinnlichkeit, die diese Frau ausstrahlte, buchstäblich ersoffen.

»Wo ist hier das Bett?«, knurrte er, als er zwischen leidenschaftlichen Küssen kurz zu Atem kam.

Clara lachte heiser und zog ihn in das angrenzende Zimmer, das von einem geräumigen Himmelbett dominiert wurde. Durch die halb zugezogenen Vorhänge kam nur wenig Tageslicht durch die Fenster, sehr zum Bedauern von Walz, dessen Lüsternheit üblicherweise auch durch eine gehörige Portion Voyeurismus genährt wurde. Doch selbst das war ihm im Moment völlig gleichgültig. Er wollte sich nur noch in ihr Fleisch vergraben, in ihren Brüsten ertrinken und seinen Verstand verlieren.

Clara war es recht.

Bereitwillig ließ sie sich von ihrem vor Begierde geradezu bebenden Besucher entkleiden. Nur gelegentlich beruhigte sie den Rasenden, der ihr am liebsten die Kleider vom Leibe gerissen hätte. Als es ihm nach einiger Nestelei endlich gelungen war, ihren Büstenhalter zu öffnen, brachen sich zwei prachtvolle Wonnekugeln Bahn, zwar durch ihre schiere Größe den unerbittlichen Gesetzen der Gravitation unterworfen, doch durch ihre warme Weichheit dazu angetan, Walz den letzten Funken an Verstand zu rauben. Mit einem lustvollen Grunzen vergrub er sein Gesicht in die nach schwerem Parfüm duftenden Brüste und ließ es vorderhand völlig in ihnen verschwinden.

Sie ließ ihn jedoch nicht allzu lange gewähren. Mit einem glucksenden Lachen und schwer atmend entzog sie sich ihm.

»Meinst du nicht, wir sollten es uns erst einmal ein wenig bequemer machen?«, fragte sie ihn mit einem lüsternen Grinsen, das nicht gerade dazu angetan war, Walz von seinem Vorhaben abzubringen.

Tatsächlich saßen sie auf der Bettkante und der Inspektor war noch zur Gänze angezogen, selbst sein Sakko hatte er anbehalten.

Laut grunzend warf er es von sich und riss sich das Hemd vom Leibe, während Clara mit geradezu aufreizender Lässigkeit den Gürtel seiner Hose öffnete.

Doch Walz war nicht in der Stimmung, sich die Initiative entreißen zu lassen.

Fast barsch unterbrach er ihre Bemühungen und stieß sie nach hinten um, um seinerseits ihre Hose zu öffnen und ihr diese vom Leib zu streifen, wobei sie kichernd und einem riesigen Käfer nicht unähnlich auf dem Rücken zu liegen kam. Als sie nun in gänzlicher Nacktheit vor ihm lag, kannte Walz kein Halten mehr. Mit einem raschen Handgriff riss er seine Hose hinunter, schlackerte kurz mit den Beinen, um sie von sich zu schütteln und vergrub sich mit einem brünstigen Stöhnen in ihren Unterbauch. Begierig sog er den schweren Duft ihrer Haut in sich auf, der sich so grundlegend von seinen bisherigen Erfahrungen unterschied, hatte Walz sein Augenmerk doch bislang ausschließlich auf blonde Frauen gelegt, die auch olfaktorisch von dem dunklen Typ einer Clara in erheblichem Maße abwichen.

Nach einiger Zeit ging ihr schweres Atmen in ein immer mehr anschwellendes Stöhnen über, ihr ganzer Körper bog sich leicht nach oben, gerade so, als wolle er sich dieser liebevollen Behandlung entziehen. Erbarmungslos setzte Walz seine Zärtlichkeiten fort, bis sich Clara endlich mit einem Schrei entlud, der in seiner Lautstärke sicherlich beachtlich ausgefallen wäre, hätte sie ihn nicht mit ihrer Rechten, die sie vor ihren Mund geschlagen hatte, zu unterdrücken versucht.

Als die wellenartigen Konvulsionen ihres Körpers nachgelassen hatten, ließ er zufrieden von ihr ab und wandte sich lächelnd ihrem schönen Gesicht zu.

Und schön war es tatsächlich, wie ihr die Strähnen des dichten Haars, wie sie über das Antlitz fielen, als sie ihn überrascht und dankbar ansah, leicht den Kopf schüttelnd über eine solche Fürsorge. Ja, Clara wusste die Ritterlichkeit unseres Walz wohl zu schätzen.

»Puh, das war heftig«, sagte sie fast entschuldigend und noch immer schwer atmend, während sie ihm zärtlich über den Kopf strich. »Und was ist mit dir?«

»Das ist vorderhand nicht so wichtig – weißt du,

wir Männer haben ja nur einen Schuss pro Stunde und danach sind wir waffenlos. Ihr habt da ja mehrere Möglichkeiten.«

»Also, waffenlos würde ich das nicht gerade nennen. Brauchst du für deine Zunge eigentlich keine polizeiliche Lizenz? Und was dein herkömmliches Schießgerät angeht, du hast es ja noch gar nicht eingesetzt. Außerdem hast du mir noch nicht einmal die Möglichkeit gegeben, es überhaupt anzuschauen.«

Zärtlich griff sie nach seinem Geschlecht und massierte es mit leichtem Druck, während sie langsam an Walz herabglitt. Doch der ließ sie nicht allzu lange gewähren, und zog sie schon nach wenigen Augenblicken behutsam zu sich hinauf.

Fragend schaute sie ihn an, worauf er sie liebevoll auf den Mund küsste.

»Gefällt es dir nicht?«, fragte sie mit treuherzigem Augenaufschlag.

»Du stellst Fragen …«, antwortete er lachend.

Die beiden liebten sich in einer Weise, wie es eben zwei Menschen tun, die sich zum ersten Male nahe kommen, und beim anderen den besten Eindruck hinterlassen wollen.

Als sie endlich ermattet voneinander abließen, und sich zärtlich ineinander verschlungen dem postkoitalen Halbschlaf hingaben, wurden sie bald von Claras penetrant läutendem Mobiltelefon geweckt.

»Lass es klingeln, ich habe heute meinen freien Tag«, sagte sie verschlafen. »Bist du eigentlich noch im Dienst, mein Liebling?«

Die zärtliche Anrede, die nun zum ersten Male zwischen ihnen gefallen war, sowie der hinreißende Anblick, den seine liebessatte und vom Schlaf noch warme Partnerin bot, ließen Walz innerlich aufjauchzen. Selig ließ er seine Gedanken schweifen, die sich nach einem solch leidenschaftlichen Liebesakt besonders zahlreich einfanden.

Doch es waren nicht nur angenehme Empfindungen, die ihn beschäftigten.

Trotz des großen Glücks, das er in diesem Moment wohl zu Recht empfand, war er versucht, nach diesem rauschhaften Beisammensein die Unvernunft seines Verhaltens zu konstatieren. Die Gründe für diese für einen Außenstehenden wohl schwer zu verstehenden Gedankengänge waren in seinen bisher gemachten Erfahrungen in Liebesdingen zu finden, die vor allem in den letzten Jahren nicht die besten gewesen waren. Er hatte einfach Angst vor einer erneuten tiefen Verletzung durch eine Verbindung, in die er sich mit all seinen Empfindungen einließ und die sich dann letztendlich doch nur als illusionär erweisen sollte.

Doch Clara enthob ihn vorderhand von seinen schwermütigen Gedanken. Nachdem sie ihm zärtlich über das Haar gestrichen hatte, küsste sie ihn auf die Nase und sagte fröhlich:

»Ich mach' uns jetzt erst einmal einen Kaffee. Dann kannst du mir auch gleich erzählen, welche Bewandtnis es eigentlich mit deinem überraschenden Besuch hatte. Oder habe ich deine Fragen schon beantwortet?«, fügte sie schalkhaft hinzu.

»Das hast du tatsächlich – ich wollte dich einfach nur sehen«, stotterte er nach einer innigen Umarmung, wobei ihn seine ungewohnte Offenherzigkeit mit einem leichten Schrecken erfüllte. Hatte er sich nicht gerade geschworen, dieses Mal vorsichtiger zu sein?

Aber Claras Reaktion zerstreute sofort seine Gedanken.

»Eine solche Antwort habe ich erhofft. Mit Milch und Zucker? Und ein wenig Musik?«, fragte sie fröhlich, während sie sich ihm geschickt entzog und in anmutiger Nacktheit das Zimmer verließ.

»Ja, aber bitte nichts mit einem Countertenor«, rief er ihr hinterher, was sie mit einem glucksenden Lachen quittierte.

Schon bald vermischten sich Walzens glückliche Gedanken mit den herrlichen Klängen von Berlioz' »Romeo et Juliette« und, nach den vielversprechenden Geräuschen einer Espressomaschine, mit dem anregenden Duft von frisch gebrühtem Kaffee.

»Warum? Magst du Florian etwa nicht?«, fragte sie ihn mit einem schelmischen Lächeln, während sie auf einem kleinen Tablett zwei Tassen Kaffee, eine Zuckerdose und ein Kännchen mit geschäumter warmer Milch hereinbalancierte.

»Darf ich ehrlich sein?«, fragte er sie, während sie die Getränke auf das Bett stellte, und dabei Walz aufreizend ihre Brüste präsentierte. Doch seine dahin gehenden Gedanken wurden sogleich durch den ernsten Ausdruck auf ihrem Gesicht unterbrochen.

»Eins will ich unserer Romanze oder was immer sich einmal daraus entwickeln mag, gleich voranstellen: Sei bitte immer ehrlich zu mir. Für Unwahrheiten ist unser Leben zu kurz und eine Liebe zu kostbar.«

»Besser hätte ich es auch nicht ausdrücken können … Nein, offen gestanden mag ich ihn nicht besonders. Er ist sicherlich ein guter Sänger und hat wahrscheinlich noch eine große Karriere vor sich, aber seine selbstgefällige Art geht mir gehörig auf die Nerven. Er benimmt sich schon jetzt wie eine alternde Operndiva. Und das passt einfach nicht zusammen. Ich weiß, dass ihr befreundet seid, und ich werde mich ihm gegenüber auch immer dementsprechend verhalten, aber mögen muss ich ihn deshalb nicht – oder kränkt dich das?«

»Nein, die Frage war nicht ganz ernst gemeint, deine Einstellung zu ihm hast du nach seinem Konzert ja auch deutlich zum Ausdruck gebracht. Ich verstehe dich ja. Wenn er jemanden nicht näher kennt, glaubt er immer, sich wie weiß Gott wer präsentieren zu müssen. Aber das ist nichts anderes als überspielte Unsicherheit, glaube mir. Das Leben hat es nicht immer gut gemeint mit ihm.«

»Dafür macht er aber einen ziemlich selbstzufriedenen Eindruck«, brummte Walz, während er behutsam Milch in seinen Kaffee goss. »Er hat ja auch allen Grund dazu. Er schaut gut aus, und wie es scheint, ist er auch in seinem Beruf ziemlich erfolgreich. Vielleicht hat er es mit seiner Mutter nicht so gut getroffen, aber wenigstens hat sie ihm den Gefallen getan, früh zu sterben und ihm viel Geld zu hinterlassen … Zumindest habe ich den Eindruck gehabt, als wir ihn damit konfrontierten, dass seine Mutter keines natürlichen Todes gestorben sei, hat ihn das völlig kalt gelassen.«

»Das wundert mich nicht … Ich fürchte, das Geld ist nicht alles, was sie ihm hinterlassen hat. Ich habe das Gefühl, dass Florian eigentlich dringend einer Therapie bedarf. Seine Minderwertigkeitskomplexe, und auf nichts anderes deutet sein großspuriges Verhalten hin, kommen ja nicht von ungefähr«, nachdenklich trank sie einen Schluck Kaffee und fuhr dann zögernd fort. »Du musst wissen, dass seine Mutter, die sich auf emotionaler Basis ja herzlich wenig um ihn gekümmert hat, ihren ganzen Ehrgeiz in seine Singerei gesetzt hat. Wenn er zum Beispiel am Wochenende einmal wie jeder normale Junge Fußball spielen wollte, hat sie es ihm nicht erlaubt, wenn er nicht vorher zwei Stunden Stimmübungen gemacht hatte. Dazu musste er noch weitere zwei Stunden Klavier üben. Und das täglich, auch am Wochenende. Nach der dritten Absage haben ihn dann seine Freunde eben nicht mehr gefragt. Mit dem Ergebnis, dass Florian bald keine Spielkameraden mehr hatte. So kann sich ja kein Junge normal entwickeln.«

Geräuschvoll stellte Walz seine Tasse ab und stützte sich auf seinen Ellenbogen.

»Das ist leider das Schicksal vieler Wunderkinder. Er ist wenigstens in seinem Beruf erfolgreich, aber stell dir vor, er wäre es nicht, was würde dann übrig bleiben? Eine wandelnde Neurose. Hat ihn der Tod seiner Mutter wirklich so wenig berührt, oder war das vorhin alles nur Schauspielerei?«

Nach kurzem Nachdenken schaute Clara ihm zärtlich in die Augen, woraufhin er sie einfach küssen musste.

Von seinem Standpunkt aus gesehen hätte sie auch erst in einer Stunde antworten können.

»Natürlich war er bekümmert«, sagte sie unbeeindruckt von Walzens Werbungsversuchen, »aber trotz allem habe ich bei ihm auch eine Befreiung gespürt. Er wirkte plötzlich viel gelöster auf mich. Ich hatte fast den Eindruck, dass mit ihrem Tod ein ungeheurer Druck von ihm abfiel. Du musst wissen, dass sie seine schöne Stimme allein als ihr Verdienst betrachtete und davon träumte, ihren Sohn eines Tages durch die Welt zu begleiten, um ihn auf allen Opernbühnen bewundern zu können. Je mehr sie sich in diesen Gedanken vernarrte, desto größer wurde der Druck auf Florian. Jedem erzählte sie davon, wie sie eines Tages seine Triumphe erleben würde, als wäre all das ausschließlich ihr Verdienst. Nach einem Gespräch mit seinem Lehrer, mit dem sie natürlich auch darüber geredet hatte, war sie ziemlich konsterniert, als er ihr mitteilte, dass es nicht zwingend sein müsse, dass er nach dem Stimmbruch seine schöne Gesangsstimme behalte.«

»Das war ihr nicht klar gewesen?«, fragte Walz überrascht. »Das weiß doch jeder, der sich auch nur ein wenig in diesem Metier auskennt.«

»Ja, aber sie glaubte ihm nicht und behauptete allen Ernstes, dass nur ein unfähiger Pädagoge so etwas behaupten könne. Sie machte bei den Sängerknaben einen solchen Aufstand, bis ihr schließlich nahegelegt wurde, Florian von der Schule zu nehmen. Das wollte sie dann doch nicht. Du ahnst ja nicht, wie sie war. Wenn sie einmal von einer Idee besessen war, gab es niemanden, der sie davon abbringen konnte. Sie ist einmal einem Tenor, über den von irgendjemandem behauptet wurde, er singe den berührendsten Cavaradossi seit Domingo in seiner besten Zeit, nach Sydney hinterher gereist, obwohl ich den Sänger selbst einmal in Linz in dieser Rolle gehört habe und ihr versicherte, dass diese Behauptung der größte PR-Coup seit dem Penisbruch von Dieter Bohlen sei. Er war nicht einmal durchschnittlich gewesen damals, mit einer flatterigen Höhe und dem Darstellungstalent eines Holzklotzes.

Sie war aber davon nicht abzubringen und ist dann tatsächlich nach Australien gereist. Über 20 Stunden Flug für einen Sänger, dessen Qualität nicht einmal für die Volksoper gereicht hätte! Aber so war sie eben«, setzte sie seufzend hinzu.

»Und hat sie es dann wenigstens zugegeben, dass es ein Reinfall war?«

»Natürlich nicht! Ich habe sie zwar danach gefragt, aber sie hat mir keine Antwort darauf gegeben. Manchen Menschen fällt es eben schwer, Fehler einzugestehen«, sagte sie achselzuckend. »Und wenn man einen solche Menschen zufälligerweise zur Mutter hat, dann ist es kein Wunder, dass man kein Selbstvertrauen entwickeln kann.«

»Über den Bilovic hat er sich auch nicht sehr schmeichelhaft ausgelassen.«

»Das wundert mich nicht«, sagte Clara lachend. »Für zwei Egozentriker solchen Grades wäre jedes Zimmer zu klein.«

»Ich gelobe es«, sagte Walz feierlich, »das nächste Mal werde ich sehr freundlich zu ihm sein und ihm auch ganz gewiss bei seinem nächsten Arienabend zujubeln. Gibt es, abgesehen von dem Mangel an Fußballkameraden, eigentlich irgendjemanden, der mit ihm befreundet ist oder gar eine intime Beziehung zu ihm unterhält?«

»Das ist schon seltsam, über sein Sexualleben weiß ich eigentlich gar nichts. Obwohl ich ihn wahrlich schon lange kenne, habe ich ihn niemals in einem zärtlichen Umgang mit einem Mädchen oder einem Burschen gesehen. Er hat mir auch niemals etwas darüber erzählt, obwohl wir uns doch gut kennen. Selbst wenn ich ihn einmal scherzhaft danach gefragt habe, als ältere Freundin wohl gemerkt, ist er mir immer ausgewichen. Ich weiß nicht einmal, ob er homo oder hetero ist.«

»Das ist wirklich eigenartig«, sagte Walz nachdenklich. »Für solch einen Mann, gefeierter Sänger, blendend aussehend – da müsste sich doch jemand finden … Vielleicht ist er ja auch impotent.«

»Das wäre doch heutzutage kein Problem mehr … Nein, das glaube ich nicht. Möglicherweise ist seine Scheu vor einer Partnerschaft auch eine Hypothek, die er von seiner Mama mitbekommen hat. Bindungsunfähigkeit. Auf jeden Fall verbringt er ziemlich viel Zeit mit unserem Blümchen-rühr-mich-nicht-an, der Elisabeth, wenn er in Wien ist. Ob da mehr ist als eine Freundschaft – das müsstest du doch eigentlich besser wissen …«, setzte sie keck hinzu.

»Das würde allerdings einiges erklären … Was auch immer hinter meinen vergeblichen Werbeversuchen gesteckt haben mag, ich bin sehr froh, dass es so gekommen ist«, antwortete er lächelnd, während er feierlich das Tablett auf den Boden legte und sich über Clara beugte.

Doch schon bald wurde das innige Beisammensein von Walzens Mobiltelefon gestört.

Eigentlich wollte er den Anruf ignorieren, doch leider hatte sein Handy die nervtötende Eigenschaft, alle 30 Sekunden einen Signalton von sich zu geben, der den geschätzten Eigner daran erinnerte, dass er leider einen Anruf verpasst hatte.

Nach drei Minuten gab Walz auf.

»So kann man ja nicht arbeiten«, brummte er verärgert und ließ von seiner Geliebten ab.

Bis er endlich unter ständigem Grunzen in dem von ihm verursachten Kleiderberg seine Hose gefunden hatte, in deren rechter Tasche sein Telefon verborgen war, war seine vordem prangende Männlichkeit in sich zusammengefallen.

»Jetzt kannst du auch gleich nachschauen, wer dich so dringend sprechen wollte«, schlug Clara angesichts der eingebüßten Wehrhaftigkeit ihres Liebhabers vor.

»Der Kajetan war's, wer sonst. Es gibt eben Menschen, die immer zum falschen Zeitpunkt anrufen …«, sagte er verärgert, nachdem er auf das Display geschaut hatte.

»Du solltest zurückrufen«, sagte sie fürsorglich, »vielleicht ist es ja dringend.«

Ohne die hinterlassene Nachricht abzuhören, ging er mit einem zustimmenden Brummen ins Nebenzimmer.

Erwartungsvoll sah ihn Clara an, als er nach einiger Zeit von dort zurückkehrte.

»Langsam beginnt die Sache spannend zu werden. Von Elisabeth wurden jede Menge Spuren in Bilovics Schlafzimmer gefunden …«

Nachdem ihr diese Überraschung offensichtlich die Sprache verschlagen hatte, fuhr er fort:

»Wenn wir davon ausgehen, dass er mit ihr nicht gerade eine Wohnungsführung unternommen hat, bleiben eigentlich nicht mehr viele Erklärungen übrig. Sei mal ehrlich, von Frau zu Mann, kannst du dir unsere keusche Elisabeth in den Armen eines serbischen Wüterichs vorstellen?«

»Nein, eigentlich nicht, das wäre zumindest nicht die Elisabeth, die ich kenne«, antwortete Clara nach kurzem

Nachdenken. »Aber wäre es nicht möglich, dass er ihr vielleicht etwas im Schlafzimmer gezeigt hat. Nicht das, was du denkst«, fuhr sie nach einem kurzen Seitenblick auf Walz in einer anderen Stimmlage fort, »wie kann man nur so fixiert sein – ich dachte eher an ein Bild, das dort hängt. Eine andere Möglichkeit wäre auch, dass er vielleicht bettlägerig war und sie ihm einen Krankenbesuch abgestattet hat. Ihr Polizisten müsst nicht immer nur das Schlechteste von den Menschen annehmen, nur weil ihr dauernd mit Verbrechen zu tun habt.«

Nachdenklich schaute Walz Clara an.

»Das bringt leider unser Beruf mit sich … Außerdem hängt in seinem Schlafzimmer kein Bild, das ist völlig verspiegelt. Wir müssen sie eh noch einmal befragen. Ich habe Kajetan versprochen, mit ihr einen Termin auszumachen. Zwei kurze Anrufe noch?«

Nach ihrer einladenden Handbewegung griff Walz erneut zu seinem Mobiltelefon.

»Liebe Elisabeth, könnten wir uns vielleicht noch einmal treffen heute Abend? – Ja, es sind noch einige Fragen offen, bei denen du uns möglicherweise helfen könntest. – Nein, du brauchst keinen Anwalt. – Bei dir? – Nein, so früh geht es leider nicht, sagen wir, um 20 Uhr? – Danke, bis später.«

»Die ist schon eine Zicke«, meinte Walz nach dem Telefonat und verdrehte die Augen, »glaubt, einen Anwalt hinzuziehen zu müssen. Jetzt muss ich nur noch dem Kajetan eine SMS schreiben, dass sie leider erst um 20 Uhr Zeit hat, und dann komme ich wieder zu dir zurück. Meine unendlich weise Großmutter hat immer gesagt, eine begonnene Arbeit muss man zu Ende führen, welche Hindernisse sich auch immer auftun, sonst wäre es völlig sinnlos, sie überhaupt begonnen zu haben.«

Von dieser familiären Lebensweisheit bestärkt, dauerte es nicht lange, bis Walz sich wieder in den Armen seiner Clara fand.

11. KAPITEL (DONNERSTAG)

Es war schon zehn Minuten nach 20 Uhr, als Kajetan Vogel schwer atmend vor dem Haus von Elisabeth in der Porzellangasse ankam, wo ihn Walz fröstelnd erwartete.

»Eine elende Parkplatzsucherei ist das hier«, schimpfte Vogel laut, »jetzt bin ich doch fast eine Viertelstunde herumgefahren. Das ist vielleicht ein Scheiß-Tag heute.«

»Wärst halt mit der Straßenbahn gekommen …«, antwortete Walz gut gelaunt. »Da brauchst dir wenigstens keine Sorgen um Parkplätze oder irgendwelche depperten Autofahrer zu machen …«

»Um dort genauso depperte Leute zu treffen, denen ich dann nicht einmal meine Meinung sagen kann? Nein, danke. Da bin ich lieber alleine in meinem Auto und kann wenigstens ungeniert schimpfen. Für heute hab' ich eh schon genug von meinen verehrten Mitbürgern. Eines sag' ich dir, ich kann für nichts garantieren, wenn sich die Marthaler auch nur ein bisserl blöd anstellt.«

Vogel bebte vor Wut.

»Was ist denn passiert? Vorhin warst du doch noch ganz vergnügt …«, fragte Walz verwundert.

»Ich sag's dir, es ist einfach unglaublich, was es für Leute gibt«, sagte er, während er wild mit seinen Armen herumfuchtelte. »Vorhin geh' ich mit der Emily äußerln. Ich hab' sie noch an der Leine gehabt, als da doch ein frei laufender Schäferhund daherkommt und wütend auf sie losgeht. Ich brülle dessen Herrl an, er soll seinen

Köter gefälligst an die Leine nehmen oder ihm wenigstens einen Beißkorb umhängen. Weißt, was der geantwortet hat? Der will doch nur spielen, ich soll mich nicht so haben. Als diese Töle dann noch die Zähne gefletscht hat und sich gerade auf meinen Hund stürzen will, hab' ich dem Köter halt einen Tritt versetzt, damit er endlich abhaut.«

Missbilligend verzog Walz sein Gesicht.

»Ob das der richtige Weg ist … hat's wenigstens was geholfen?«

»Schon, er ist winselnd davon … Ja, was hätte ich denn machen sollen? Das ging alles so schnell, dass es eigentlich nur ein Reflex war. Da hättest den Besitzer von dem Schäferhund sehen sollen. Beschimpft hat der mich, und dann hat er noch mit seinem Gacksackerl, das er noch in der Hand gehabt hat, nach mir geworfen …«

»Und hat er getroffen?«, fragte Walz, wobei er krampfhaft versuchte, den Anschein allzu großer Fröhlichkeit zu vermeiden.

»Ich hab's leider zu spät gesehen, weil ich mich grad' nach der Emily gebückt hab', um zu schauen, ob ihr was passiert ist«, antwortete Vogel mit einem verzweifelten Gesichtsausdruck. »Volltreffer! Meine ganze Jacke voller Hundescheiße … Eine Riesensauerei war das!«

Walz konnte sich gerade noch das Lachen verbeißen.

»Wenigstens hat er nicht dein Gesicht getroffen … Und dann?«

»Danke für dein Mitgefühl. Als wäre das nicht genug, hat der Kerl dann auch noch dreckig gelacht … Ich sag' dir nur eines, am Hund erkennst du den Charakter des Menschen. Und wer sich ohne eigene Herde einen Deutschen Schäferhund hält, ist eben selbst ein Schaf! Wie hättest du in einem solchen Falle reagiert?«

Vogel legte eine dramatische Pause ein und schaute seinen Kollegen herausfordernd an.

»Ich rechne mit dem Schlimmsten …«, sagte Walz mehr zu sich selbst.

»Was hätt' ich also deiner Meinung nach machen sollen? Ihm eine reinhauen? Die Puffn ziehen und bumm?«

Vogel machte eine wegwerfende Handbewegung.

»Bringt doch alles nur Scherereien. Das ist doch so ein Trottel gar nicht wert. Ich hab' einmal tief durchgeatmet, hab' die Emily gepackt, mich umgedreht und bin nach Hause gegangen«, sagte er nicht ohne Stolz.

»Bravo, Kajetanus meus, eine solche Weisheit hätte ich dir, offen gestanden, gar nicht zugetraut.«

»Ja, da schaust«, sagte er zufrieden. »Als ich aber so verdreckt nach Hause gekommen bin, fing das Drama erst richtig an. Da die Martina leider einen ausgeprägten Geruchssinn hat, kam sie sofort aus der Küche herausgestürzt, noch bevor ich die Jacke unauffällig entsorgen konnte. Zuerst ist sie auf den Hund los, weil sie gedacht hat, er hätte sich gewälzt. Die Emily hat aber ganz unschuldig getan, und so ist sie auf ihren im wahrsten Sinne des Wortes angeschissenen Gemahl aufmerksam geworden. Ich hab' zwar genauso unschuldig getan wie Emily, nur bei mir hat es nichts genutzt … Du kannst dir vorstellen, was da los war …«

Nach einem nach Mitleid heischenden Blick auf den amüsierten Walz, setzte er seufzend hinzu:

»Also, gehen wir es halt an, und reden mit der Marthaler. Übernimm bitte du die Befragung, ich hab' für heute wahrlich genug.«

Dieser Aufforderung hätte es nicht bedurft.

Die Wohnung Elisabeth Marthalers lag im linken Flügel eines typisch Wiener Doppelhauses, wie doch einige am Ende des 19. Jahrhunderts in der damals noch imperialen Hauptstadt von Mitgliedern der vornehmeren Gesellschaftsschicht gebaut worden waren. Nachdem sich Walz über die Türsprechanlage identifiziert hatte, wurde ihnen kommentarlos das reich verzierte gusseiserne Haustor geöffnet.

Nach einem kurzen Weg durch das prachtvolle Stiegenhaus, – ihre Wohnung lag im ersten Stock, der so genannten »Beletage« –, erreichten sie die Eingangstüre, wo sie schon erwartet wurden.

Marthaler war keineswegs erbaut über ihren späten Besuch, was sie den Herren auch sogleich mitteilte.

»Wir haben eigentlich 20 Uhr ausgemacht«, sagte sie unfreundlich, »und jetzt haben wir halb neun … Dabei ist es eh schon entgegenkommend von mir, dass ich meinen Feierabend für eine polizeiliche Vernehmung opfere.«

Vogel wollte gerade zu einer Entgegnung ansetzen, die sicherlich wenig zur Verbesserung des Gesprächsklimas beigetragen hätte, doch Walz fiel ihm geistesgegenwärtig ins Wort.

»Entschuldige die Verspätung, Elisabeth, aber auch wir opfern unseren Feierabend. Und es liegt doch wohl in unser aller Interesse, dass dieser Fall so schnell wie möglich abgeschlossen wird.«

»Wann ihr den Fall löst, das ist euer, und bestimmt

nicht mein Problem. Mir ist das eigentlich ziemlich egal«, antwortete sie mürrisch, während sie in das Innere der Wohnung voranging, wo sie von einem gut gekleideten etwa vierzigjährigen Mann empfangen wurden, der sie förmlich begrüßte.

»Das ist Herr Dr. Rominger, mein Anwalt und ein Freund von mir. Als ich ihm von unserer Unterredung heute Morgen erzählt habe, hat er sich spontan dazu bereit erklärt, unserem Treffen beizuwohnen.«

Rominger, der unterdessen wieder Platz genommen hatte, nickte ernst, sagte aber nichts.

»Das ist natürlich dein gutes Recht, Elisabeth«, sagte Walz, während er den Anwalt mit einer kleinen Verbeugung begrüßte. »Dann fangen wir doch gleich mit der Fragerei an: Wann hast du Bilovic eigentlich das letzte Mal gesehen?«

»O je, da muss ich nachdenken«, antwortete sie mit einem fast unmerklichen Zittern in der Stimme. »Irmgard war damals noch am Leben. Es wird auf einem Fest vor ungefähr zwei Monaten gewesen sein, anlässlich ihres Geburtstages.«

»War das das einzige Mal, dass du ihn getroffen hast?«

»Nein, das nicht«, sagte sie langsam, »aber da habe ich zum ersten Mal eine längere Unterhaltung mit ihm geführt. Bei verschiedenen Anlässen hatte ich ihn wohl schon öfter gesehen, aber wir wurden einander nie vorgestellt.«

»Habt ihr euch lange unterhalten?«

»Keine Ahnung«, sagte sie achselzuckend, »warum willst du das überhaupt wissen?«

»Je schneller du meine Fragen beantwortest, desto

schneller sind wir wieder draußen. Also, hattet ihr näheren persönlichen Kontakt an diesem Abend?«

»Mein Gott, nein«, antwortete sie gereizt. »Wir haben uns einfach ein bisschen unterhalten, mehr war da nicht.«

»Und danach habt ihr euch auch nicht mehr gesehen?«

»Nein«, sie schrie beinahe, »wie oft soll ich das noch sagen?«

»Schau«, sagte Walz ruhig, »unser Erkennungsdienst hat reichlich Spuren deiner DNA in Bilovics Schlafzimmer gefunden, und ich wollte dir die Chance geben, mir das zu erklären.«

»Wie Sie selbst wissen, können Spuren auch durch Kleidungsstücke, etwa durch ein Haar, das sich bei einer Unterhaltung vom Kopf meiner Mandantin gelöst hat, in die Wohnung gekommen sein«, mischte sich Rominger in das Gespräch ein. »Das allein ist noch kein Beweis, dass Elisabeth in der Wohnung dieses Herrn war.«

»Nach zwei Monaten? Der Bilovic muss aber eine lausige Putzfrau gehabt haben …«, mischte sich nun Vogel ins Gespräch. »Außerdem wurden, wie Sie ja hörten, etliche Spuren gefunden, oder leidet Frau Marthaler unter akutem Haarausfall?«

Hilfe suchend sah Elisabeth nun ihren Anwalt an, der ihr mit einer Kopfbewegung bedeutete, zusammen mit ihm ins Nebenzimmer zu gehen.

»Jetzt bin ich einmal gespannt …«, sagte Vogel behaglich, als die beiden den Raum verlassen hatten.

»Bin ich aber froh, dass es dir wieder besser geht, Kajetan … übrigens habe ich heute einen sehr netten Nachmittag verbracht und dabei einiges erfahren, was zur weiteren Steigerung deiner Laune beitragen könnte.«

»Da bin ich aber neugierig. Von wem denn? Erlebtest du gar einige lateinamerikanisch gefärbte Stunden, inklusive einer exklusiven Führung durch die Naturschönheiten von Atlantis?«

»Hast' nachher Lust auf ein Plauscherl? Dann erzähl ich dir was …«, schmunzelte Walz genießerisch.

Ihr angeregtes Gespräch wurde durch die Rückkehr der beiden unterbrochen.

»Also, was hast du uns zu sagen, Elisabeth?«, fragte Walz freundlich.

»Gut«, begann sie stockend. »Ich war bei Bojan in der Wohnung. Mehrmals sogar. Wir kannten uns doch näher … Also …«, sie schluckte hörbar, »wir hatten ein Verhältnis. Aber davon wusste niemand etwas.«

»Aha«, antwortete Walz, dem in diesem Moment nichts Geistreicheres einfiel. Er kam aus dem Staunen nicht heraus. »Dann muss ich dich fragen, wann du ihn das letzte Mal gesehen hast.«

»In der Nacht vor seinem Tod bin ich das letzte Mal bei ihm gewesen.«

»Also, eines verstehe ich dann gar nicht. Wenn du mit ihm ein Verhältnis hattest, warum hast du dann auf die Obduktion der Leiche gedrängt? Das passt doch alles nicht zusammen«, sagte Walz ungeduldig.

»Zu diesem Zeitpunkt waren wir ja auch noch kein Paar …«, antwortete sie verlegen.

»Also, so kurz seid ihr erst zusammen gewesen? Und du hast ihn nie danach gefragt, ob er deine Freundin operiert hatte, bevor sie zu Tode kam?«, fragte Walz ungläubig.

»Natürlich habe ihn danach gefragt, aber er hat mir versichert, dass er damit nichts zu tun hätte.«

»Und das hast du ihm geglaubt, nachdem du wusstest, dass er der Arzt ihres Vertrauens war und sie nach einer Operation verstorben war?«

»Er hat mir glaubwürdig versichert, dass er damit nichts zu tun hatte. Außerdem war ich mir ja gar nicht sicher, ob sie überhaupt nach einem medizinischen Eingriff gestorben ist.«

»Moment, bei unserem Gespräch heute Morgen hat das noch ganz anders geklungen. Da sprachst du davon, dass du von der Operation erfahren hattest.«

»So habe ich das sicherlich nicht gesagt. Ich habe nur erwähnt, dass Florian diese Vermutung ausgesprochen hat. Als ich Bojan davon erzählte, sagte er mir nur, dass er sie jedenfalls nicht operiert hätte.«

»Meinte er damit, dass sie möglicherweise bei einem anderen Arzt gewesen sei?«

»Nein, er sagte mir nur, dass der Leichenbeschauer ein Herzversagen festgestellt habe und es bestimmt bemerkt hätte, wenn sie an den Folgen eines chirurgischen Eingriffs verstorben wäre. Das klang sehr plausibel für mich.«

»Da hat er halt gelogen«, sagte Walz trocken. »Wie gut kennst du eigentlich den Sohn der Verstorbenen, Florian Rost?«

»Wir sind befreundet«, antwortete sie mit überraschtem Gesichtsausdruck.

»Wie gut?«

»Gute Freunde halt. Mehr nicht, falls du darauf anspielen solltest, dass wir etwas miteinander haben. Wie du ja inzwischen weißt, war ich mit Bojan liiert …«

»Was sagte eigentlich Esther Neuhold dazu?«

»Wer und wozu?«

»Na, die andere Geliebte von Bilovic …«

»Ach die«, sagte sie nach einer kurzen Pause mit einem nervösen Lachen, »von der hatte er sich doch schon getrennt.«

»Hatte er? Davon hat sie uns aber nichts erzählt … Immerhin besaß sie noch immer einen Schlüssel zu seiner Wohnung«, sagte Walz ruhig.

Hilfe suchend schaute Elisabeth zu ihrem Anwalt, dieses Thema war ihr offensichtlich äußerst unangenehm.

»Meine Mandantin ist sehr erschöpft durch die Ereignisse der letzten Tage und daher eigentlich nicht vernehmungsfähig«, sagte Rominger schnell. »Von nun an verweigert sie jede weitere Aussage. Wenn Sie ein ärztliches Attest dafür benötigen sollten, kann ich es Ihnen morgen Vormittag ins Büro bringen lassen.«

»Das wird hoffentlich nicht nötig sein. Als unheilbarer Optimist gehe ich davon aus, dass Elisabeth bis morgen wieder hergestellt sein wird«, sagte Walz freundlich und verabschiedete sich mit dem Wunsch nach baldiger Genesung.

»Du fährst mich nach Haus, und dafür lade ich dich ins ›Steman‹ ein«, schlug Walz seinem Kollegen vor, nachdem sie das Haus verlassen hatten. »Dort können wir dann in aller Ruhe plaudern. Allerdings gerät die Geschichte in Gefahr, langsam unübersichtlich zu werden.«

»Gute Idee, das Ganze ist mir ohnehin auf den Magen geschlagen, außerdem gab es bei Martina nur Gemüselaibchen«, erwiderte Vogel mit angewidertem Gesichtsausdruck. »So ein richtig ungesundes Fiakergulasch wär' jetzt was Feines. Mit einem Würstel drauf und einem großen Bier. Ich gratuliere übrigens zu der gelungenen Vernehmung, ganz eines Oberinspektors würdig. Hätt' ich nicht besser machen können.«

Das Lob seines zum Sarkasmus neigenden Kollegen berührte Walz seltsam. Unsicher schaute er zu ihm hinüber, jedoch schien es diesem damit ernst gewesen zu sein. Während der Fahrt unterrichtete Walz seinen Freund von den Erzählungen Claras über den schwierigen Charakter von Irmgard Rost und das eigenartige Verhältnis zu ihrem Sohn.

»Eines kann man jetzt schon sagen, der Bilovic war ein ordentlicher Stecher«, meinte Vogel, nachdem sie in dem gemütlichen Beisl, das sich unweit von Walzens Wohnung befand, Platz genommen hatten. »Dabei war der doch gar nicht mehr so jung. Also, ich glaub', in dem Alter wär' mir das zu viel. Ist dir übrigens was aufgefallen? Sowohl die Marthaler als auch die Neuhold behaupteten, am Vorabend seines Todes beim Bilovic gewesen zu sein. Wenn die keinen Dreier geschoben haben, was ich angesichts der doch grundlegend verschiedenen Beschaffenheit der Damen ausschließe, lügt eine von den beiden. Oder hältst du es für möglich, dass er beide …? An einem Abend …? Nacheinander?«

»Er war ja Arzt … weiß man's … Der eine hält sich eben mehrere möglichst junge Freundinnen, der andere kauft sich einen Hund. Die Midlife Crisis treibt halt die absurdesten Blüten. Außerdem weiß ich nicht, ob ich mit solch einem Beruf so viel schnackseln könnt'. Als

Damenschneider musst du dir doch dauernd vorstellen, wie es drunter ausschaut.«

»Das ist fürwahr eine entsetzliche Vorstellung …«, antwortete Vogel, während Walz der reizenden blonden Kellnerin zuwinkte, die auch gleich an den Tisch trat. »Liebe Karin, ich bräuchte heute was wirklich Nahrhaftes, der Tag hat mich doch sehr geschwächt. Eine große Portion Kässpätzle und eine ebenso große Portion Bier dazu.«

»Und mir«, sagte Vogel genießerisch, »bitte ein großes Fiakergulasch mit einem, oder nein, zwei Würstel drauf und einem Spiegelei drüber. Getränkemäßig erkläre ich mich mit meinem Freund solidarisch.«

»Dafür, dass du zu Abend gegessen hast, sind das aber beachtliche Mengen, Kajetanus meus«, sagte Walz verwundert.

»Wie du weißt, o du mein Walz, gibt es nichts, was nicht in einen eingeladenen Beamten hineingeht. Außerdem sind die Gemüselaibchen meiner Frau nicht gerade dazu angetan, einen Mann meiner Statur ausreichend zu ernähren. Was glaubst du, wie viel Kalorien ich bei den Spaziergängen mit der Emily verbrenne. Ich hab' glatt schon ein Kilo abgenommen«, sagte Vogel, während er wohlgefällig an sich herabsah.

»Im Ernst, was denkst du über die wilde Geschichte von der Elisabeth mit unserem serbischen Potenzprotz?«

Bedächtig stopfte sich Vogel eine Pfeife, die er seinem Etui entnommen hatte.

»Irgendetwas stinkt bei der ganzen Sache. Alleine die Tatsache, dass sie einen Anwalt zu einer harmlosen Befragung hinzugezogen hat, erscheint mir doch, gelinde gesagt, ein wenig übertrieben.«

»Die Elisabeth ist ja nicht dumm, und durch die Obduktionsgeschichte hat sie sich schon verdächtig gemacht, das weiß sie genau. Daher würde ich das nicht überbewerten. Aber dass dieses unschuldige Mädchen, als das sie sich mir gegenüber immer gerierte, sich mit einem solch windigen Knacker eingelassen hat, das erscheint mir doch seltsam …«

»Offensichtlich hatte er was, was du nicht hast … Vielleicht waren es die sprichwörtlichen Chirurgenhände, die sind ja an präzise Arbeit gewöhnt. Möglicherweise kannte er auch sexuelle Praktiken, von denen wir noch nicht einmal gehört haben. In seinem Metier weiß man ja schließlich genau, wo die empfindlichen Nerven liegen. Oder hast du es schon einmal in einem OP getrieben? Mit all dem Besteck, das da herum liegt … Das muss ja herrlich sein! Doktorspielchen auf Serbisch.«

»Wenn ich nur an diesen Operationssaal vom Bilovic denke, reicht es mir«, antwortete Walz, die Augen verdrehend. »Und wie es da drinnen erst gestunken hat … Ich bin ja für vieles offen, aber … «

»Nicht jeder ist eben so feinfühlig wie du. Wenn der in Serbien tatsächlich Arzt in einem Folterlager war, dann hatte er bestimmt eine hohe Reizschwelle. Wer weiß, was dazu nötig war, ihn zu erregen. Hast du nichts von den Filmen vom Karadzic gelesen, die die Ermittler bei ihm gefunden haben? Mit ihm in der Hauptrolle und einigen weiblichen Nebendarstellern. Beim Anschauen ist selbst den hartgesottensten Kollegen übel geworden. Schwester Elisabeth, bitte die Zange … Und jetzt, ganz fest zwicken, jaaa … Und daher nun meine Frage an dich, o du mein Walz. Auf Ehr' und Gewissen. Du kennst ja die Elisabeth viel besser als ich. Kannst du dir dieses androgyne Mädchen vorstellen, wie es im OP wilde Orgien mit dem Bilovic feiert?«

»Willst du eine ehrliche Antwort hören?«

»Bitte!«

Gespannt schaute Vogel sein Gegenüber an.

»Beim besten Willen nicht …!«

»Gut«, sagte Vogel enttäuscht, der sich eigentlich eine spannende Einsicht in das Liebesleben seines Kollegen erwartet hatte. »Dann fällt sie ja eigentlich als Täterin aus. Was mich trotzdem verwundert, ist diese zur Schau gestellte Gleichgültigkeit, mit der sie die Nachricht seines Todes aufgenommen hat. Das heißt doch für uns, dass sie schon vorher darüber Bescheid gewusst hat. Nur stellt sich jetzt die Frage, wie lange vorher. Anderthalb Tage oder zwei Stunden?«

»Ja, und jetzt mimt sie die Schwache … Eine andere Frage, auf die ich keine Antwort weiß: Warum hat sie uns überhaupt verschwiegen, dass sie mit dem Bilovic liiert war?«

»Na, dass sie es dir nicht sagen wollte, ist doch klar. Du hast ihr doch den Hof gemacht. Und warst ja dabei nicht wenig erfolgreich, wie du mir unlängst angedeutet hast … Als Lochschwager vom Bilovic würde ich mich allerdings nicht ganz wohlfühlen … Warst schon beim Arzt?«

Unbehaglich rutschte Walz auf seinem Sessel hin und her. Glücklicherweise kam in dem Moment gerade Karin an den Tisch geeilt, um die Herren mit den gewünschten Getränken zu versorgen.

Nach dem ersten tiefen Schluck, schaute Vogel Walz fragend an.

»Also, hast du mit ihr oder nicht?«

»Nun ja, da hab' ich wohl ein wenig übertrieben«, räumte Walz mit sichtlichem Unbehagen ein.

»Ah, da war wohl der Wunsch der Vater des Gedankens«, sagte Vogel gutmütig. »Sei's drum, o du mein Walz, ich hätte dir diesen Jagderfolg durchaus gegönnt. Und bei einem echten Jäger gehört das Latein eben auch dazu. Dann kannst ja auch auf den Arztbesuch verzichten. Hat doch alles sein Gutes. Außerdem hast jetzt eh was viel Besseres – oder bist du da auch noch auf der Pirsch?«

»Nein, nein, bei der Clara war ich erfolgreicher – und ich bin sehr froh darüber. Ein tolles Weib!«, erklärte Walz feierlich.

»Dazu gratulier' ich herzlich. Endlich kommst einmal drauf, dass die Dunklen die wahren Vertreter des weiblichen Geschlechts sind. Bei deinen ätherischen Mädels, die du bislang immer angeschleppt hast, hat man ja Angst haben müssen, dass die bei der ersten näheren Kontaktnahme ohnmächtig zusammenbrechen. Aber du weißt eh, dass auch sie zum, zumindest erweiterten, Kreis der Verdächtigen gehört? Nicht, dass es dir so geht wie weiland bei der Marietta Teichmann …«

»Erinner' mich nicht daran«, erwiderte Walz ungewöhnlich ernst, der die unselige Geschichte mit einer potentiellen Mörderin, mit der er einige Jahre zuvor ein kurzes Verhältnis unterhalten hatte, noch immer nicht ganz verwunden hatte. »Aber für die Clara leg' ich meine Hand ins Feuer, eine Frau mit solch einer Herzensbildung wäre zu so etwas niemals fähig.«

Nachdenklich sog Vogel an seiner Pfeife.

»Von der Teichmann hättest du es ja damals auch

nicht erwartet … Gut, lassen wir einmal deine Herzensdame außen vor. Wen haben wir da noch? Den Rost? Der hat sicherlich ganz dunkle Fantasien, so wie der sich gibt. Bestimmt lässt er sich gerne auspeitschen, wahrscheinlich am liebsten von älteren Damen, die seiner Mami ähnlich sehen. Oder gar von latexbehosten Folterknechten. Aber leider gibt es von dem Rost keine Spuren in Bilovics Schlafzimmer. Aber vielleicht im OP? Dann bleiben eigentlich nur noch die Schwestern Schaub und Neuhold übrig. Wie wäre es einmal mit einem Mord aus Eifersucht? Das wäre endlich einmal ein anständiges Motiv! Apropos – hat die Neuhold eigentlich zurückgerufen?«

»Nein, hat sie nicht. Das erledigen wir morgen, heute war schon genug los. Glaubst du, die hat etwas damit zu tun? Das Motiv wäre zwar da … Aber wir sollten bedenken, dass sie es war, die uns zur Leiche geführt hat.«

»Vielleicht hat sie dort nur etwas vergessen und wollte es noch holen, bevor wir ihr draufkommen. Sie hat ja nicht wissen können, dass wir gerade in dem Augenblick auftauchen.«

»Dazu noch mit einem wahrhaft gefährlichen Polizeihund … Nein, dass die es war, glaub' ich nicht. Wenn sie etwas damit zu tun hätte, dann wäre sie bestimmt nicht zur Tür gekommen.«

»Das ist ein wahrhaft starkes Argument«, sagte Vogel zustimmend, »aber du weißt ja selbst, zu welcher Raffinesse die verehrten Vertreterinnen des so genannten schwachen Geschlechts fähig sind. Da bleibt eigentlich nur die Schaub übrig …«

»Die kann ich mir offen gestanden vorstellen … Wie

sie mit vor Wut verzerrtem Gesicht dem Bilovic das Endoskop in den After rammt …«

»Das hat sich der Bilovic wahrscheinlich auch vorstellen können und es ihr deshalb wohl auch nicht erlaubt … Aber hören wir auf jetzt mit diesen Geschichten, sonst vergeht mir noch mein reichlich vorhandener Appetit, und das wär' doch schad' um das schöne Gulasch!«

Sprach's und legte seine Pfeife beiseite, da Karin mit zwei gut gefüllten Tellern an den Tisch trat.

Die Gespräche des restlichen Abends drehten sich in erster Linie um die Angelegenheiten, die den Kriminalisten wirklich bedeutsam waren.

Obwohl sich die beiden prächtig unterhielten, brach Vogel entgegen seiner früheren Angewohnheit des Hundes wegen bereits gegen 23 Uhr auf.

Walz befand sich gerade auf dem Heimweg, als sein Mobiltelefon läutete.

Es war Clara, die sich meldete, und ihn trotz der späten Uhrzeit bat, kurz bei ihr vorbeizuschauen, da es sich um etwas »sehr Wichtiges« handle, was sie mit ihm unmöglich am Telefon besprechen könne.

Tatsächlich verspürte Walz nach diesem dicht gedrängten Tag eigentlich keine allzu große Lust, um diese Tageszeit noch schwerwiegende Probleme zu wälzen. Doch die Aussicht auf eine erste gemeinsame Nacht mit seiner neuen Freundin rückten diese Bedenken sogleich in den Hintergrund.

Nachdem er sich noch schnell in seiner Wohnung frisch gemacht und umgezogen hatte, hielt er auf der Straße ein Taxi an, das ihn wohlbehalten in den nahe gelegenen fünften Bezirk brachte.

Er war nicht wenig überrascht, als ihm eine sichtlich schockierte Clara an der Türe mitteilte, dass sie nicht alleine sei und ihn wegen eben dieser Person zu sich gebeten habe, die ihm etwas mitzuteilen hätte.

Nach dieser Ankündigung erstaunte es ihn nicht weiter, als ihn im Salon Elisabeth Marthaler erwartete.

»Es war meine Idee, dich hierher zu bitten«, erklärte Clara. »Ich habe Elisabeth gesagt, dass es wohl besser sei, wenn sie ihre ganze Geschichte dir persönlich erzählt.«

Walz wollte den ihm von Clara offerierten Rotwein eigentlich ablehnen, doch sie füllte ihm ungeachtet dessen ein Glas, mit dem Hinweis, dass er ihn nach der Erzählung sicherlich nötig haben werde.

»Also«, hob Elisabeth mit gesenktem Blick zu erzählen an. »Ich habe beschlossen, dass es so in meinem Leben nicht weitergehen kann mit den ständigen Lügen, Verhören und Verdächtigungen. Ich bin für eine solche Situation einfach nicht geschaffen, ich kann kaum noch schlafen, und wenn, dann träume ich schlecht. Dabei brauche ich meine Kräfte eigentlich für ganz andere Dinge. Und daher will ich dir jetzt meine ganze Geschichte erzählen. Von Anfang an und ohne etwas zu beschönigen.«

Nach einem tiefen Schluck Wasser fuhr sie fort:

»Wie du ja weißt, habe ich Irmgard Rost vor etwa vier Monaten kennen gelernt. Wir verstanden uns sofort sehr gut, und so wurde sie rasch zu einer mütterlichen Freundin, die mir schon bald von Florian in einer Weise erzählte, die mich sehr neugierig machte. Sie vermittelte mir schon damals das Gefühl, dass sie es sehr gerne gesehen hätte, wenn wir ein Paar geworden wären. Als ich ihn dann kennen lernte, mochte ich ihn anfangs überhaupt nicht. Für mich war er nicht mehr als ein aufgeblasener und selbstverliebter Geck. Das änderte sich aber, als wir uns häufiger trafen. Hinter der Maske dieses lauten und auftrumpfenden Angebers fand ich bald einen äußerst empfindsamen und liebevollen Menschen, der seine ganze Unsicherheit nur zu kaschieren sucht. Was man ja auch in dem Moment spürt, wenn er zu singen beginnt. Um es kurz zu machen: Wir verliebten uns ineinander. Seltsam war dabei, dass er darauf bestand, dies vorerst geheim zu halten, sowohl vor seiner Mutter, wie auch vor unseren Freunden. Nach einiger Zeit fiel mir nur auf, dass er sich mir immer dann entzog, wenn ich seine körperliche Nähe suchte. Nachdem ich ihn mehrmals darauf angesprochen hatte, und ihm versprach, für alles Verständnis zu haben, gestand er mir unter Tränen, dass seine hohe Stimme nicht die eines Countertenors sei, sondern die eines … Kastraten«, hier brach Elisabeth ab und warf Clara einen verzweifelten Blick zu, die schon die ganze Zeit ihre Hand hielt.

Und Walz nahm einen großen Schluck Rotwein.

»Ja, es war tatsächlich Bilovic gewesen«, fuhr sie nach einer kurzen Pause fort, »der dem Drängen von Irmgard nachgegeben hatte, und ihren Sohn … kastriert hat. Clara hat mir vorhin erzählt, welche Träume Irmgard mit der Karriere ihres Sohnes verbunden hatte. Sicherlich hat sie den Bojan so lange bearbeitet, bis der nicht mehr widerstehen konnte. Schließlich war sie eine vermögende Frau … Nachdem ich das erfahren hatte, habe ich mich natürlich kontinuierlich von Irmgard zurückgezogen. Mit Florian traf ich mich weiterhin, wir führten halt eine Beziehung ohne Sex. Das ging aber nicht lange gut, da Florian auf jeden Mann, der mich nur anschaute, mit einer so rasenden Eifersucht reagierte, dass ich mich schon sehr bald von ihm trennen musste. Das war der reine Terror, den er mit mir aufführte. Jedes Mal, wenn er mich nicht erreichte, glaubte er, ich hätte Sex mit einem anderen. Sogar meinen Chef hat er direkt attackiert und ihn gefragt, wie es ihm denn mit mir gefalle. Ob ich es ihm auch richtig besorge. Schrecklich war das. So demütigend. Und dann ist die Irmgard plötzlich gestorben. Nach einer Operation vom Bilovic. Darin sah ich die einmalige Chance, den Bojan dranzukriegen. Das hatte ich damals tatsächlich noch vor, trotz Florians unmöglichem Verhalten, von dem ich damals schon getrennt war. Doch der wollte von einer Obduktion nichts wissen, weil dann wahrscheinlich herausgekommen wäre, was Bojan mit ihm gemacht hatte. Übrigens war er auf ihn besonders eifersüchtig, weil der mir – auch in Florians Anwesenheit – offensiv den Hof machte. Das verletzte Florian natürlich in besonderem Maße, und eines Tages machte er mir eine so schreckliche Szene, dass ich schon fast um mein Leben fürchten musste. Als ich ihm glücklich entronnen war, machte mich das im Nachhinein so zornig, dass ich einen infamen Plan schmiedete. Ich beschloss, seinem ewigen Misstrauen endlich eine Grundlage zu geben. Ich wollte ihm einfach ins Gesicht schreien können: ›Ja, ich schlafe mit Bojan! Und?‹ So weit hatte er mich mit seinen Attacken gebracht. Und glaubt mir, es war ein Leichtes, Bojan ins Bett zu kriegen. Ich weiß, es klingt verrückt, aber irgendwie machte es mir sogar Spaß, obwohl ich ihn für das, was er mit Florian gemacht hatte, und was eigentlich die Grundlage für dessen wahnsinnige Eifersucht auf jeden Mann war, verabscheute. Aber es gefiel mir irgendwie, mich von solch einem skrupellosen Mann vögeln zu lassen. Mir selbst redete ich ein, dass ich ihn ja jederzeit ans Messer liefern könnte. Und er war so verliebt in mich, der grausame Bojan. Alles hätte ich von ihm haben können – und dementsprechend behandelte ich ihn auch. Ich gebe zu, dass dies nicht gerade eine Ruhmestat von mir war …«

Hier unterbrach sie ihren Monolog, um einen Schluck Wasser zu trinken.

»Und just in diesem Zeitraum traf ich dich, Alfons. Unter solch seltsamen Umständen, die ich prompt als Wink des Schicksals angesehen habe. Wenn es mir gelungen wäre, dich so weit zu bringen, dass du eine Exhumierung anordnest, hätte ich genüsslich dabei zugeschaut, wie der Bojan über die Klinge springt. Damit wäre dann mein Gewissen wieder beruhigt gewesen. Seltsam, nicht?«

Nun schwiegen alle, jeder hing seinen Gedanken nach. Das einzige Geräusch, das die jetzt nahezu körperlich fühlbare Stille durchbrach, war das aufgeregte Bellen zweier Hunde auf der Straße.

Walz, der sich mit einem so großen Schluck Rotwein gestärkt hatte, dass Clara wortlos nachschenkte, war der Erste, der das Wort ergriff.

»Bei unserem gemeinsamen Abendessen nach seinem Konzert erschien er mir aber nicht so rasend eifersüchtig …«

»Na, du hättest ihn auf der Heimfahrt hören sollen. Er ist sogar noch mit mir ausgestiegen und hat das Taxi warten lassen, um zu erfahren, in welchen Stellungen ich es mit dir schon getrieben habe.«

»Ich habe ihn auch nie so erlebt«, warf Clara ein, »aber Elisabeth erzählte mir, dass er nur vor Unbekannten so ausrastete.«

»Aber bei dem Konzert hast du ihn geradezu emphatisch bewundert, bist ja sogar in sein Künstlerzimmer geeilt, um ihm zu gratulieren«, sagte Walz.

»Weißt du, wenn er sang, war er ein anderer, da war er die Sanftmut in Person, der Mensch eben, den ich geliebt hätte, wenn es zwischen uns weitergegangen wäre ... Und irgendwie war ich es ihm schuldig, dass ich ihm bei seinem ersten großen Auftritt in Wien beistand, ich weiß ja noch aus unserer gemeinsamen Zeit, wie sehr er dem Konzert entgegengefiebert hat. Außerdem hatte ich ein schlechtes Gewissen wegen der Sache mit Bojan.«

»Hast du es ihm etwa gesagt?«, fragte Walz entgeistert.

»Ja, ich habe es ihm gesagt«, sagte sie unwirsch, »aber erst nach dem Konzert, als er auf der Heimfahrt im Taxi wieder einmal ausgerastet ist ...«

»Der arme Florian«, sagte Clara leise, worauf ihr Elisabeth einen bösen Blick zuwarf und ihre Hand zurückzog.

Nach einem weiteren Schluck Wein setzte Walz die Befragung fort.

»Wenn dich Bilovic so liebte, wie du sagst, warum hat er dann eigentlich nicht mit Esther Neuhold gebrochen?«

»Ach, die Neuhold«, sagte Elisabeth verächtlich, »die behandelte er so, wie ich ihn behandelte. Wie ein Stück Dreck. Und genauso wie er an mir hing, hing sie an ihm. Zwischen den beiden lief ab dem Moment nichts mehr, als ich in Bojans Leben trat. Dafür habe ich schon gesorgt.«

»Trotzdem besaß sie noch einen Schlüssel zu seiner Wohnung.«

»So lange lief das ja noch nicht zwischen dem Bojan und mir. Wir waren gerade eine gute Woche zusammen, da hatte sich halt noch keine Möglichkeit ergeben, ihm den Schlüssel zurückzugeben. Mir war es ja egal, ob die Neuhold von uns beiden wusste.«

»Und warum hast du so gleichgültig reagiert, als wir dich im ›Drechsler‹ mit seinem Tod konfrontiert haben? Hast du es da schon gewusst?«

»Auch ich fahre mit der U-Bahn zur Arbeit … Als ihr mich sprechen wolltet, hab' ich es mir schon gedacht, warum ihr anruft, und mir ein bisserl was zurechtgelegt.«

»Raffiniert. Da wir hier in aller Offenheit sprechen, du brauchst die Frage auch nicht zu beantworten, mag ich noch eine etwas delikate Gelegenheit ansprechen. Hatte Bilovic besondere sexuelle Vorlieben?«

»Geht das nicht etwas zu weit?«, protestierte Clara, doch Elisabeth deutete ihr an, dass sie durchaus gewillt sei, diese Frage zu beantworten.

»Die hatte er bestimmt, aber nicht mit mir – ich habe ihn da ziemlich kurz gehalten, er war ja der rasend Verliebte … Da musste ich nicht viel tun«, sagte sie kühl.

»Kannst du dir vorstellen, dass er auch homosexuelle Neigungen hatte?«

»Der Bojan?«, sie lachte verächtlich. »Dazu war er ein viel zu großer Macho. Außerdem sprach er ziemlich abfällig über die ›Tunten‹, wie er sie nannte.«

»Da du uns eine Generalbeichte angekündigt hast,

würde ich jetzt noch ganz gerne von dir wissen, ob du ihn umgebracht hast.«

»In einer Beichte lügt man nicht, und daher kannst du mir ruhig glauben: Ich war es nicht!«

»Und hast du eine Ahnung, wer es gewesen sein könnte?«

»Nach seinem Charakter zu schließen, hätten wahrscheinlich einige Leute einen triftigen Grund gehabt, ihn zu ermorden«, antwortete sie gleichmütig. »Da ich aber keinen Unschuldigen in die Bredouille bringen will und eigentlich auch keinen Verdacht habe, müsst ihr da leider schon selbst draufkommen.«

12. KAPITEL (FREITAG)

»No servus, das sind ja tolle Neuigkeiten, die du mir da auf nüchternen Magen präsentierst«, sagte Vogel, als ihm ein noch arg mitgenommener Walz am nächsten Morgen die spätabendliche Beichte von Elisabeth Marthaler schilderte. »Und, glaubst du ihr?«

»Ich hätte mir zwar niemals vorstellen können, dass diese Frau so kaltschnäuzig sein könnte, aber ich denke, dass sie die Wahrheit gesagt hat … Wenn ich mir vorstelle, dass ich mit der einmal was anfangen wollte …«, nachdenklich schaute er durch das Fenster in den trostlosen Novembernebel, der sich wie so oft in dieser Jahreszeit über Wien gelegt hatte.

Doch lange konnte er nicht seinen Gedanken nachhängen, denn Vogel hatten diese Neuigkeiten offensichtlich zu einem für diese Tageszeit völlig unüblichen Tatendrang inspiriert.

»Gut, dann nehmen wir uns erst einmal die fidelen Schwestern vor«, gab er sich entschlossen. »Und wenn aus denen nichts herauszubringen ist, dann werden wir wohl unserem Sängerknaben noch einmal die Beichte abnehmen müssen. Der hätte eh am meisten Grund dazu: Ich glaube, wenn mir einer zuerst die Eier abzwickt und dann auch noch die Frau ausspannt, dann würde ich auch zum Mörder werden. Damit die beiden sich aber nicht wieder telefonisch krank melden, schlage ich vor, den Damen einen persönlichen Überraschungsbesuch abzustatten.«

»Wen zuerst?«

»Das bessere Motiv hätte ohne Zweifel die Neuhold, außerdem hat sie noch immer nicht zurückgerufen – eine solche Nachlässigkeit gehört bestraft.«

Nachdem Vogel sich im Spital darüber informiert hatte, ob die beiden noch immer krank gemeldet waren, und außerdem die Adresse von Schwester Esther erfragt hatte, fuhren unsere Inspektoren in die Laxenburger Straße im 10. Bezirk, wo sich die Wohnung von Esther Neuhold befand.

Entgegen ihres Namens, das dem Uneingeweihten vermitteln könnte, dass sich diese Straße unweit des gleichnamigen Schlosses befindet, handelt es sich bei dieser um eine typische Ausfallstraße im südlichen Wien, in der die Bewohner mit ständigem Verkehrslärm und abgasgeschwängerter Luft konfrontiert werden.

Das Haus, in dem Esther Neuhold wohnte, war ein klassisches Wiener Vorstadthaus aus dem beginnenden 20. Jahrhundert. Angesichts der wenig einträglichen Wohnlage hatte der Hausbesitzer während der letzten Jahrzehnte offenbar auf jede Investition verzichtet, so dass es hier noch nicht einmal eine Gegensprechanlage gab, was den Kriminalisten die Realisierung ihres Vorhabens erleichterte, mussten sie sich so doch erst an der Wohnungstüre ankündigen.

Denn ein Klopfen an der Türe, ein heftiges zumal, wirkt stets zwingender als das harmlose Läuten einer Türglocke.

Dies wusste auch Vogel, der sich mit einem entschlossenen Pochen und dem gleichzeitigen Rufen ihres Namens anmeldete.

Nach einigem Rumoren hörten die Kriminalisten im Innern der Wohnung das leise Schließen einer Türe sowie vorsichtige Schritte im Vorzimmer. Dort verharrte die Person noch einige Augenblicke unbewegt, um zu lauschen, ob sich der ungebetene Besuch nicht schon wieder verzogen hätte.

Vogel klopfte abermals, allerdings um einiges dezenter – er wollte sie ja nicht erschrecken.

»Ja, bitte?«, fragte Neuhold erschrocken.

»Grüß Gott, Frau Neuhold«, sprach Walz leise in den Spalt der noch immer geschlossenen Tür hinein. »Hier ist Walz, wir haben uns zuletzt in der Führichgasse getroffen.«

Nachdem sie die Sicherungskette gelöst und das Schloss zweimal entriegelt hatte, öffnete sie ihre Wohnungstüre gerade so weit, dass sie hinausschauen konnte.

»Was wollen Sie?«, fragte sie mit schwacher Stimme.

»Liebe Frau Neuhold, mein Kollege Vogel und ich hätten nur noch ein paar Fragen an Sie. Haben Sie keine Angst, es wird nicht lange dauern.«

Walz, der sich nur allzu gut an die reizbaren Nerven von Schwester Esther erinnern konnte, war die Freundlichkeit in Person.

Langsam öffnete sie die Tür.

»Entschuldigen Sie bitte meinen Aufzug«, sagte sie, auf ihren Morgenmantel deutend, »aber ich fühle mich heute überhaupt nicht wohl.«

»Wir wissen das«, beruhigte sie Walz, »es wird auch bestimmt nicht lange dauern.«

In ihrem Wohnzimmer, dessen Fenster auf die stark befahrene Straße gingen, war es ausgesprochen stickig.

Nachdem sie sich auf einer mit hellbeigem Leinen bezogenen Sitzgarnitur niedergelassen hatten, die in ihrer Leichtigkeit in einem bemerkenswerten Gegensatz zu der dumpfen Atmosphäre stand, die so oft die Wohnung eines Kranken kennzeichnet, ergriff nun Vogel das Wort.

»Sie haben meinem Kollegen erzählt, dass Sie am Vorabend seines Todes das letzte Mal bei Herrn Bilovic gewesen sind. Sind Sie die ganze Nacht bei ihm gewesen?«

Neuholds blasses Gesicht wurde von einer leichten Röte überzogen.

»Nein, ich bin nach Hause gefahren, weil ich am nächsten Tag Frühdienst hatte.«

»Wissen Sie noch, wie lange Sie bei Bilovic waren?«

»Ja, bis etwa 22 Uhr«, ihre anfangs zittrige Stimme gewann an Festigkeit.

»Kennen Sie eigentlich Elisabeth Marthaler?«

Plötzlich fing sie am ganzen Körper zu zittern an, während sie die Inspektoren Hilfe suchend anschaute.

»Also, kennen Sie sie?« wiederholte Vogel sanft, während Walz schon das Schlimmste befürchtete.

Nachdem er wieder keine Antwort erhalten hatte, konstatierte er:

»Sie kennen sie also.«

»Ja, ich weiß von ihr«, flüsterte sie endlich.

»Und Sie wussten auch, dass Frau Marthaler ein Verhältnis mit Herrn Bilovic hatte?«

»Ja, das wusste ich auch«, sagte sie bitter.

»Und seit wann wussten Sie von dieser Beziehung?«

»Seit Montagabend.«

»Also dem Abend, an dem Sie ihn das letzte Mal getroffen haben?«

Sie nickte.

»Hat er es Ihnen gesagt?«

»Nein, ich habe sie zusammen gesehen«, sie sprach nun so leise, dass Vogel seinen Kopf schief legte, um sein rechtes Ohr in eine günstigere Position zu bringen.

»In seiner Wohnung?«

»Ja, in seinem Schlafzimmer …«

»Sie haben die beiden also in flagranti erwischt?«

Wieder nickte sie.

»Und wie haben die beiden darauf reagiert?«

»Sie haben mich nicht bemerkt …«

»Ach so, Sie sind mit Ihrem Schlüssel in seine Wohnung gegangen, haben verdächtige Geräusche aus dem Schlafzimmer vernommen und sind dann hingeschlichen. Stimmt das in etwa so?«

»Ja«, flüsterte sie.

»Hatten Sie Ihren Besuch nicht angekündigt?«

»Nein.«

»Dann hatten Sie also schon einen Verdacht?«

Sie nickte.

»Und woher wussten Sie davon?«, fragte Vogel, dessen zunehmend gereizter Stimme man anhören konnte, dass er bald seine Geduld verlieren würde.

»Er hat ja kein Geheimnis daraus gemacht.«

Vogel blies seine Backen auf und atmete hörbar aus, ein untrügliches Zeichen für Walz, sich in die Vernehmung einzumischen.

»Liebe Esther, woher wussten Sie überhaupt, dass es sich bei dieser Dame um Elisabeth Marthaler handelt?«, fragte nun Walz betont freundlich.

»Ihren Nachnamen kannte ich nicht, aber dass sie Elisabeth heißt, das habe ich erfahren.«

»Wie? Hat er es Ihnen gesagt?«

»Nein, nicht direkt.«

»Gut, Sie haben es also herausgefunden, auf welchem Weg auch immer … Und was haben Sie dann getan, ich meine, nachdem Sie die beiden erwischt hatten?«

Erstaunt schaute Neuhold ihn an.

»Was soll ich schon Großes getan haben? Ich bin nach Hause gefahren.«

»Ohne ihn zur Rede zu stellen?«

»Was hätte das genützt?«

»Das ist auch wieder wahr«, sagte Walz, während er mit einer beschwichtigenden Handbewegung zu seinem ungeduldigen Kollegen hinübersah.

»Und danach haben Sie ihn nicht mehr gesehen?«

»Nein«, sagte sie, und blickte die beiden plötzlich offen an.

»Gut, das wäre es auch schon. Leider müssen Sie mit uns auf das Kommissariat kommen, damit wir Ihre Aussage aufnehmen können«, ergriff nun wieder Vogel das Wort.

»Aber ich bin doch krank!«, wand sie verzweifelt ein.

»Haben Sie ein ärztliches Attest?«, fragte Vogel trocken.

Wortlos schüttelte sie den Kopf.

»Na, sehen Sie. Wenn Sie darauf bestehen, führen wir Sie natürlich gerne dem Amtsarzt vor. Und wenn der sie für krank erklärt, werden Sie sogleich wieder hierher gebracht. Aber wie Sie sich vorstellen können, hat das nur eine aufschiebende Wirkung. Sie müssen dann in jedem Falle wiederkommen. Bringen wir es doch gleich hinter uns!«, schloss Vogel aufmunternd und tätschelte ihr leicht den Oberarm. »Sie machen sich jetzt ein wenig frisch und ziehen sich an, wir warten hier derweil auf Sie.«

Nachdem sie sich mit gesenktem Kopf in ihr Schlafzimmer zurückgezogen hatte, flüsterte Walz seinem Kollegen zu:

»Was um alles in der Welt hast du mit ihr vor? Ihre Aussage hat doch Zeit.«

Vogel grinste verschwörerisch:

»Lass mich nur machen, mir ist da ein Gedanke gekommen!«

Als Vogel in den Gürtel einbog, der stadtauswärts in östliche Richtung führte, ahnte Walz, was sein Kollege vorhatte.

Nachdem er auf den Besucher-Parkplatz des Sankt-Johann-Spitals gefahren war, schaute ihn Esther Neuhold flehentlich an.

»Was wollen Sie denn im Spital?«, fragte sie ihn ängstlich.

»Parken. Wir machen hier in der Nähe jetzt nur noch einen kurzen Krankenbesuch, bevor wir ins Kommissariat fahren«, sagte Vogel in aufmunterndem Tonfall und stieg aus.

Walz, der mit Neuhold im Fond Platz genommen hatte, lief um das Auto herum und hielt seiner Begleiterin galant die Türe auf. Diese jedoch zögerte, die Einladung anzunehmen, und schaute ihn nur traurig an.

»Sie können ruhig mitkommen, die Dame wird sich sicherlich über Ihren Besuch freuen …«, sagte Vogel aufgeräumt.

Sabine Schaub war jedoch keineswegs erfreut, als sie neben den Inspektoren auch ihre Kollegin entdeckte.

»Dürfen wir hereinkommen?«, fragte Vogel freundlich lächelnd.

Verwirrt und ohne etwas zu sagen, gab Schaub den Weg in ihr Appartement frei.

Im Wohnzimmer bat Vogel alle Anwesenden, sich zu setzen.

Er selbst blieb hingegen stehen.

»Liebe Frau Neuhold, liebe Frau Schaub«, begann er in feierlichem Ton. »Wir haben uns hier versammelt, um mit Ihnen zusammen den Tod von Herrn Bilovic aufzuklären. Unterbrechen Sie mich also bitte sofort, wenn Sie meine Mutmaßungen den Tathergang betreffend nicht teilen. Da das Opfer in seinem Operationssaal vergiftet aber tot in seinem Schlafzimmer aufgefunden wurde, haben wir uns natürlich die Frage gestellt, wie ein einzelner Täter so etwas zustande bringen könnte. Diese Frage beantwortete schon bald unser Gerichtsmediziner, der Spuren von Talkum an den Hand- *und* Fußgelenken von Bilovic feststellte, womit klar war, dass es sich um mindestens zwei Täter gehandelt hatte. Die Spuren im Stiegenhaus deuteten zudem darauf hin, dass der Leichnam von zwei nicht sehr kräftigen Menschen hinuntergetragen wurde, da er immer wieder am Boden schleifte und mehrmals abgesetzt wurde. Dazu kommt, dass Bilovic sich widerstandslos vergiften ließ, an seinem Körper wurden keine Spuren körperlicher

Gewalt entdeckt. So kamen eigentlich nur Menschen in Frage, die er sehr gut kannte, und die von der Einrichtung des OPs unterrichtet waren. Und das waren, wie Sie ja selbst wissen, nicht allzu viele. Vielleicht mit Ausnahme der Patienten, die jedoch, wie Sie beide übereinstimmend sagten, sieht man von der bedauernswerten Frau Rost ab, mit seiner Arbeit zufrieden waren und daher eigentlich keinen Grund hatten, ihm Böses zu tun. Zudem hätte er eine solche Person wohl kaum in seinem Operationssaal willkommen geheißen. Wenn man also von dieser Gruppe absieht, bleiben eigentlich nur zwei Menschen übrig, auf die all diese Merkmale zutreffen. Und das, meine verehrten Damen, sind Sie. Außerdem haben Sie beide ein Motiv: Beide sind Sie von Herrn Bilovic verlassen worden. Und schließlich verbindet nichts mehr als ein gemeinsamer Feind. Gut, bis dahin sind wir uns anscheinend einig. Jetzt habe ich eine Frage an Sie, die uns vor ein großes Rätsel stellt: Wie haben Sie es bewerkstelligt, Herrn Bilovic zu vergiften, ohne dass er es merkte?«

Es war Sabine Schaub, die die beklemmende Stille unterbrach.

»Das klingt ja alles ganz nett, Herr Inspektor, aber wie kommen Sie ausgerechnet auf mich? Ich habe mich von Bojan schon vor Monaten getrennt und dieses unerfreuliche Kapitel längst abgeschlossen. Wenn ich ihn hätte umbringen wollen, dann hätte ich das wohl schon viel früher getan.«

»Rache ist eine Speise, die kalt genossen wird, liebe Frau Schaub. Und solch ein raffinierter Mord muss doch von langer Hand geplant sein.«

»Aber ich habe ihn nicht umgebracht!«, sagte Schaub

verärgert. »Das könnte ich sogar beschwören!«, fügte sie etwas hilflos hinzu.

»Und was sagen eigentlich Sie dazu, Frau Neuhold? Haben Sie zu meinen Mutmaßungen nichts Erhellendes beizutragen?«

»Sabine hat ihn wirklich nicht umgebracht, das kann ich Ihnen bestätigen«, sagte sie leise.

»Wenn Sie das so genau wissen, dann können Sie uns auch sicherlich mitteilen, wer ihn dann umgebracht hat.«

Nach einer kurzen Pause schaute sie Vogel offen ins Gesicht und sagte einfach:

»Ich war es!«

»Und wer noch?«

»Niemand«, sie zuckte mit den Schultern. »Ich habe das alleine gemacht … Reicht Ihnen das nicht?«

»Und Sie waren es auch, die den Leichnam hinuntergeschleppt hat? An Füßen und Händen abwechselnd? Das glauben Sie doch wohl selbst nicht. Also, wer hat Ihnen dabei geholfen?«

Esther Neuhold senkte wieder ihren Kopf und sagte nichts mehr.

»Wissen Sie vielleicht etwas darüber, Frau Schaub?«

»Ja«, sagte die Angesprochene nach einer Weile, »ich geb's ja zu. Ich hab' ihr geholfen, die Leiche nach unten zu bringen. Alleine hätte sie es ja nicht geschafft, und sie hat mir unendlich leid getan. Schließlich hat sie genau das gemacht, was auch ich damals am liebsten getan hätte und nur zu feig dazu war, und da konnte ich sie doch nicht im Stich lassen. Der Bilovic war wirklich ein entsetzlicher Mensch. Ein Tyrann und ein Monster!«

»Waren Sie dabei, als Frau Neuhold den Mord beging?«

»Nein, war ich nicht. Esther hat mich erst angerufen, als es passiert war. Ich habe ja nie geglaubt, dass sie mit ihrer Ankündigung ernst machen würde. Wie oft sagt man in einem solchen Fall, dass man den anderen umbringt. Aber *sie* hat es nicht bei der Ankündigung belassen«, fügte Sabine Schaub nachdenklich hinzu, und schaute bewundernd zu ihrer Kollegin hinüber.

»Warum haben Sie den Leichnam überhaupt hinuntergeschafft? Im OP hätte der doch womöglich monatelang vor sich hinschimmeln können, ohne dass es jemand bemerkt hätte.«

»Na ja, nach der Geschichte mit der Frau Rost, bei der der Arzt so ohne Weiteres ein Herzversagen festgestellt hatte, haben wir gehofft, dass er beim Bilovic auch eine natürliche Todesursache feststellt. Seitdem die Gerichtsmedizin in Wien aufgelöst wurde, geht es bei den Leichenbeschauen ja ziemlich nachlässig zu. Deshalb haben wir ihn ja auch sauber gemacht und so drapiert, als wäre er im Schlaf gestorben. Wenn er irgendwann da oben gefunden worden wäre, wäre es ja klar gewesen, dass er nicht einfach eingeschlafen ist.«

»Verstehe. Jetzt wieder zu Ihnen, Frau Neuhold, warum haben Sie uns am Tag danach überhaupt in die Wohnung gelassen?«

Schwester Esther hatte unterdessen ihren Kopf in beide Hände gesenkt.

Sie sprach fast unhörbar.

»Durch einen dummen Zufall. Eigentlich habe ich die Sabine erwartet, damit sie mir beim Saubermachen des OPs hilft. In dem Moment, in dem ich Bilovics Wohnung betrat, hat sie ja schon unten am Eingang geläutet. Offensichtlich ist sie direkt nach Ihnen gekommen, aber leider war sie ein wenig zu spät dran. Ich hab' mich eh gewundert, dass sie dann so schnell vor der Tür stand.«

»Und ich habe Ihre Stimmen im Stiegenhaus gehört«, erklärte nun Schaub, »und erst einmal abgewartet, bis Sie in einer Wohnung verschwunden waren. Einer von Ihnen blieb jedoch mit einem Hund draußen, was ich deutlich hörte, da Sie ständig auf das Tier einredeten. Und da hab' ich lieber abgewartet. Als Ihnen dann Ihr Kollege etwas mitteilte, was ich nicht verstand, und Sie daraufhin mit dem Hund nach unten kamen, habe ich mich versteckt. Nachdem Sie dann verschwunden waren, ging ich hinauf und hörte Stimmen in Bilovics Wohnung. Da war mir klar, dass es besser ist, wieder zu verschwinden.«

»Wie kamen Sie eigentlich so schnell an das Gift, Frau Neuhold? Sie hatten ihn doch gerade einen Tag vor dem Mord erwischt. Und das auch noch am Abend. Beim *dm* wird es das wohl kaum geben. Oder hatten Sie schon länger den Plan gefasst?«

»Nein, ich hab' es mir halt schnell bei jemandem besorgt, von dem ich wusste, dass er es hat«, antwortete sie ausweichend.

»Da der Besitz eines solchen Giftes nicht strafbar ist, können Sie es mir eigentlich schon sagen. So aus reiner Neugierde: Woher hatten Sie es?«

»Von mir«, sagte plötzlich Schaub. »Wie hab' ich den Bilovic gehasst, nachdem er mich fallengelassen hatte! Ich hätte ihn umbringen können, auf der Stelle – und die Esther auch! Und da hab' ich mir halt das Gift besorgt, hatte aber nicht wie die Esther den Mut, es auch anzuwenden. Und als sie mir von dieser Sache mit der Neuen und ihrem Vorhaben, ihn umzubringen, erzählte, habe ich ihr es gleich gegeben.«

»Mitsamt der Gebrauchsanleitung?«

»Na ja, als sie mich noch in der Nacht anrief, habe ich ihr angeboten, gleich zu mir zu kommen. Ich wusste ja genau, wie sie sich fühlte. Und als sie mir dann ihre Geschichte erzählte, da war plötzlich der ganze Hass auf den Bilovic wieder da.«

»Dann haben Sie ihr also von ihren Mordabsichten erzählt und ihr das Gift gegeben?«

Wortlos hob Schaub ihre Schultern.

»Das könnte Ihnen eine Anklage wegen Beihilfe zum Mord einbringen, das wissen Sie schon?«

Traurig senkte Schaub ihren Kopf und sagte nichts.

»Gott beschütze uns vor der Solidarität der Frauen, wenn sie sich gegen uns richtet«, murmelte Vogel, bevor er sich wieder an Schwester Esther wandte. »Und jetzt zu der Frage, die uns am meisten beschäftigt, Frau Neuhold. Wie haben Sie es eigentlich fertig gebracht, Herrn Bilovic zu vergiften, ohne dass dieser es merkte?«

Nachdem sie mit gesenktem Kopf da saß und keine Anstalten machte, zu antworten, legte Sabine Schaub liebevoll ihren Arm um Esthers Schulter.

»Soll ich es ihnen sagen?«

Kaum merklich nickte Neuhold.

»Das ist eine etwas delikate Angelegenheit, meine Herren. Ich sagte Ihnen ja bereits, Bojan war ein echtes Schwein. In jeder Beziehung. Auf sexuellem Gebiet neigte er auch zu extremeren Sachen. Unter anderem liebte er es geradezu, wenn man ihm ein … mit Wodka gefülltes Klistier setzte. Sie kennen das ja vielleicht ... Für so etwas war ihm die Esther noch gut genug, die Neue hätte solche Sachen ja nie mit ihm gemacht. Und da hat sie ihm einfach das Gift zusammen mit einem schweren Narkotikum in den Wodka gemischt. Neben dem Vorteil, dass er nichts davon merkte, trat es auf diesem Wege auch besonders schnell in den Blutkreislauf ein.«

Nachdem die Damen von ihren Kollegen abgeholt worden waren, beschlossen die Inspektoren, ihren Triumph angemessen zu feiern und sich ein entsprechendes Gabelfrühstück im Café Jelinek in der Otto-Bauer-Gasse zu gönnen.

»Ist dir eigentlich bewusst, dass wir meiner Emily die schnelle Klärung des Falles verdanken?«, fragte Vogel, der gerade hingebungsvoll mit seinem Ei im Glas beschäftigt war.

»Und der Unpünktlichkeit der Frauen, was wieder einmal mehr beweist: Es sind nicht wir Männer, die zu früh kommen, die Frauen kommen einfach zu spät!«

EPILOG

Die Freude über die zügige Auflösung des Falles währte bei unseren beiden Inspektoren leider nur kurz. Denn die von Polizeipräsident Heider in Aussicht gestellten Beförderungen fanden nicht statt, da die Innenministerin aufgrund der angespannten Finanzlage ihren Wählerinnen und Wählern großherzig versprochen hatte, jegliche Beförderung einer Staatsbeamtin oder eines Staatsbeamten bis zur Bewältigung der Krise auszusetzen: »Denn jeder, der das Glück hat und in Zeiten wie diesen über einen sicheren Arbeitsplatz verfügt, sollte aus Solidarität mit seinen weniger glücklichen Mitbürgerinnen und Mitbürgern zu Opfern bereit sein. Selbstverständlich sind auch wir Staatsbeamtinnen und Staatsbeamten von dieser Pflicht nicht ausgenommen. Daher gehen wir mit gutem Beispiel voran und verzichten in diesem und dem nächsten Jahr auf alle anstehenden Gehaltserhöhungen und Beförderungen.«

Vogel und Walz gingen schon am darauf folgenden Montag wieder zur Tagesordnung über, ohne allerdings ihre abgegebenen Fälle wieder aufzunehmen.

Die meisten waren ohnehin schon aufgeklärt.

Helmut Fiedler wurde aufgrund der Intervention der Versicherungen des vielfachen Betrugs überführt und zu einer mehrjährigen Haftstrafe verurteilt, nachdem seine Unfallgegner übereinstimmend ausgesagt hatten, dass er all seine Unfälle auf die gleiche Weise provoziert hatte.

Walz besuchte Andreas Reif noch einmal im Spital,

der nach dem Tod von Bojan Bilovic tatsächlich eine tiefe Krise durchlitt, die durch das plötzliche Absetzen der stimmungsaufhellenden Substanzen, die er von dem Krankenpfleger erhalten hatte, noch verschärft wurde.

Elisabeth Marthaler verschwand wieder aus dem Leben von Walz. Durch seine Freundin Clara Montero erfuhr er noch, dass sie von ihren beruflichen Plänen angesichts der Wirtschaftskrise vorerst Abstand genommen hatte.

Der bedauernswerte Zustand Florian Rosts wurde hingegen nicht öffentlich gemacht. Informierte Kreise munkelten von Tauschgeschäften mit der Presse, die, falls sie den Sänger nicht in diesem Zusammenhang erwähnten, Einzelheiten aus Bilovics früherem Leben erfahren würden. So stand der weiteren Karriere des Countertenors nichts mehr im Wege, der sich andernfalls, wie er Clara Montero versicherte, sofort aus dem öffentlichen Leben zurückgezogen hätte.

Obwohl sich die Presse anfangs gierig auf die »Mordschwestern« gestürzt hatte, solidarisierte sie sich nach zahlreichen Enthüllungen über Bilovics Lebensweise mit den Krankenschwestern. Vor allem nach Bekanntwerden der Tatsache, dass er in einem serbischen Folterlager sein Unwesen getrieben hatte, und auch seine Vorlieben für absonderliche Sexualpraktiken, die auf undurchsichtigen Kanälen an die Presse gelangt waren, forderte »Volkes Stimme« eine milde Beurteilung des Falles. Tatsächlich ließ die Staatsanwaltschaft die Anschuldigung der »Beihilfe zum Mord« gegen Schwester Sabine fallen und sprach sie frei, Schwester Esther wurde, ungeachtet der minutiösen Planung des

Mords, nur wegen »Totschlags im Affekt« angeklagt und lediglich zu fünf Jahren Gefängnis verurteilt.

Von der Tätigkeit des Fotografen Markus Lichtenthal erfuhr Vogel kurioserweise erst viel später, als er sich mit seinem Freund Volkhammer endlich wieder einmal im Bridge-Club traf. Immerhin war ihm dadurch bei seinen Ermittlungen ein weiterer Verdächtiger erspart geblieben. Ob er der Urheber des Fotos von Mimi Hawraneks Unfall war, wollte Vogel nicht mehr klären, da Fiedler ohnehin seine gerechte Bestrafung erhalten hatte. Trotzdem behielt er ihn im Auge und ließ sich immer wieder die »U-Bahn-Zeitung« von Mimi Hawranek mitbringen, die unterdessen Geschmack an den öffentlichen Verkehrsmitteln gefunden hatte.

Danksagung

Der Erfolg hat viele Väter, der Misserfolg nur einen.

Für den zweiten Fall übernehme ich die volle Verantwortung, obwohl das nicht weniger als ungerecht wäre gegenüber meinem geliebten Weib, das mich stets mit gespitztem Bleistift und wachem Sinn auf Dinge hingewiesen hat, die man so nicht schreiben kann.

Ungerecht wäre es auch gegenüber meiner verehrten Lektorin Claudia Senghaas, die mit sensibler Hand dem Text seine endgültige Form verliehen hat.

Schließlich sei auch noch dem Chefinspektor Michael Kopp gedankt, der mir bei Fragen über die polizeilichen Ermittlungstätigkeiten geduldig Rede und Antwort gestanden hat.

Weitere Krimis finden Sie auf den folgenden Seiten und im Internet: www.gmeiner-verlag.de

MANFRED BAUMANN
Wasserspiele

322 Seiten, Paperback.
ISBN 978-3-8392-1200-4.

HELLBRUNNGEHEIMNIS Salzburg zu Pfingsten. Einheimische und tausende Touristen freuen sich auf die Salzburger Pfingstfestspiele und die Attraktionen der berühmten Wasserspiele im Lustschloss Hellbrunn. Dort feiert auch der Magistratsbeamte und Societylöwe Wolfgang Rilling ein rauschendes Fest ganz im Stil der lebenslustigen Fürsterzbischöfe aus früheren Tagen. Am nächsten Morgen liegt Rilling tot im Römischen Theater der Hellbrunner Wasserspiele. Erschlagen. Kommissar Martin Merana tastet sich durch den Fall, im Umfeld barocker Lebensfreude und privater Krisen.

CHRISTIANE TRAMITZ
Himmelsspitz

274 Seiten, Paperback.
ISBN 978-3-8392-1182-3.

SCHICKSALSBERG Hamburg, Mitte der 60er. Isabel macht sich Sorgen um ihre achtjährige Tochter Lea, die schlafwandelt und von heftigen Alpträumen geplagt wird. Die Ärzte raten zu einem Urlaub in den Bergen. Zusammen mit Isabels Lebenspartner Horst machen sich Mutter und Tochter auf den Weg nach Fuchsbichl, einem kleinen Dorf in den Ötztaler Alpen, das am Himmelsspitz gelegen ist. Diesen Berg hat Lea im Fotoalbum ihrer Mutter entdeckt. Doch die Reise wird für die Familie zu einer harten Auseinandersetzung mit der Vergangenheit, die auf mystische Weise mit dem Schicksal der Fuchsbichler Bergbauern verwoben ist. Sie stoßen auf Missgunst, dunkle Geheimnisse, zerbrochene Beziehungen – und tödliche Gewalt.

GMEINER

Wir machen's spannend

HERMANN BAUER
Philosophenpunsch

270 Seiten, Paperback.
ISBN 978-3-8392-1192-2.

SCHÖNE BESCHERUNG Weihnachtszeit in Wien. Im Café Heller finden zeitgleich die Weihnachtsfeier der Bekleidungsfirma Frick und die Debatte eines Philosophenzirkels statt. Die ganze Aufmerksamkeit gilt der offenherzigen Veronika Plank, die mit mehreren Männern auf die eine oder andere Weise verbandelt zu sein scheint. Nach einigen Gläsern Punsch kommt es zum Streit und Veronika verlässt das Kaffeehaus. Kurz darauf wird ihre Leiche im frischen Schnee entdeckt, offenbar wurde sie mit einem Schal erwürgt.

Ganz klar, dass dieser delikate Fall auch Chefober Leopold nicht kalt lässt …

PIERRE EMME
Zwanzig/11

323 Seiten, Paperback.
ISBN 978-3-8392-1174-8.

WELT IN ANGST Wien, im November 2011. Max Petrark wacht am Krankenbett seines Bruders Maurice. Dieser hat einen schweren Autounfall nur knapp überlebt und liegt im Koma. Während die Polizei von einem Selbstmordversuch ausgeht, macht sich Max auf die Suche nach der Wahrheit. Doch diese scheint unbequem, ja sogar tödlich zu sein. Und allmählich begreift er das ganze Ausmaß der Ereignisse: Zehn Jahre nach den Terroranschlägen von New York zeichnet sich eine neue Tragödie von weltpolitischer Bedeutung ab – in einem Zug zwischen Salzburg und Wien.

GMEINER

Wir machen's spannend

WILLIBALD SPATZ

Alpenkasper

229 Seiten, Paperback.
ISBN 978-3-8392-1175-5.

HOCHZEIT MIT HINDERNISSEN Panik in Augsburg. Birne ist verschwunden! Und das kurz vor seiner Hochzeit mit Katharina. Zum Glück gibt es da Jakob, Birnes Bruder. Der macht sich auch gleich auf die Suche. Doch seine einzige heiße Spur ist schnell kalt: Ein Rentner, zu dem Birne zuletzt Kontakt hatte, wird vor seinen Augen ermordet. Was hat der dubiose Heilpraktiker Lugner, den Jakob auf einer Premierenparty im Stadttheater kennenlernt, mit der Sache zu tun? Warum verhält sich Katharina so seltsam? Und wieso werden Birnes Kollegen auf einem Schützenfest fast gelyncht? Fragen über Fragen, auf die nur einer die Antworten weiß: Birne – Augsburgs letzter Kriminheld!

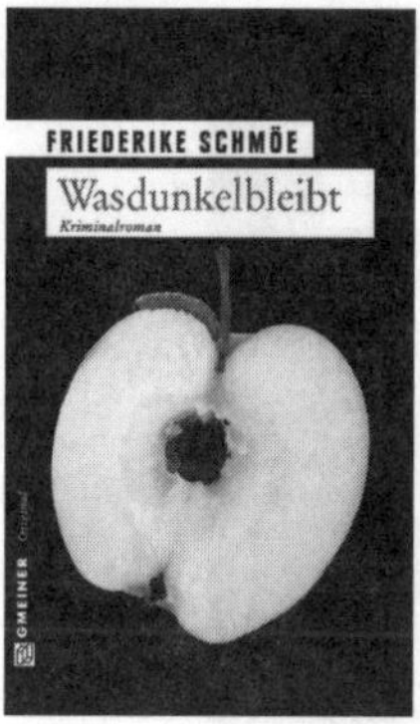

FRIEDERIKE SCHMÖE

Wasdunkelbleibt

273 Seiten, Paperback.
ISBN 978-3-8392-1199-1.

ANGRIFF AUS DEM CYBERSPACE Halloween. Ghostwriterin Kea Laverde staunt nicht schlecht, als vor ihrem Haus weit vor den Toren Münchens ein junger Mann seinen Roller parkt. Noch verwirrender ist die Geschichte, die Bastian Hut ihr auftischt: Er sei vor drei Jahren im Alter von 15 von Kriminellen als Hacker angeworben worden. Seine Erlebnisse habe er in einem Text zusammengefasst, aber er brauche die Hilfe der Ghostwriterin, um daraus ein Buch zu machen. Kea sichtet die Aufzeichnungen. Sie hält den Jungen für einen Wichtigtuer, nimmt den Auftrag aber an, um ihre Kasse aufzubessern. Wenig später ist Bastian tot – und ein Hacker namens x03 in das Intranet des LKA in München eingedrungen …

GMEINER

Wir machen's spannend

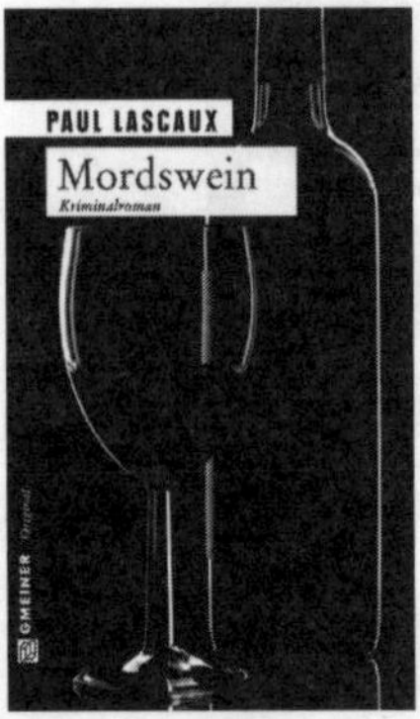

PAUL LASCAUX

Mordswein

227 Seiten, Paperback.
ISBN 978-3-8392-1189-2.

WEINLEICHEN Am Jurasüdfuß in der beschaulichen Winzerregion zwischen Bielersee und Neuchâtel sterben innerhalb von einer Woche zwei Vertreter der Staatserhaltenden BürgerPartei SEBP unter mysteriösen Umständen: Hubert Welsch wird in einer Wolfsfalle gepfählt, Henri Knecht erliegt auf der Terrasse des Centre Dürrenmatt in Neuchâtel einem gezielten Schuss aus einer Pistole.
Zunächst wird ein politischer Hintergrund vermutet. Die Ermittler der Berner Detektei Müller & Himmel finden jedoch heraus, dass es um weitaus mehr geht. Und dann taucht in einer Zeitung eine Todesliste auf, die weitere Opfer ankündigt …

STEFAN HAENNI

Scherbenhaufen

183 Seiten, Paperback.
ISBN 978-3-8392-1193-9.

DER ZERBROCHENE KRUG Im Schlossmuseum Thun geht bei einem Handgemenge ein kostbarer Tonkrug zu Bruch. Der junge Töpfer Niklaus Weihermann wird beschuldigt, doch seine Freundin Eva, die ihn entlasten könnte, schweigt beharrlich. Privatdetektiv Hanspeter Feller bemüht sich um die Aufklärung des Falls und entlarvt den Richter Adam Füssli als Täter. Dieser wird kurz darauf tot am Ufer der berühmten Kleist-Insel geborgen. Die Ermittlungen führen Feller weit zurück in die Vergangenheit und zu einem grauenvollen Verbrechen, das nie gesühnt wurde …

GMEINER

Wir machen's spannend

Unsere Lesermagazine

2 x jährlich das Neueste aus der Gmeiner-Bibliothek

DIN A6, 20 S., farbig

10 x 18 cm, 16 S., farbig

24 x 35 cm, 20 S., farbig

GmeinerNewsletter

Neues aus der Welt der Gmeiner-Romane

Haben Sie schon unsere GmeinerNewsletter abonniert? Monatlich erhalten Sie per E-Mail aktuelle Informationen aus der Welt der Krimis, der historischen Romane und der Frauenromane: Buchtipps, Berichte über Autoren und ihre Arbeit, Veranstaltungshinweise, neue Literaturseiten im Internet und interessante Neuigkeiten.

Die Anmeldung zu den GmeinerNewslettern ist ganz einfach. Direkt auf der Homepage des Gmeiner-Verlags (www.gmeiner-verlag.de) finden Sie das entsprechende Anmeldeformular.

Ihre Meinung ist gefragt!

Mitmachen und gewinnen

Wir möchten Ihnen mit unseren Romanen immer beste Unterhaltung bieten. Sie können uns dabei unterstützen, indem Sie uns Ihre Meinung zu den Gmeiner-Romanen sagen! Senden Sie eine E-Mail an gewinnspiel@gmeiner-verlag.de und teilen Sie uns mit, welches Buch Sie gelesen haben und wie es Ihnen gefallen hat. Alle Einsendungen nehmen automatisch am großen Jahresgewinnspiel mit attraktiven Buchpreisen teil.

GMEINER

Wir machen's spannend

Alle Gmeiner-Autoren und ihre Romane auf einen Blick

ANTHOLOGIEN: Tod am Tegernsee • Drei Tagesritte vom Bodensee • Nichts ist so fein gesponnen • Zürich: Ausfahrt Mord • Mörderischer Erfindergeist • Secret Service 2011 • Tod am Starnberger See • Mords-Sachsen 4 • Sterbenslust • Tödliche Wasser • Gefährliche Nachbarn • Mords-Sachsen 3 • Tatort Ammersee • Campusmord • Mords-Sachsen 2 • Tod am Bodensee • Mords-Sachsen 1 • Grenzfälle • Spekulatius **ABE, REBECCA**: Im Labyrinth der Fugger **ARTMEIER, HILDEGUNDE**: Feuerross • Drachenfrau **BAUER, HERMANN**: Philosophenpunsch • Verschwörungsmelange • Karambolage • Fernwehträume **BAUM, BEATE**: Weltverloren • Ruchlos • Häuserkampf **BAUMANN, MANFRED**: Wasserspiele • Jedermanntod **BECK, SINJE**: Totenklang • Duftspur • Einzelkämpfer **BECKER, OLIVER**: Das Geheimnis der Krähentochter **BECKMANN, HERBERT**: Die Nacht von Berlin • Mark Twain unter den Linden • Die indiskreten Briefe des Giacomo Casanova **BEINSSEN, JAN**: Todesfrauen • Goldfrauen • Feuerfrauen **BLANKENBURG, ELKE MASCHA** Tastenfieber und Liebeslust **BLATTER, ULRIKE**: Vogelfrau **BODE-HOFFMANN, GRIT / HOFFMANN, MATTHIAS**: Infantizid **BODENMANN, MONA**: Mondmilchgubel **BÖCKER, BÄRBEL**: Mit 50 hat man noch Träume • Henkersmahl **BOENKE, MICHAEL**: Riedripp • Gott'sacker **BOMM, MANFRED**: Blutsauger • Kurzschluss • Glasklar • Notbremse • Schattennetz • Beweislast • Schusslinie • Mordloch • Trugschluss • Irrflug • Himmelsfelsen **BONN, SUSANNE**: Die Schule der Spielleute • Der Jahrmarkt zu Jakobi **BOSETZKY, HORST (-KY)**: Promijagd • Unterm Kirschbaum **BRÖMME, BETTINA**: Weißwurst für Elfen **BUEHRIG, DIETER**: Der Klang der Erde • Schattengold **BÜRKL, ANNI**: Ausgetanzt • Schwarztee **BUTTLER, MONIKA**: Dunkelzeit • Abendfrieden • Herzraub **CLAUSEN, ANKE**: Dinnerparty • Ostseegrab **CRÖNERT, CLAUDIUS**: Das Kreuz der Hugenotten **DANZ, ELLA**: Ballaststoff • Schatz, schmeckt's dir nicht? • Rosenwahn • Kochwut • Nebelschleier • Steilufer • Osterfeuer **DETERING, MONIKA**: Puppenmann • Herzfrauen **DIECHLER, GABRIELE**: Glutnester • Glaub mir, es muss Liebe sein • Engpass **DÜNSCHEDE, SANDRA**: Todeswatt • Friesenrache • Solomord • Nordmord • Deichgrab **EMME, PIERRE**: Zwanzig/11 • Diamantenschmaus • Pizza Letale • Pasta Mortale • Schneenockerleklat • Florentinerpakt • Ballsaison • Tortenkomplott • Killerspiele • Würstelmassaker • Heurigenpassion • Schnitzelfarce • Pastetenlust **ENDERLE, MANFRED**: Nachtwanderer **ERFMEYER, KLAUS**: Irrliebe • Endstadium • Tribunal • Geldmarie • Todeserklärung • Karrieresprung **ERWIN, BIRGIT / BUCHHORN, ULRICH**: Die Reliquie von Buchhorn • Die Gauklerin von Buchhorn • Die Herren von Buchhorn **FINK, SABINE**: Kainszeichen **FOHL, DAGMAR**: Der Duft von Bittermandel • Die Insel der Witwen • Das Mädchen und sein Henker **FRANZINGER, BERND**: Familiengrab • Zehnkampf • Leidenstour • Kindspech • Jammerhalde • Bombenstimmung • Wolfsfalle • Dinotod • Ohnmacht • Goldrausch • Pilzsaison **GARDEIN, UWE**: Das Mysterium des Himmels • Die Stunde des Königs

GMEINER

Wir machen's spannend

Alle Gmeiner-Autoren und ihre Romane auf einen Blick

GARDENER, EVA B.: Lebenshunger **GEISLER, KURT**: Friesenschnee • Bädersterben **GERWIEN, MICHAEL**: Alpengrollen **GIBERT, MATTHIAS P.**: Zeitbombe • Rechtsdruck • Schmuddelkinder • Bullenhitze • Eiszeit • Zirkusluft • Kammerflimmern • Nervenflattern **GORA, AXEL**: Das Duell der Astronomen **GRAF, EDI**: Bombenspiel • Leopardenjagd • Elefantengold • Löwenriss • Nashornfieber **GUDE, CHRISTIAN**: Kontrollverlust • Homunculus • Binärcode • Mosquito **HAENNI, STEFAN**: Scherbenhaufen • Brahmsrösi • Narrentod **HAUG, GUNTER**: Gössenjagd • Hüttenzauber • Tauberschwarz • Höllenfahrt • Sturmwarnung • Riffhaie • Tiefenrausch **HEIM, UTA-MARIA**: Feierabend • Totenkuss • Wespennest • Das Rattenprinzip • Totschweigen • Dreckskind **HENSCHEL, REGINE C.**: Fünf sind keiner zu viel **HERELD, PETER**: Das Geheimnis des Goldmachers **HOHLFELD, KERSTIN**: Glückskekssommer **HUNOLD-REIME, SIGRID**: Janssenhaus • Schattenmorellen • Frühstückspension **IMBSWEILER, MARCUS**: Die Erstürmung des Himmels • Butenschön • Altstadtfest • Schlussakt • Bergfriedhof **JOSWIG, VOLKMAR / MELLE, HENNING VON**: Stahlhart **KARNANI, FRITJOF**: Notlandung • Turnaround • Takeover **KAST-RIEDLINGER, ANNETTE**: Liebling, ich kann auch anders **KEISER, GABRIELE**: Engelskraut • Gartenschläfer • Apollofalter **KEISER, GABRIELE / POLIFKA, WOLFGANG**: Puppenjäger **KELLER, STEFAN**: Totenkarneval • Kölner Kreuzigung **KINSKOFER, LOTTE / BAHR, ANKE**: Hermann für Frau Mann **KLAUSNER, UWE**: Kennedy-Syndrom • Bernstein-Connection • Die Bräute des Satans • Odessa-Komplott • Pilger des Zorns • Walhalla-Code • Die Kiliansverschwörung • Die Pforten der Hölle **KLEWE, SABINE**: Die schwarzseidene Dame • Blutsonne • Wintermärchen • Kinderspiel • Schattenriss **KLÖSEL, MATTHIAS**: Tourneekoller **KLUGMANN, NORBERT**: Die Adler von Lübeck • Die Nacht des Narren • Die Tochter des Salzhändlers • Kabinettstück • Schlüsselgewalt • Rebenblut **KÖHLER, MANFRED**: Tiefpunkt • Schreckensgletscher **KÖSTERING, BERND**: Goetheglut • Goetheruh **KOHL, ERWIN**: Flatline • Grabtanz • Zugzwang **KOPPITZ, RAINER C.**: Machtrausch **KRAMER, VERONIKA**: Todesgeheimnis • Rachesommer **KRONENBERG, SUSANNE**: Kunstgriff • Rheingrund • Weinrache • Kultopfer • Flammenpferd **KRUG, MICHAEL**: Bahnhofsmission **KRUSE, MARGIT**: Eisaugen **KURELLA, FRANK**: Der Kodex des Bösen • Das Pergament des Todes **LASCAUX, PAUL**: Mordswein • Gnadenbrot • Feuerwasser • Wursthimmel • Salztränen **LEBEK, HANS**: Karteileichen • Todesschläger **LEHMKUHL, KURT**: Dreiländermord • Nürburghölle • Raffgier **LEIMBACH, ALIDA**: Wintergruft **LEIX, BERND**: Fächergrün • Fächertraum • Waldstadt • Hackschnitzel • Zuckerblut • Bucheckern **LETSCHE, JULIAN**: Auf der Walz **LICHT, EMILIA**: Hotel Blaues Wunder **LIEBSCH, SONJA / MESTROVIC, NIVES**: Muttertier @n Rabenmutter **LIFKA, RICHARD**: Sonnenkönig **LOIBELSBERGER, GERHARD**: Mord und Brand • Reigen des Todes • Die Naschmarkt-Morde **MADER, RAIMUND A.**: Schindlerjüdin • Glasberg

GMEINER

Wir machen's spannend

Alle Gmeiner-Autoren und ihre Romane auf einen Blick

MAINKA, MARTINA: Satanszeichen **MISKO, MONA**: Winzertochter • Kindsblut **MORF, ISABEL**: Satzfetzen • Schrottreif **MOTHWURF, ONO**: Werbevoodoo • Taubendreck **MUCHA, MARTIN**: Seelenschacher • Papierkrieg **NAUMANN, STEPHAN**: Das Werk der Bücher **NEEB, URSULA**: Madame empfängt **ÖHRI, ARMIN / TSCHIRKY, VANESSA**: Sinfonie des Todes **OSWALD, SUSANNE**: Liebe wie gemalt **OTT, PAUL**: Bodensee-Blues **PARADEISER, PETER**: Himmelreich und Höllental **PARK, KAROLIN**: Stilettoholic **PELTE, REINHARD**: Inselbeichte • Kielwasser • Inselkoller **PFLUG, HARALD**: Tschoklet **PITTLER, ANDREAS**: Mischpoche **PORATH, SILKE / BRAUN, ANDREAS**: Klostergeist **PORATH, SILKE**: Nicht ohne meinen Mops **PUHLFÜRST, CLAUDIA**: Dunkelhaft • Eiseskälte • Leichenstarre **PUNDT, HARDY**: Friesenwut • Deichbruch **PUSCHMANN, DOROTHEA**: Zwickmühle **ROSSBACHER, CLAUDIA**: Steirerblut **RUSCH, HANS-JÜRGEN**: Neptunopfer • Gegenwende **SCHAEWEN, OLIVER VON**: Räuberblut • Schillerhöhe **SCHMID, CLAUDIA**: Die brennenden Lettern **SCHMITZ, INGRID**: Mordsdeal • Sündenfälle **SCHMÖE, FRIEDERIKE**: Lasst uns froh und grausig sein • Wasdunkelbleibt • Wernievergibt • Wieweitdugehst • Bisduvergisst • Fliehganzleis • Schweigfeinstill • Spinnefeind • Pfeilgift • Januskopf • Schockstarre • Käfersterben • Fratzenmond • Kirchweihmord • Maskenspiel **SCHNEIDER, BERNWARD**: Flammenteufel • Spittelmarkt **SCHNEIDER, HARALD**: Räuberbier • Wassergeld • Erfindergeist • Schwarzkittel • Ernteopfer **SCHNYDER, MARIJKE**: Matrjoschka-Jagd **SCHÖTTLE, RUPERT**: Damenschneider **SCHRÖDER, ANGELIKA**: Mordsgier • Mordswut • Mordsliebe **SCHÜTZ, ERICH**: Doktormacher-Mafia • Bombenbrut • Judengold **SCHUKER, KLAUS**: Brudernacht **SCHULZE, GINA**: Sintflut **SCHWAB, ELKE**: Angstfalle • Großeinsatz **SCHWARZ, MAREN**: Zwiespalt • Maienfrost • Dämonenspiel • Grabeskälte **SENF, JOCHEN**: Kindswut • Knochenspiel • Nichtwisser **SPATZ, WILLIBALD**: Alpenkasper • Alpenlust • Alpendöner **STAMMKÖTTER, ANDREAS**: Messewalzer **STEINHAUER, FRANZISKA**: Sturm über Branitz • Spielwiese • Gurkensaat • Wortlos • Menschenfänger • Narrenspiel • Seelenqual • Racheakt **STRENG, WILDIS**: Ohrenzeugen **SYLVESTER, CHRISTINE**: Sachsen-Sushi **SZRAMA, BETTINA**: Die Hure und der Meisterdieb • Die Konkubine des Mörders • Die Giftmischerin **THIEL, SEBASTIAN**: Die Hexe vom Niederrhein **THADEWALDT, ASTRID / BAUER, CARSTEN**: Blutblume • Kreuzkönig **THÖMMES, GÜNTHER**: Malz und Totschlag • Der Fluch des Bierzauberers • Das Erbe des Bierzauberers • Der Bierzauberer **TRAMITZ, CHRISTIANE**: Himmelsspitz **ULLRICH, SONJA**: Fummelbunker • Teppichporsche **VALDORF, LEO**: Großstadtsumpf **VERTACNIK, HANS-PETER**: Ultimo • Abfangjäger **WARK, PETER**: Epizentrum • Ballonglühen • Albtraum **WERNLI, TAMARA**: Blind Date mit Folgen **WICKENHÄUSER, RUBEN PHILLIP**: Die Magie des Falken • Die Seele des Wolfes **WILKENLOH, WIMMER**: Eidernebel • Poppenspäl • Feuermal • Hätschelkind **WÖLM, DIETER**: Mainfall **WYSS, VERENA**: Blutrunen • Todesformel **ZANDER, WOLFGANG**: Hundeleben

GMEINER

Wir machen's spannend

2 = 173